U0048638

門・人生三部曲3

夏目漱石

章蓓蕾——譯

夏目漱石逝世一〇〇週年 紀念版

目錄

導讀

夏目漱石人生三部曲

——從《三四郎》的初戀迷惘、《後來的事》的社會不滿，到《門》的寂靜孤獨

范淑文（台大日文系專任教授）

《三四郎》——夏目漱石三部曲第一部

《三四郎》是日本國民作家夏目漱石辭去教職、轉為《朝日新聞》專屬作家後所發表的第三篇長篇連載小說，有別於第一部連載《虞美人草》文中漢和文夾雜格格不入等批判聲浪，《三四郎》無論是架構或文字的表現均展現漱石已臻爐火純青的境界，也因此至今《三四郎》仍然深受日本青、中年層讀者廣泛喜愛。

作品全篇以九州出身、對大都會滿懷憧憬的樸實青年三四郎為視點人物，描寫三四郎赴東京帝大求學期間的所見所聞。在如此架構下的這部長篇作品，大體上可以從兩個大方向解讀。

首先，來自鄉下的青年三四郎在前往東京的火車上，就隱約地感受到都會男女與家鄉人種的差異，繼而無論是大學裡老師或同學的談吐舉止、從前是清一色男性的校園裡竟然出現年輕女性的奇妙氛圍、街道上建築物以極快速度不斷地遭拆除與重建等，原本生活步調緩慢的三四郎面對大都會的劇烈動盪，意識到自己雖然與周遭的現實世界「並存於同一個平面，但兩者卻毫無接觸」，不但無法成為該社會的一員，也感到像是要被快速前進的社會淘汰似地，內心極度惶恐不安。鄉下出身的三四郎可以視為未受近代化洗禮的傳統，由三四郎的角度更可以凸顯當時的近代化，以及其帶來的衝擊。

另一種解讀，焦點集中在與美禰子及良子等大都會新時代女性之邂逅，三四郎陷入男女戀情迷惘之戀愛小說，或稱青春小說。正值情竇初開的三四郎不禁暗喜美禰子不經意的示好，另一方面又對如此開放的女性心生畏懼。有趣的是，隨著故事發展，純樸青年三四郎不斷地感受到「小提琴」、「英文」這些由美禰子散發出來的西洋氣息。美禰子完全被包裝成洋化女子——新女性出現在三四郎面前，然而，接受最新知識殿堂教育的三四郎卻未學習到新女性、新的兩性關係這一門課程，自始至終對美禰子的言行舉止仍是一頭霧水、虛實不分。故事就在三四郎情場遭受挫敗、傷痕累累的情況下畫下句點。

《後來的事》——夏目漱石三部曲第二部

《三四郎》中的男主角三四郎在經過幾番波折與努力後，與美彌子的戀情未修成正果，美彌子最終嫁給一位意料外的紳士。這種結局下，之後三四郎在情場上有何發展？這個問題不僅讀者疑惑，也是作家頗為關注的事情，夏目漱石三部曲的第二部作品《後來的事》於是誕生。以此角度來欣賞這部長篇作品時，男主角代助可視為大學畢業後的三四郎。

代助前女友三千代因夫婿平岡工作上不甚順遂，隨他回到闊別已久的東京，三人久別重逢格外懷舊，故事從此展開。代助察覺到平岡不顧家計，讓三千代生活陷入困境，導致健康亮起紅燈，代助於心不忍，不時予以接濟，兩人昔日舊情死灰復燃。代助知道這是對友不義、違背道德的行為，經過一番掙扎之後，終究下定決心，即便受到社會的制裁、家族的指責與斷絕關係，都不應昧著自己的真情。為了貫徹與三千代的愛情，代助不惜與父親、兄長、社會等為敵。

如此架構下的作品，可以有何種解讀之可能性呢？最普遍的解讀就是視為《三四郎》的續篇，也就是焦點鎖住代助與三千代的愛，詮釋兩人愛的真義。代助的愛雖然違背所謂的社會規範，卻是不做任何矯飾的「自然」真情，也通常會被拿出來與社會的規範等做比較討論；另一方面，身為有夫之婦的三千代能下定決心奔向代助懷抱，其勇氣所代表的意義，也成為多位女性主義研究學者探討的課題。

此外，代助「高等遊民」的特殊身分，即受過高等教育、卻完全仰賴父親賦閒在家的半貴族子弟，也是許多學者探討的焦點。代助為何不去工作？最後當自己與有夫之婦的三千代交往的事情傳至父親耳裡，遭父親及兄長斷絕關係及金錢支援助後，代助不得不面對生存的現實問題。決定出外謀職，搭上電車、陷入徬徨無助的代助，不正說明了他與社會格格不入的關係嗎？同時，也可詮釋為代助所代表的知識分子對社會不滿的象徵。

《門》——夏目漱石三部曲第三部

《後來的事》是男女主角不顧世俗的「道德規範」，勇敢地表達自己的真情後，遭到父親、兄長等社會各方有形無形的批判、苛責與孤立，故事在此畫下句點。夏目漱石三部曲的第三部《門》，巧妙地承接第二部《後來的事》，追求真愛的男女主角宗助與阿米夫婦經歷流產等三次傷痛後，來到大都會東京一隅過著寂靜的生活，故事從此展開。

開頭幾章，寫出宗助與阿米夫婦的對話與假日悠閒生活，例如：晚飯後並肩坐在屋簷下享受寧靜時光、阿米生病時宗助的細心看護等，確實讓許多研究學者、尤其是早期的傳統日本男性不由得讚嘆兩人確實是那個時代不可多得、鶼鰈情深的夫婦。然而，仔細閱讀不難發現，兩人在東京大都會的生活幾乎與外界完全隔絕。他們的「愛窩」坐落在房東宅院下方的死胡同、陽光幾乎照射不到的陰暗角落，這與寬敞明亮、時常傳出歡樂談笑聲的房東宅院形成強烈對比。此外，算命先生對阿米所說的「犯罪遭到報應」、「命中無子」，凡此種種都暗示了阿米夫婦為昔日悖逆「常倫」之舉，受到有形的懲罰與無形的內心煎熬。

甚而一次偶然的機會，房東提及到「滿洲」蒙古發展的胞弟近日返國，將帶當地結識的朋友安井一同到房東坂井家聚會，並邀請宗助作陪。安井正是昔日阿米的同居人（宗助的回憶中，並未清楚說明安井與阿米有無婚姻關係），安井的名字一直是宗助夫婦間話題的禁忌，當房東提到安井的名字時，宗助如同受到當頭棒喝，陷入恐慌狀態，選擇了到寺院參禪的「逃避」之舉。正如故事結尾的夫婦對話，阿米望著照到紙門上的和煦陽光感恩地說道：「真是感謝老天爺！春天終於來了。」宗助卻回答道：「是啊！不過，冬天馬上又會來的。」這個結尾正暗示著，宗助與阿米的真愛永遠伴隨著一種揮之不去的不安。

此外，房東坂井胞弟及宗助昔日好友安井下一賭注似地試圖鴻圖大展的「滿洲」，是當時日本在海外拓展國土對象之一，近幾年也有不少學者以殖民地視角分析論證劇中人物之關係，探討《門》當中的殖民主義色彩。

一

宗助剛剛拿一塊座墊來到迴廊邊，他先選個陽光充足的位置，盤腿坐下，然後輕鬆悠閒地晒著太陽。不一會兒，宗助拋開手裡的雜誌，返身一倒，橫臥在地。天氣十分晴朗，是名副其實的秋高氣爽。附近街道環境清幽，路上行人的木屐踏著路面，發出清晰的聲響。宗助枕著兩隻手臂仰面瞭望，視線越過屋簷投向天空，美麗的晴空一片蔚藍，跟他身下這塊狹隘的迴廊比起來，實在好廣闊啊。即便只是偶爾利用星期假日在這兒欣賞天空，心情也跟平日大不相同呢。宗助一面想一面蹙起眉頭凝視太陽，看了一會兒，感覺有點頭昏眼花，便又翻個身，臉轉向紙門的方向。宗助的老婆正在紙門裡面做針線。

「喂！天氣真是太好了！」宗助對妻子說。

「是啊。」他妻子只答了一句，沒再說話。宗助也沒接腔，看來不像有話要談。

半晌，宗助的妻子才開口說：「你出去散散步吧。」說完，宗助也只應了一聲「嗯」，沒再多說什麼。

過了兩三分鐘，宗助的妻子把臉孔湊到嵌在紙門下方的玻璃上，窺視丈夫橫臥的模樣。不知為何，丈夫竟蜷著兩膝，身體彎得像蝦子，還交叉兩臂，把那滿頭黑髮的腦袋藏在臂膀之間，手肘夾住臉頰，根本看不見他的臉孔。

「我說你啊，睡在那種地方，會感冒的。」宗助的妻子提醒丈夫。她說著一種現代女學生通用的腔調，聽起來既像東京腔又不像東京腔。

宗助夾在兩肘之間的一雙大眼連續眨了好幾下。

「我不會睡著，不要緊的。」他眨著眼低聲答道。

說完，兩人之間陷入沉寂。只聽一輛橡膠車輪的人力車從門外通過時發出三兩下鈴聲，接著，又聽到遠處傳來公雞的啼聲。宗助身上穿著一件新的棉紗襯衣，陽光的溫暖毫不造作地滲透布料，他一面用背脊貪婪地品味著暖意，一面不經意地聆聽門外傳來的各種聲響，這時，他突然想起什麼似地隔著紙門向妻子問道：「阿米，『近來』的『近』字怎麼寫啊？」

聽了丈夫這問題，妻子既沒露出嫌惡的表情，也不像一般年輕女人發出那種尖銳的嬌笑聲。

「就是『近江』的『近』吧？」妻子答道。

「我就是不會寫那個『近江』的『近』啊。」

妻子將緊閉的紙門拉開一半，手裡的長尺伸出門框，用尺尖在迴廊地面寫了一個「近」字。

「是這樣寫吧？」說完，她用尺尖指著地面剛描的字，放下了長尺，自己卻抬起頭，專注地打量著清澈蔚藍的天空。

宗助也不看妻子的臉孔就說：「原來真的是這樣寫啊！」聽他語氣不像是開玩笑，臉上也沒有笑容。他的妻子對那個「近」字似乎也沒放在心上。

「天氣真是太好了。」阿米有點像在自語似地說，語畢，又動手做起針線活兒，紙門也就敞著沒再合攏。

宗助微微抬起夾在兩肘之間的腦袋。「字這東西啊，真的好奇妙。」說著，他才抬眼望著妻子的臉孔。

「為什麼呢？」

「為什麼啊？因為不管多麼簡單的字，只要心中稍有疑惑，馬上就不知道怎麼寫了。上次寫今日的『今』時，也害我想了好久。明明我在紙上寫得一清二楚，可是瞪著看了半天，總覺得哪裡不對勁。看到最後，卻覺得越看越不像了。妳有過這種經驗嗎？」

「哪有這種事？」

「只有我有這種經驗嗎？」宗助舉手摸摸腦袋。

「是你有點不正常吧。」

「或許還是因為神經衰弱的關係。」

「對呀。」說完，妻子望著丈夫的臉孔。丈夫這才站起身來。

宗助像要跳進屋裡似地大步跨過針線盒和滿地線頭，用手拉開起居室的紙門，門內就是和室客廳。客廳的南面因為有玄關擋著，當他的視線突然從充滿陽光的室外轉進室內，立刻覺得對面另一扇紙門看起來冷冰冰。只要拉開那扇紙門，就能看到窗外那座直逼屋簷的陡峭山崖，岩壁緊靠著迴廊邊，也難怪上午原該射進屋裡的陽光都照不進來。那道山崖上長滿了雜草，崖壁下方連一塊可供支撐的岩石也沒有，好像隨時都有可能塌下來似的。但奇怪的是，那塊崖壁卻又不像立刻會坍方。或許也因為這樣，房東始終讓它保持原樣，從沒採取過任何補救措施。「這附近以前是一片竹林。當初開發時，竹子的根部都沒挖出來，直接埋在土堤裡面了，所以這塊地比你想像得緊實多啦。」附近一家青果店老闆曾經特地站在宗助家後門外向他解釋過。這老頭住在同一條街上已超過二十年。「可是，如果根部還留在地下，不是應該還會長出竹子，變成竹林嗎？」宗助當時曾反問過老頭。「這個嘛，竹子被那樣一挖，哪麼容易再長出來。不過那個山崖不會有問題啦。無論如何，也不會倒下來。」老頭努力辯解著，好像那座山崖是他家的財產似的。

每年到了秋季，山崖上並無任何秋色可言，只有滿山失去香味的青草，左一堆，右一叢，雜亂無章，到處亂長，像什麼芒草、蔦蘿之類別致又漂亮的秋草，山崖上一根也看不到。不過從前種在這兒的孟宗竹，倒是留下了一些，只見山腰上兩株，崖頂上三株，幾株竹枝各自挺立，顏色已經有點兒泛黃。陽光照著竹枝的時候，若從宗助家的屋簷下伸出腦袋，倒還能在崖下的土堤上聞到幾許秋的氣息。可惜宗助每天清晨就出門，直到下午四點多才從外面回來，像現在這種晝短夜長的季節，他平日根本沒有機會仰望這座山崖。現在剛從昏暗的廁所出來，宗助一面伸手接著洗手罐[1]的水洗手，一面不經意地抬頭往外看了一眼，這才想起山上的竹子。那幾根竹枝的頂端長滿濃密的竹葉，樹型看來就像和尚的光頭。秋日照耀下，竹葉全都垂著腦袋，悄然相疊，靜止不動。

宗助回到客廳重新拉上紙門後，在書桌前坐下。這間屋子之所以稱為客廳，是因為平時客人來訪都在這裡接待，其實應該叫作「書房」或「起居室」更妥當。室內的北邊有個凹間[2]，牆上掛著一幅不太像樣的字畫，掛軸前方擺著做工粗陋的紫砂紅泥花瓶。屋頂跟門框之間的牆上沒掛任何鏡框，只釘著兩個閃閃發光的黃銅掛鉤。此外，房間裡還有個玻璃門書櫃，但櫃裡並沒擺著什麼吸引人的漂亮寶貝。

宗助拉開書桌抽屜的銀把手，在裡面亂翻一陣，似乎沒找到想要的東西，又「砰」地一下關上抽屜。接著，他掀起硯台的盒蓋開始寫信。寫完一封信之後，裝進信封，又思索了一會兒，這才開口說話。

---

1 洗手罐：日本還沒有自來水之前，專門掛在廁所門口用來洗手的水罐。罐底附有活動開關，用手壓住，就會有水流出來。

2 凹間：又叫「床間」或「壁龕」，日本和室的一種裝飾，在房間一角做出一個內凹的小空間，通常會以掛軸、插花或盆景作為裝飾。

「喂！佐伯家是在中六番町的幾號呀？」宗助隔著紙門向妻子問道。

「二十五號吧？」妻子答道，但這時宗助已快要寫完信封上的收信人地址了。

「不能寫信啦。你得親自去一趟，當面把話說清楚。」宗助的妻子提醒著丈夫。

「喔，就算沒用，也還是先寄封信過去吧。若是真的行不通，再過去找他。」宗助表達了自己的主張。但妻子卻沒說話。

「我說啊，喂！這樣總可以了吧？」宗助緊跟著又問了一遍。

他妻子露出不好多說什麼的表情，也沒再跟他爭辯。宗助便抓起信封，直接從客廳走向玄關。妻子聽到丈夫的腳步聲，這才站起身來，沿著起居室外面的迴廊走向玄關。

「我出去散散步。」

「去吧。」妻子臉上露出笑容答道。

大約過了三十分鐘，只聽木格門「嘩啦」一聲被人拉開，阿米再度停下手裡的工作，順著迴廊走向玄關。原以為是宗助回來了，卻看到戴著高中制服帽的弟弟小六走進門來。他身上那件黑呢絨長披風下方，露出裡面的和服長褲，褲長只比披風多出十五、六公分而已。小六一面解開披風的鈕扣一面嚷道：「好熱啊！」

「也怪你太誇張了。這種天氣，還穿那麼厚的衣服出門。」

「哪能怪我！我以為天黑之後就會變冷呢。」小六有點像在辯白似地說著，跟在嫂子身後一起走進起居室。一進門，就看到嫂嫂縫了一半的和服。

「您還是跟平日一樣賣力幹活啊。」說著，小六便在長方形火盆桌前盤腿坐下。嫂嫂把正在縫製的衣物推向角落，走到小六的對面，暫且提起鐵壺，往火盆裡添了些炭火。

「您要是想燒水泡茶的話，就別麻煩了。」小六說。

「不想喝？」阿米學著流行的女學生腔調反問小六：「那要不要吃點心？」說著，阿米向小六露出笑容。

「有點心嗎？」小六問。

「不，沒有。」阿米誠實回答，說完卻又突然想起什麼似地說：「等一下，說不定有喔。」說著，她站起來，順手推開身邊的炭籃，拉開壁櫥的櫥門。小六望著阿米的背影，和服外套下面繫著腰帶的部分高高突起。小六的視線便集中在那高聳的部分。也不知嫂嫂在找些什麼，總之看起來還挺費勁的。

「點心就算了。我倒是比較想知道哥哥今天做了些什麼。」小六說。

「你哥哥剛出門去了。」阿米背對小六答道，手裡仍舊在壁櫥裡翻來翻去。不一會兒，她終於「砰」地一下拉上了櫥門。

「沒了！不知什麼時候全被你哥吃光了。」阿米說著，又向火盆前面走來。

「那您晚上請我吃飯好了。」

「嗯，好啊。」阿米抬頭看了壁鐘一眼，時間已經快四點了。「四點、五點、六點。」阿米嘴裡數著時間。小六默默地望著嫂子的臉孔。其實他對嫂子做的飯菜一點興趣也沒有。

「嫂子，哥哥幫我拜訪佐伯家了嗎？」他問。

「從上次就一直嚷著說要過去一趟。可是你哥不是每天早出晚歸嗎？每天回家之後，就累得不得了，連去澡堂洗澡都嫌麻煩。所以我也不忍太責備他了。」

「哥哥是很忙啦。但我一天到晚擔心那件事沒著落，現在連念書都無法專心呢。」小六一面說一面拿起銅火箸，在火盆的灰燼裡十分專注地寫著什麼。阿米注視著火箸尖端的動作。

「所以他剛才已經寫了一封信，寄去啦。」阿米安慰著小六說。

「信裡寫了什麼？」

「那我倒是沒看到，但我想一定是談那件事吧。你哥馬上就會回來，你問問他吧。一定是那件事啦。」

「如果寄了信，一定是談那件事吧。」

「是啊。真的已經寄出信了。你哥剛剛才拿著那封信出門呢。」

小六不想再聽嫂嫂這種近似辯駁的安慰。既然哥哥有空出門散步，何不親自跑一趟就好了，還寫什麼信呢？想到這兒，小六心裡就很不開心，於是便走進客廳，從書架上抽出一本紅封皮的洋書，一頁一頁地翻閱起來。

二

小六心裡對哥哥深感不滿，宗助卻渾然不覺。他走到街道的轉角處，在一家商店裡買了郵票和「敷島」牌香菸，當場就將那封信寄了出去。寄完信之後，他覺得就這樣轉身順著原路回家，似乎有點意猶未盡，便叼著香菸，讓那煙霧隨著秋日的陽光飄來飄去，一面悠然自得地四處閒晃。走著走著，宗助突然很想繞到很遠的地方瞧瞧，他想把東京這地方的形象明確地刻印在腦海裡，當作今天星期天的伴手禮帶回家去。宗助雖然住在東京，一年到頭呼吸著東京的空氣，還每天搭電車到官署上班，在繁華市區往來兩次，而且已經成為習慣，但通勤對他的身心兩方面來說仍是一項沉重的任務，所以他永遠都是心不在焉地往來於街頭。最近，他甚至感覺不出自己生活在這片鬧市裡。而日常生活又總是讓他從早到晚忙得喘不過氣，因此也無暇多加計較。但好在每隔七天放假一天，能讓他獲得撫慰心情的機會，每星期到了這一天，他才突然發覺自己平時實在過得太匆忙了，即使現在住在東京，卻對東京一點也不了解。每次想到這兒，宗助心裡總是升起一種難以形容的孤寂。

當他心頭浮起這種情緒時，宗助就會臨時興起跑出門。偶爾剛好口袋裡有些閒錢，他也曾暗自盤算：「乾脆就用這錢大玩一場吧。」但立刻又覺得，自己這種孤寂，還沒有強烈到需要狠狠花上大筆銀子驅趕的程度。所以在他真的花天酒地之前，就覺得自己的想法太過愚蠢而立即作罷了。更何況，像他這種人的錢包裡，通常也不會裝著足以隨意揮霍的鈔票，與其動腦筋想各種對策，還不如抄起兩手縮進袖管裡，一路搖搖晃晃漫步回家，比較輕鬆愉快呢。也因此，只要能出門散散步，或是到勸工場[3]隨意逛逛，宗助內心的孤寂也就大致得到了撫慰，至少支撐到下個星期天是不成問題的。

這天，宗助跟往日一樣出了門。他想，反正都出來了，先搭上電車再說吧。天氣非常好，又是星期天，上車後才發現乘客出乎意料地少，宗助坐在車中，心情非常愉快。不僅如此，其他乘客也都是一臉平和的表情，人人都顯得那麼悠哉悠哉。宗助坐在椅上，腦中想起每天早上都在固定時刻跟人搶位子，一面爭奪座位一面被電車載往丸之內。天底下再也沒有比上班擠車更殺風景的事了。不論是手抓吊環，或是坐在絲絨座椅上，自己的心裡連一絲人類該有的溫柔都沒有。不過轉念一想，他又覺得自己會有這種要求，也似乎有點過分，反正乘客與乘客只是有如拼裝的器械一般，彼此膝蓋相接，肩膀相連，一起搭車前進，大家到了各自的目的地便分頭下車。然而，宗助今天卻看到一幅不同於平日的景象。他面前的老婆婆正把嘴巴湊到孫女耳邊說著什麼，小女孩大約八歲。祖孫倆身邊有個年近三十的女人，看起來很像商店老闆娘，她對祖孫倆觀察了一陣，覺得小女孩非常可愛，忍不住開口問女孩今年多大？名叫什麼？宗助在一旁看著，感覺自己似乎到了另一個世界。

車頂上方的邊框裡張貼著各式各樣的海報。宗助平時上下班竟然從沒注意到這些東西。今天無意間隨意瀏覽一下，這才發現第一張海報竟是搬家公司的廣告，上面的廣告詞寫著：「搬家變容易了」。第二張海報上並排寫著三行字：「懂經濟的人、講究衛生的人、小心火燭的人」，緊接三行文字之後，海報上又寫著「來用瓦斯爐吧」。除此之外，還畫了一個冒著火焰的瓦斯爐。第三張海報上紅底白字寫著：「俄國文豪托爾斯泰的傑作《千古之雪》」，以及「蠻殼族[4]喜劇團小辰大全體團員敬上」等字。

3 勸工場：亦即現代百貨公司、購物中心的前身。明治、大正時代起，日本開始將許多商店聚集在一塊兒集體經營，通常是由販賣日用品、雜貨、玩具等貨品的商店構成。

4 蠻殼族：針對明治初期「高領族」而出現的名詞。「高領族」（HAIKARA，通常用日文平假名標示）是指率先接受文明開化風氣影響，採取西洋服飾、談吐、行事風格與生活方式的一批人。這個名詞的由來，據說是從明治時代男性服裝流行的高領（high collar）襯衣而來。而當時對「高領族」懷有抗拒感的另一批人則創造了「蠻殼族」（BANKARA，亦用平假名標示）這個名詞，據說最先由第一高等學校為主的舊制高等學校的學生所發明。「蠻殼族」最典型的形象為「敝衣破帽」，高底木屐，腰掛手巾，長髮披肩……這種粗鄙形象所要表達的意義是「追求真理時不被事物的表象蒙蔽」。

宗助大約花了整整十分鐘，仔細閱覽了車裡所有的廣告三遍。儘管他並不打算親眼去瞧瞧廣告裡宣傳的商品，也沒有購買的意欲，但他能有時間一一讀完這些海報，又清楚地記在腦海裡，並且完全理解了廣告內容，這種閒情逸致令他感到滿足。因為除了星期天之外，每天都得從早到晚忙進忙出，一刻也不得閒，即使現在只有這麼一點兒餘裕，也令他自覺值得誇耀。

電車到了駿河台下，宗助下了車，立刻看到右側路邊的玻璃櫥窗裡有許多洋文書，陳列得非常美觀。他在櫥窗前停下腳步，欣賞著一本藍紅條紋封面的燙金字體。書名的意思他當然是了解的，心裡卻一點也不好奇，更不想拿起書來翻閱一下。對於宗助來說，那已經是很久以前的習慣了，當時只要走過書店門口，他就一定要進去逛逛，而且每次走進去，就想買些什麼。不過今天櫥窗裡有一本《History of Gambling》（博弈學），裝訂得非常漂亮，放在櫥窗的正中央，只有這本書帶給他幾許新鮮感。

宗助微笑著匆匆越過馬路，走進對面一間鐘表店閒逛。櫥窗裡擺著幾只金表和一些金鎖鏈，在宗助眼裡看來，這些商品只是色澤和形狀都很悅目，卻不能引起他的購買欲。儘管如此，他還是細細打量用絲線吊在商品上的價目標籤，並將價格與商品互相對比了一番。這時他才驚訝地發現，金表的價格其實非常便宜。

走到蝙蝠傘[5]店前面時，他也駐足欣賞了片刻。之後，又在一間洋貨店門口看到掛在禮帽旁邊的領結。他覺得那領結的花色比他平日戴的更好看，打算進去問問價錢，但是踏進店門沒走幾步，腦中突然浮起自己明天繫上這領結的模樣。他想，肯定一點也不好看。於是立刻打消主意，也不想拿出錢包掏錢了。走過那家洋貨店門口之後，宗助又站在吳服店櫥窗前面觀賞了好一會兒，什麼鶉皺綢啦、高貴綃啦、清凌綃啦等等，一下子就記住了一大堆以往從沒聽過的名稱。接下來，他走到專門出售半襟[6]的京都「襟新」分店門前，把自己的帽簷緊貼櫥窗玻璃，觀賞窗裡那些繡工精巧的女性半襟。欣賞了好長一段時間，覺得其中有塊品味較佳的半襟，剛好適合妻子使用。宗助正打算買下帶回去送給妻子，卻又突然想到，要送這玩意，早該在五、六年前就送了。這個念頭浮現在腦中的瞬間，好不容易才鼓起的興致，又一下子消失得無影無蹤。宗助苦笑著離開了玻璃櫥窗，繼續向前走，大約走了五、六十公尺，心情始終無法好轉，就連沿路的風景和店面櫥窗都無心再看。

不一會兒，他突然看到街角有間很大的雜誌社，門外掛著一塊宣傳新刊的招牌，上面用很大的字體介紹新刊內容，並且貼著一條細長如梯的紙條，還用各色油漆在木板上塗成一幅圖案畫。宗助仔細閱讀一遍招牌上的文字，感覺作者的名字和書名好像在報紙的廣告欄裡看過，又覺得招

5 蝙蝠傘：洋傘的代稱。洋傘剛從西洋傳入日本時，金屬骨架配上布製傘面撐開後，很像蝙蝠撐開翅膀狀，因而得名。

6 半襟：和服裡面的糯袢衣領因直接觸及肌膚，容易留下汗漬等汙垢，清洗起來很不方便，所以日本人穿和服的時候，需要在領口包覆一塊護布，叫作半襟。最初的目的只是為了易於清洗，後來又發展出各種顏色、各種刺繡等具有裝飾功用的半襟。

牌內容給人一種新奇感，以前似乎從沒看過。

店外的街角暗處，有個年約三十的男人悠閒地盤腿坐在地上，頭上戴一頂黑色圓頂禮帽，嘴裡不斷嚷著：「來呀！孩子們最喜歡的來啦。」一面說一面就用嘴吹起一個大氣球。氣球鼓起來之後，很自然地變成不倒翁的形狀，更令宗助叫絕的是，男人隨意拿起毛筆在氣球表面畫了幾筆，頓時就在適當的位置畫出了不倒翁的眼睛和嘴巴。而且氣球吹脹之後，再也不會縮小，隨意放在指尖或掌心，都能站得穩穩的。只要用牙籤戳進氣球底部的小孔，不倒翁就「咻」地一聲，又變回沒吹氣前的模樣。

路上行人往來匆匆，雖有幾個人從男人面前經過，卻沒有一個人駐足觀賞。戴圓頂禮帽的男人就那樣獨自盤坐在繁華街頭的一角，宛如周遭的事物都跟他無關似地，不斷嚷著：「來呀！孩子們最喜歡的來啦！」並把不倒翁一個個吹得鼓脹起來。宗助掏出一分五釐向男人買了一個氣球，又讓男人幫他把氣球縮小，收進袖管裡。這天宗助原想找間比較衛生的理髮店，把頭髮剪一剪，卻沒有遇到理想的店面，眼看太陽就要下山了，他只好重新搭上電車，打道回府。

電車到達終點之後，宗助將車票交給司機。這時，天色正在逐漸轉暗，越來越多的陰影出現在蘊含溼氣的街頭。宗助握住車裡的鐵桿正要下車，突然襲來一種冷颼颼的感覺。跟他一起下車的乘客，正在各自分頭離去，人人都非常忙碌似地向前趕路。宗助抬眼望向街道盡頭，左右兩邊的民宅屋簷下冒出陣陣白煙，不斷飄向各家屋頂。宗助也邁開步子，快步朝著樹木較多的方向走去。他想到這個星期天，還有這麼令人舒暢的天氣，馬上都要結束了，心中不免升起一種世事無常的寂寥。接著，他又想到從明天起，自己這副軀殼又得跟往日一樣拚命幹活。轉念至此，他突然對今日這半天的生活感到不捨，而這星期剩下的六天半裡，自己又得像行屍走肉一般活著，這種日子又是多麼無聊！宗助邁步向前走去，腦中不斷浮起各種形象：那個日照不足、缺少窗戶的大辦公室、身邊同事的臉孔，還有上司呼叫「野中，你過來一下」時的嘴臉。

走到一家叫作「魚勝」的小酒館門前時，宗助繼續向前，又經過五、六間商店之後，拐進一條既不像小巷也不像弄堂的小路，道路盡頭有一座高崖，崖下左右兩邊共有四、五間構造相同的出租民房。據說就在不久前，這裡還有一道稀疏的杉木樹牆，牆內有一座淒冷的老屋，相傳是一位前朝舊臣曾經住過的。後來，崖上有個叫坂井的男人買下這塊地，很快就掀掉了老屋的茅草屋頂，砍倒了杉木樹牆，並在此建起了現在這幾棟新房。宗助家就在這條小路的盡頭，位於巷底的左側，雖說位置正處崖下，有點陰氣森森，但因為距離道路最遠，環境倒是比其他幾戶更為清幽一些。當初宗助是跟妻子商量之後，特意選中這間屋子租下的。

七天一次的星期天快要結束了，宗助只想早點洗個澡，如果還有時間的話，再把頭髮剪一剪，然後悠閒地吃個晚飯。想到這兒，他匆匆拉開自家的木格門。只聽廚房那兒傳來碗盤碰撞的聲響，宗助正要踏進屋子，一不小心，踩在小六隨意扔在門口的木屐上，他彎下身，正要把木屐擺回原位，只見小六從房間裡走出來。廚房那兒也傳來阿米的聲音。

「誰呀？你哥哥嗎？」阿米問。

「喔，你來了。」宗助邊說邊走進客廳。剛才從他寄信後到神田散步，再搭電車回家的這段時間當中，他腦中甚至連小六的「小」字都不曾出現過。現在看到小六，心裡不免感到有點歉疚，好像自己做了什麼虧心事似的。

「阿米，阿米。」宗助把妻子從廚房叫到面前。

「小六來了，應該給他做點好吃的吧。」他向妻子吩咐道。

妻子正忙得不可開交，拉開廚房的紙門後，也顧不得關門，就直接跑到客廳門口。一聽丈夫吩咐的是自己早已知道的事情，便立即應道：「是啊，馬上就好。」說完，阿米就要返回廚房，但走了一半，又回到客廳來。

「對了，小六，麻煩你幫忙關上客廳的窗戶吧，再把油燈點起來。我跟阿清現在手裡都沒空呢。」她向小六拜託道。

「好！」小六簡短地答著，站起身來。

後門傳來阿清正在切菜的聲音。接著又聽到「嘩啦」一聲，不知是熱水還是冷水被倒進水槽。「夫人，這要放在哪裡？」有人正巧開口詢問。「嫂嫂，剪燈芯的剪刀在哪兒啊？」小六也問著話。還有沸水濺在炭爐上發出「吱吱」的聲響。

宗助沉默著坐在昏暗的客廳裡，兩手覆在火盆上取暖。火盆裡，只有露在灰燼外面的火炭閃著火紅的光芒。這時，後面山崖上傳來房東女兒彈琴的聲音。宗助心有所感似地站起身，走到迴廊邊拉開了雨戶[7]。屋外那幾叢黑黝黝的孟宗竹使天色看來更暗，竹叢上方的天空裡，幾顆星星正在閃爍。而那鋼琴的聲音就是從孟宗竹後方傳來。

7 雨戶：日本在玻璃窗普及之前，傳統日式木造房屋的紙窗外側有一層木板、鐵皮或鋁皮的窗戶，叫作「雨戶」，可以遮擋風雨，冬季還可防寒，玻璃窗開始普及後，紙窗與雨戶之間還有一層玻璃窗，所以傳統房屋共有三層窗戶。通常一般家庭早起後第一件事就是拉開雨戶，晚上天黑之後再闔上雨戶。

三

宗助和小六提著手巾從澡堂回來時，客廳中央已擺好一張四方形餐桌，桌上整整齊齊地擺著阿米親手烹製的各種菜肴。火盆裡的炭火比他們出門前燒得更旺了，油燈的火光也變得比剛才更亮。

宗助把桌前的座墊拉到面前，盤腿坐下，阿米從他手裡接過手巾與肥皂，開口問道：「洗澡水還不錯吧？」

「嗯。」宗助只答了一聲。看他的神情，倒不是懶得說話，而是因為剛洗完澡，顯得有些精神不濟。

「澡堂的熱水非常好。」小六望著阿米隨聲應和道。

「不過那種地方總是擠得要命，真叫人受不了。」宗助把手肘放在桌邊，像是十分疲憊似地說。他平常總是在下班回家之後才洗澡，那個時間正是大家還沒吃晚飯的黃昏時刻，也是澡堂裡顧客最擁擠的時段。所以最近這兩三個月，他根本沒在太陽下山之前去洗過澡，也不知天黑之前的澡堂水是什麼顏色。不僅如此，他常常一連三、四天都不肯踏進澡堂大門。「哪個星期天，我一定要起個大早，搶在第一個泡進乾淨的洗澡水裡。」宗助平時倒是經常在心底盤算著。然而，真的到了星期天，他又覺得，難得只有今天才能睡個懶覺呢！想到這兒，他就懶得從床上爬起來了。而時間毫不留情地匆匆逝去，通常賴到最後，也只能暗自嘆息道：「哎呀！真麻煩！今天就算啦。」然後又重新下定決心：「下星期天再去吧！」於是周而復始，幾乎已經變成一種習慣的惰性。

「無論如何，我也得想辦法洗一次晨浴。」宗助說。

「哎唷，嘴裡說得好聽，等到能洗晨浴的日子，一定又是躺在床上睡懶覺啦。」妻子帶著調侃的語氣說。小六心底認為這是他兄長天生的弱點。儘管他自己是個學生，也過著學校生活，卻無法理解兄長為何把自己的星期天看得如此珍貴。事實上，小六的兄長是希望利用這僅有的一天，緩解自己前面六天的陰鬱情緒，他把自己眾多的願望都寄託在這二十四小時裡面，但又因為想做的事情實在太多，結果連其中的十之二、三都無法實現。不，就算他已著手準備實現其中十之二、三，但做了一半，又會覺得浪費這種時間實在可惜，以致再度停手。每次都像這樣蹉跎再三，而星期天卻又一眨眼就過去了。宗助現在連自己花在消遣、娛樂、健身、打扮的時間，都得精打細算，盡量節省，他沒有趕緊替小六辦事，並不是因為不肯盡力，而是腦中根本無暇考慮其他，小六卻很難理解這些。他只覺得兄長打從心底就是個薄情之人，不論做任何事都只想著自己，就算他有空，也只知道帶著老婆四處晃逛，無論他如何拜託，兄長都不肯為自己出力。

不過小六倒也是最近才生出這種感覺。說得具體一點，是跟佐伯家開始交涉後才有這種想法。年輕性急的小六覺得自己拜託兄長的事情，應該在一兩天內就能解決，不料兄長卻把事情丟在一邊，一連過了好幾天，都沒有回音。不僅如此，兄長甚至還沒到對方家裡談過，他不免感到氣憤難平。

然而，今天等到兄長返家後，兄弟倆見了面，也不像外人那般客套寒暄，貌似兩人之間還是瀰漫著某種感情，所以小六也不好意思提起自己拜託的事了。接著，他又跟哥哥一塊兒去洗了澡，回來之後，兩人好像也聊得非常愉快。

兄弟倆都懷著輕鬆的心情坐在飯桌前，阿米也毫無忌諱地坐在一旁。宗助和小六還分別用小酒杯喝了兩三杯酒，正要開始吃飯時，宗助笑著說：「喔！我有個好玩的東西。」

說完，從袖管裡掏出下午買的不倒翁氣球，並開始吹氣，把不倒翁吹脹起來。吹好之後，宗助將氣球放在碗蓋上，向大家介紹那氣球的特別之處。阿米和小六都覺得很有趣，一齊注視那軟綿綿的氣球。這時，小六呼地一下，用力吹了口氣，不倒翁便從桌面滾向地板，但它落到榻榻米上之後，仍然保持直立的狀態。

「看吧！」宗助說。

阿米畢竟是個女人，忍不住發出一陣笑聲，她伸手打開飯桶蓋子，一面幫丈夫盛飯，一面望著小六說：「你哥可真有閒情逸致啊。」那語氣似乎也在幫她丈夫解釋什麼。宗助從妻子手裡接過飯碗，一句辯解都沒有，就開始吃起飯來，小六也抓起筷子準備吃飯。

從這時起，沒人再提起那不倒翁氣球，但這氣球是製造歡樂氣氛的開端，使他們都能毫無顧忌地一直閒聊到晚餐結束。聊了一會兒之後，小六突然換了話題。

「對了，伊藤[8]這次可遭殃了！」小六說。五、六天前，宗助看到伊藤公爵遭遇暗殺的號外時，也跑到廚房向忙著做飯的阿米嚷道：「喂！不得了！伊藤被殺了。」說完，他把自己手裡那份號外放在阿米的圍裙上，又立即返回書房去了。不過，宗助當時的語調卻很鎮定。

「你嘴裡嚷著『不得了』，聲音裡卻一點也聽不出『不得了』的感覺呢。」阿米後來甚至還半開玩笑地向丈夫抱怨過。打從那天之後，儘管報紙每天都會刊登幾行有關伊藤的新聞，但是宗助對這事件卻表現得很冷靜，根本看不出他究竟有沒有讀過那些新聞。有時，阿米伺候夜歸的丈夫吃晚飯時也會問一聲：「今天報紙有沒有刊登伊藤的新聞啊？」「喔，有啊，寫了很多呢。」丈夫最多也只是這樣簡單地回答。所以阿米必須從丈夫的上衣內袋裡找出早上讀剩的報紙，親自翻開那疊成小塊的早報讀一讀，才能明瞭當天的新聞寫了些什麼。而她之所以會在丈夫面前提起伊藤公爵的新聞，也只是想把這件事當成丈夫回家後的閒聊題材，既然宗助並不熱中，阿米也就不再勉強談下去。所以從報社發行號外那天，到今晚小六提起這件事為止，這對夫婦並沒把這轟動世界的新聞，當成一個什麼了不起的問題來研究。

8 伊藤：指一九〇九年十月二十六日伊藤博文公爵在中國哈爾濱車站遭人暗殺的事件。

「究竟為什麼被暗殺了？」阿米看到號外時曾向宗助提出這個問題，現在她又同樣向小六提出一遍。

「就是用手槍，砰、砰、砰連打好幾槍，被打中了嘛。」小六根據事實回答。

「可是啊，我是問為什麼要暗殺他。」

小六露出不解的表情，宗助用平靜的語氣說：「就是他命該如此啦。」說完，他端起茶杯，津津有味地喝了一口。

阿米聽了丈夫的回答，仍然無法理解。

「那他為什麼又到滿洲去呢？」她問。

「就是啊。」宗助露出酒足飯飽的表情。

「聽說他到俄國去，是因為有祕密任務。」小六滿臉嚴肅地說道。

「是嗎？真倒楣啊，竟然被殺了。」阿米說。

「像我這種小跟班要是被殺了，當然是倒楣，但是像伊藤那樣的人物，跑到哈爾濱去被人殺死，那就是死得其所了。」宗助這才露出得意的表情，發表了見解。

「啊唷，為什麼呢？」

「為什麼？伊藤被殺了，才會變成歷史偉人呀。你叫他平平凡凡地死的話，才不會變成現在這樣呢。」

「原來如此！大概就是這樣喔。」小六露出幾許佩服的表情，接著又說：「反正什麼滿洲啦、哈爾濱啦那些地方，都是動亂多事之地，我總覺得好危險。」

「那當然，因為各式人等都到那兒私會嘛。」

聽了這話，阿米露出奇異的表情看著剛說完話的丈夫，宗助也發現了自己的語病。

「好了，可以把飯菜收下去了吧。」他提醒著妻子，然後又從榻榻米上拿起剛才那個不倒翁，放在自己的食指上。

「真的好有趣！怎麼就做得這麼巧妙呢？」他說。

這時，阿清從廚房進來收拾，把滿桌凌亂的碗盤連同桌子一起端了出去，阿米也到隔壁房間重新沏茶，房間裡只剩下兄弟倆相對而坐。

「啊，這下總算弄乾淨了。剛吃完飯的餐桌實在太髒了。」宗助說。那表情似乎對餐桌一點眷戀都沒有。阿清站在廚房門邊笑個不停。

「什麼事那麼好笑啊？阿清。」阿米隔著紙門向阿清問道。「這……」阿清說著又笑了起來。兄弟倆都沒說話，幾乎只聽到女傭一個人的笑聲。

不一會兒，阿米雙手端著點心盤和茶盤重新走回室內。她拎起一個藤條把手的大壺，把壺裡的粗茶倒進兩個茶杯大小的碗裡，放在兄弟兩人面前。這粗茶喝著既不傷胃，也不會令人失眠。

「說了什麼，笑成那樣啊？」阿米向丈夫問道。但是宗助也不看她，反而把視線轉向點心盤。

「都怪你買了那玩具，還把它放在指尖擺弄。家裡又沒有小孩。」

宗助低聲說了一句：「是嗎？」似乎並不在乎妻子的埋怨，接著又慢吞吞地說：「原本也是有小孩的啊。」

宗助的語氣有點像在自我品味話中的含義。說著，他抬起溫柔的目光望著妻子。阿米頓時閉嘴不言。

「你吃點心呀。」半晌，阿米向小六搭話道。

「好啊。我會吃的。」小六答道。阿米卻像是沒聽到似地，突然站起身，朝起居室的方向走去。房間裡又只剩下兄弟倆相對而坐。

宗助家位於山丘環繞的谷底，距離電車的終點大約需要步行二十分鐘，現在雖然還是黃昏，周圍環境卻顯得異常寧靜，門外不時傳來細齒木屐敲擊地面的聲響，夜晚的寒意也越來越濃了。宗助一手縮在袖管裡面，另一隻手則從前襟插進胸前的腰帶裡。

「現在這天氣，白天倒是挺暖的，一到晚上就突然變冷了。學校宿舍已經開暖氣了嗎？」他向小六問道。

「不，還沒呢。學校不到冷死人的時候是不會燒暖氣的。」

「是嗎？那你很冷吧？」

「是啊。但也只是有點冷啦，我倒是不在乎。」小六說到這兒，猶豫了幾秒，最後還是鼓起勇氣說下去：「哥哥，佐伯家那件事到底怎麼樣了？剛才我問嫂嫂，她說您今天幫我寫了一封信。」

「是啊，已經寄出去了。這兩三天之內就會跟我聯絡吧。先看回信怎麼說，我再決定要不要跑一趟。」

小六看他哥哥一副滿不在乎的模樣，心裡覺得很不滿。然而，宗助的態度裡看不出想要激怒對方的銳氣，也沒有想為自己辯護的邪惡，所以小六就更鼓不起勇氣跟兄長爭論了。

「那今天之前，您一直把那件事丟在一邊沒管啊？」小六只是簡單地向他哥哥確認了事實。

「嗯。實在很對不起你，我就一直丟著這事沒管。那封信也是今天好不容易才寫好的。實在沒辦法呀，最近總是處於神經衰弱的狀態。」宗助露出認真的表情說。小六臉上浮起了苦笑。

「如果不行的話，我打算立刻休學，乾脆到滿洲或朝鮮去吧。」

「滿洲或朝鮮？真夠果斷大膽！但你剛才不是還說滿洲動亂多事，覺得很危險嗎？」

兩人談到這兒，始終圍繞著相同的題目打轉，很難談出一個結論。

最後宗助對小六說：「哎呀！好了，別擔心了，總會有辦法的。反正等那邊有了回音，我會馬上通知你，然後我們再來討論對策吧。」說完，暫時結束了兩人的談話。

小六回家時經過起居室瞄了一眼，看到阿米正靠著長方形火盆邊發呆。

「嫂子，再見。」小六向她打聲招呼。

「喔，你要回去啦？」阿米說著，吃力地站起身來。

四

兩三天之後，正如宗助所料，小六牽掛已久的佐伯家回信了。信裡寫得很簡單，而且只有佐伯嬸母的筆跡。其實這件事只用一張明信片就能解決，她卻鄭重其事地把信裝在信封裡，還貼了一張三分錢的郵票。

這天，宗助從辦公室回到家，才剛扒下身上的窄袖工作服，換上居家服，在火盆前面坐下的瞬間，立刻看到抽屜口上方插著一封信，信封故意留出三公分左右的長度露在抽屜外面。宗助喝了一口阿米端來的粗茶，當場撕開了那封信。

「喔？阿安到神戶去了。」宗助一面讀信一面說。

「什麼時候？」阿米仍舊維持著剛才把茶杯交給丈夫時的姿勢問道。

「沒說什麼時候呢。反正信上說，馬上就會回東京。應該就快要回來了吧。」

「畢竟是嬸母寫的，所以才說什麼『馬上就會』。」

宗助對阿米的評論既沒表示贊同，也沒表示反對，只把剛念完的信紙重新捲好，往身邊一扔，然後伸出手，像是非常厭惡似地摩挲著自己的臉頰。他已經四、五天沒刮臉了，臉上長滿了扎手的鬍子。

阿米迅速地撿起那封信，卻沒打開來念，只把信紙放在自己的膝頭，轉眼看著丈夫問道：

「『馬上就會回東京』，究竟是什麼意思啊？」

「就是說，等安之助回來之後，會跟他說這件事，然後再到我們家拜訪的意思啦。」

「光寫『馬上就會』太曖昧了。應該寫清楚什麼時候回來嘛。」

「沒關係啦。」

阿米還想確認一下，便打開攤在膝上的信讀了起來。念完，又捲回原樣。

「請把那個信封給我一下。」說著，她向丈夫伸出手。宗助撿起那個掉在自己跟火盆之間的藍色信封交給妻子。阿米嘴裡發出「呼」地一聲，吹開了信封，把信紙塞進去，才轉身走向廚房。

宗助當場就把這封信的事情丟到了腦後。他想起今天在辦公室，一位同事描述自己在新橋附近，碰到了最近從英國到日本訪問的基奇納[9]元帥。宗助想，一個人擁有那樣的身分地位，不論走到世界任何一個角落，都會引起轟動，不過，也可能是那個人與生俱來的氣質引人注目吧。宗

9 基奇納（Horatio Herbert Kitchener, 1850-1916）：英國陸軍元帥，生於愛爾蘭，參與過多場英國殖民戰爭，在第一次世界大戰初期扮演要角。一九〇九年十一月一日曾為了視察日本陸軍而訪日。

助回顧著自己以往到現在的命運，又把今後即將面對的未來，跟這個叫作基奇納的人的未來兩相對比了一番，他發現自己跟基奇納之間實在差太遠了，遠得幾乎令人難以相信基奇納跟自己一樣都是人類。

宗助一面思考，一面拚命抽著香菸。戶外打從黃昏開始就吹起了大風，風聲聽來好像猛地從遠處襲來。風勢偶爾也會暫停，但那短暫的沉寂，反而令人覺得比狂風大作時更加悲戚。宗助抱著雙臂想道：「又快到火警鐘聲響個不停的時節了。」

他走進廚房，看到妻子已將炭爐燒得通紅，手裡正在燒烤切好的魚片。阿清則蹲在水槽邊清洗醃菜。兩個人都沒說話，分別專心又俐落地幹活。宗助剛拉開紙門，立刻聽到烤魚滴下汁液和油脂的聲響，聽了一會兒，他又默默拉上紙門，回到自己的座位。他妻子的視線始終沒有離開烤魚。

晚飯後，夫妻倆隔著火盆相對而坐。這時，阿米又向丈夫說道：「佐伯家那邊真叫人為難啊。」

「哎！那也沒辦法。只能等阿安從神戶回來再說了。」

「他回來之前，先找嬸母談談比較好吧？」

「也對。哎呀！反正再過不久就會來找我吧。先等一等吧。」

「小六弟弟會生氣吧？那樣也沒關係嗎？」阿米特意提醒丈夫，並向他露出微笑。宗助垂著眼皮，把手裡的牙籤插在和服衣領上。

到了第三天，宗助才寫信通知了小六佐伯家回信的事，並把自己一直掛在嘴上的那句話又在信尾寫了一遍：反正遲早總會有辦法的。寫完了信，宗助心頭十分輕鬆，好像事情已經解決了。每天早出晚歸進出官署時，他臉上的表情似乎表達著：「只要問題還沒逼到眼前，就先拋到一邊去吧，也省得煩心。」宗助每天都工作到很晚才下班，回家後就很少再出門，因為他覺得進進出出實在麻煩。家裡很少有客人來訪，晚上若是沒有特別的事情，有時甚至不到十點，就讓阿清去睡覺了。每天吃完晚飯之後，宗助跟他妻子便分別坐在火盆的兩邊閒聊，通常大約聊上一小時。談話內容大致也就是日常生活的瑣事，但是像「這個月三十號米店的欠款如何解決」之類家計拮据的窘狀，兩人卻從來不曾提起過。此外，譬如針對小說、文學發表評論啦，或是男女間那種幻影般的情話啦，這對夫婦也從來不會說出口。他們的年紀雖然不大，看起來卻像一對閱歷滄桑的過來人，一天一天地過著低調樸實的生活。而另一方面，他們又像兩個平凡無奇、毫不起眼的男女，只為了組成習慣性的夫婦關係而湊在一塊兒。

從外表來看，夫妻兩人都不像會鑽牛角尖，關於這一點，從他們對小六這件事的態度就能看出一二。不過阿米畢竟是女流之輩，那天之後，她又向丈夫提醒過一兩回。

「阿安還沒回來嗎？你這個星期天不到番町瞧瞧嗎？」她說。

「喔，去看看也好。」宗助也只是嘴裡應著，等到他說的「去看看也好」的星期天來了，他又是整天無所事事，似乎已把那件事忘得一乾二淨，而阿米看到丈夫這樣，也沒有任何埋怨。碰到天氣不錯的話，她就對丈夫說：「你去散散步吧。」萬一外面正在刮風下雨的話，阿米就對丈夫說：「還好今天是周日，太幸運了。」

好在那天小六來過之後，就沒再露面了。小六這年輕人做起事來有種神經質的執著，只要是他想做的，不管是什麼，都得貫徹到底，這一點，倒是跟從前在別人家裡當書生[10]時的宗助有點相似。而相對的，小六若是突然改變了主意，就算是昨天才說過的話，也能立刻拋到腦後，就像從沒說過似的。他跟宗助畢竟是同胞兄弟，就連這項特質，也跟往日的宗助一模一樣。而且小六的思路清晰，思考問題的時候不是把感情混入理想，就是用理想控制感情，他覺得不合理的事情，絕對不肯去做，而相反的，任何事情只要能找到充分的理論支持，他就會拚命想讓理論獲得實踐。更重要的是，小六現在這年紀正好身強體健，精力旺盛，憑著他一股血氣方剛的力量，幾乎沒有辦不成的事情。

宗助每次看到弟弟，總覺得往日的自己好像又重新復活，站在自己的面前。這種現象有時令他心驚膽戰，有時也令他不快。他會忍不住懷疑，難道老天爺是想盡量讓我憶起從前的痛苦，而故意把小六送到面前來？每次想到這兒，宗助就非常恐懼。接著，他又轉念一想，或許這傢伙是為了跟我遭遇相同的命運才降生到這世上來的？這種聯想令宗助極為憂慮，有時，還會有一種超過憂慮的不悅從他心中升起。

但是到現在為止，宗助不僅不曾向小六提出過任何建議，也沒有針對小六的未來提醒他該注意些什麼。宗助對待弟弟的方式極其平凡，就像他的生活極其低調，別人完全看不出他曾經擁有的過去那樣，宗助在他弟弟面前也從不隨便擺出一副閱歷豐富的長輩作風。

宗助跟小六之間原本還有兩個兄弟，但兩人很早就夭折了，所以宗助跟小六雖說是兄弟，年紀卻相差了十幾歲。後來又因為宗助在大一時出了問題，轉學到京都去了，所以小六十二、三歲的時候，兄弟倆在家朝夕共處的日子就已結束。宗助現在還記得，小六是個固執又不聽話的淘氣小孩。他們的父親那時還活著，家境也不錯，生活頗有餘裕，家裡甚至還有一棟傭人房，專為他家拉車的車夫也住在裡面。那個車夫有個兒子，大約比小六小三歲，經常陪著小六一起玩。記得那是夏季的某一天，天氣熱得不得了，兩個小孩把糖果袋黏在長竹竿的尖端，再抓著竹竿在一棵大柿子樹下捕蟬。宗助剛好看到他們，便拿了一頂小六的舊草帽對車夫的小孩說：「阿兼，你那樣頂著太陽猛晒，小心得霍亂唷。來！戴上這個吧。」不料小六看到哥哥不經他的同意，就把自己的東西送給別人，頓時火冒三丈，馬上從阿兼手裡搶回草帽，往地上一丟，跳上去一陣亂踩，最後終於踩得那頂草帽不成形狀。宗助見狀，立即從迴廊光腳跳下院子，伸手就往小六的腦袋猛

10　書生：原指明治大正時期借宿他人家中的大學生，這些學生一面讀書求學，一面以幫忙家事、雜務等方式代付食宿費。後來也有人將家裡打雜的長工稱之為「書生」。

敲幾下。從那時開始，宗助眼中的小六就成了惹人嫌的小討厭。

後來到了大二時，宗助為了某種原因不得不離開學校，也不能返回東京的老家。就從京都直接前往廣島，在那兒生活了半年多。父親是在那段時間裡去世的。宗助的母親早在父親去世前六年就已撒手人寰。父親死後，家裡只剩下一名二十五、六歲的小妾，還有十六歲的小六。

那時宗助接到佐伯家叔父打來的電報，匆匆返回久別的東京。辦完父親的喪事之後，宗助打算整理一下家產，等他著手清點財產之後才漸漸發現，原以為應該剩下一些的遺產，竟然出乎意料地少，而原以為不可能留下的債務，數目卻相當多，宗助大吃一驚，連忙找佐伯家叔父商量。叔叔告訴他：「這也是沒辦法的事，只好把老宅賣了吧。」宗助決定先給那個小妾一筆巨款，立刻打發她離去。小六暫時留在叔父家，拜託叔父代為照顧，但是最關鍵的房產，卻不是想賣就能馬上賣掉的，宗助只好又拜託叔父幫忙，想先解決了眼前的難題再說。佐伯叔父是個創業家，創辦過許多事業，不過都沒有成功。換句話說，他是個喜歡投機冒險的男人。宗助還沒離開東京前，這位叔父就經常想出各種賺錢的花樣慫恿宗助的父親投資。而宗助的父親或許也有那方面的貪念，他前前後後投注在叔父事業裡的資金，絕對不是小數目。

父親去世的時候，叔父的境況似乎跟從前沒有兩樣，再加上父親生前跟他的交情，而且像叔父那種人，通常也都表現得通情達理，十分上道，所以叔父痛快地答應宗助，幫他處理後事。但相對的，宗助也把變賣房產的事情全權交給叔父打點。說穿了，就是他用房產當作抵押，換到一筆臨時應急的費用。

「房產這種東西啊，你不挑一下買主，是會吃虧的。」叔父說。

至於老家那些占據空間的家具和日常用品，叔父認為反正不值幾個錢，便全都賣掉，剩下五、六幅掛軸和十二、三件古董，就暫時放著，等以後再慢慢尋找買主，否則還是可能吃虧。宗助對叔父的意見表示贊同，便把這些財產都交給叔父保管。辦完了喪事，扣除所有支出後，宗助手邊還剩兩千圓左右。這時他才想起，應該把其中一部分留下來，當作小六以後的學費。因為宗助當時的境況不像現在這麼穩定，他擔心若是等到以後再按月寄去小六的學費，說不定自己哪天會拿不出那筆錢，想來想去，雖然覺得不甘，也只好把心一橫，從兩千圓裡分出一半交給叔父，懇請叔父好生照顧弟弟。宗助心想，自己已經半途失學了，無論如何，起碼也得讓弟弟接受完整的教育才對，而另一方面，宗助也覺得，等那一千圓用完的時候，說不定自己就有能力解決問題了，或者還會有別人伸出援手。宗助便懷著一絲模糊的期待返回廣島了。

大約過了半年，叔父寫了一封親筆信告訴宗助：「老宅的房子終於賣掉了，放心吧。」但房子究竟賣了多少錢，信裡卻一個字也沒提。宗助寫信向叔父問起這件事，過了兩個星期，才收到叔父回信說：「金額完全足夠償還我當初借你的錢，你不必操這個心。」宗助對叔父的回答有點不滿，但又看到信裡寫著，細節等到下次見面時再詳談。按照他的想法，真想立刻趕到東京問個清楚。宗助告訴妻子這件事，同時也想聽聽妻子的意見。阿米聽完後，臉上露出同情的神色說：

「可是你又去不了，有什麼辦法。」說完，阿米跟平日一樣向丈夫露出微笑。

宗助這才像聽到妻子宣判了自己的命運，抱著兩臂陷入沉思。想了半天，他明白自己的地位和處境都不允許他隨意行動，不論用什麼方法都無法擺脫眼前的束縛，也就不再掙扎了。

無奈之中，宗助又跟叔父寫信交涉了三、四回，每次的回信都是完全相同的內容，就像用印章蓋上去似的：「詳情等下次見面再跟你細說。」

「這就沒辦法了。」宗助讀完信，氣憤地望著阿米。大約又過了三個月，宗助打算找機會，帶著阿米回一趟久違的東京。誰知就在臨行之前，他卻得了感冒，只好在家休息，更沒想到感冒後來又轉成了傷寒，他這一躺，竟然就是六十多天，身體也一下子變得非常衰弱，直到病癒後一個月，還無法完全投入工作。

等到宗助的身體完全恢復後沒多久，又不得不從廣島搬家到福岡去。他原想趁著搬家前，先到東京一趟。然而計畫還沒付諸實現，又被許多雜務絆住，不得動彈，結果東京也沒去成，就無奈地搭上列車，任由列車載著自己的命運直往福岡駛去。這時，當初變賣家產換來的那筆錢幾乎快要花光了。宗助在福岡生活了大約兩年，日子一直過得很艱難。他常常憶起從前在京都當書生的那段日子。那時，他經常隨便找個藉口，向父親索取大筆學費，然後任意揮霍。當他把往事和自己現在的身分兩相對照時，心裡總會生出一種因果纏身的恐懼。有時，當他暗自回顧逝去的青春，才會睜開一雙惺忪的睡眼遙望遠方的彩霞，同時也在心底慨嘆：「那時的我，是站在一生的榮華巔峰啊。」每當他感覺日子越來越苦，就會在妻子面前嚷道：「阿米，那件事丟在一邊很久了，我還是到東京交涉一下如何？」

阿米當然不敢違背丈夫的想法，只能垂著眼皮怯怯地答道：「不行吧。因為叔父完全不相信你呀。」

「或許他是不相信我，但我也不相信他呀。」宗助故意裝出一副不在乎的模樣說。但是看到阿米低眉垂首的態度，宗助的勇氣好像一下子全不見了。夫妻倆的這種對話，最初大概是每月出現一兩次，後來變成兩個月一次，然後是三個月一次，最後，宗助終於做出結論：「好吧。反正他只要照顧好小六就行了。其他的事，等我哪天到東京跟他見面再說。對吧？阿米，妳看這樣可好？」

「那當然很好啊。」阿米答道。

從那以後，宗助再也不提佐伯家。他認為，就憑自己從前那段往事，也不好隨便開口向叔父討錢。也因為這樣，宗助自始至終不再寫信提起那筆錢。小六經常寫信給宗助，但通常都寫得很短，宗助對弟弟的記憶，還是父親去世時在東京見到的小六，總以為小六還是個天真純潔的孩子，自然從沒想到讓小六代表自己去跟叔父交涉。

宗助跟妻子的日子過得十分低調、隱忍，這對夫妻就像兩個互相依靠的同志，並肩強忍風寒，彼此緊抱對方取暖。遇到心裡實在苦得受不了時，阿米仍然會對丈夫說：「可是，這也是沒辦法的事啊。」

宗助則告訴阿米：「是啊，忍著吧。」

某種類似認命或強忍的氣氛總是瀰漫在兩人之間，而像未來或希望之類的東西，則從來不曾在他們面前顯現蹤影。宗助跟妻子很少談起往事，有時甚至像是互相約好了似地，彼此都在迴避從前。阿米偶爾會安慰丈夫道：「好運一定馬上就會降臨的。厄運總不會一直跟著我們吧。」

而宗助聽了則覺得，這簡直就是命運之神假借深情的妻子之口在嘲諷自己啊。所以他總是露出苦笑而不知如何作答。阿米若是沒察覺丈夫的心情而繼續說下去，宗助便乾脆氣憤地罵道：「難道我們連期待好運的權利都沒有嗎？」

妻子這才認清現狀，連忙閉上嘴巴。接下來，夫妻倆便默默地相對而坐，一起陷入那個自己動手挖掘的坑洞裡，一待就是好幾個鐘頭，而那個又黑又大的坑洞就叫作「從前」。

他們作繭自縛地抹殺了自己的未來，也不再期待前方還有璀璨的人生，兩人只希望這樣一直手牽著手向前走。對於叔父聲稱已經賣掉的那份房產，宗助原就沒抱著太大期望，但是有時想起這件事，又忍不住對阿米說：「不過，要是按照最近的行情出售，就算是賤價求現，也能賣到比叔父給的那筆錢多一倍的價格呢。」

「又在說房產？怎麼一直都忘不掉啊？當初也是你自己拜託叔父幫忙處理的嘛。」阿米露出悲戚的笑容說。

「那是因為沒辦法。當時那情況，若不那麼做，根本沒法收拾殘局。」宗助說。

「所以呀，或許叔父以為房產土地是他給你那筆錢的代價呢。」阿米說。

聽到這兒，宗助也覺得叔父的做法或許沒有錯，但他嘴裡還是像在辯駁什麼似地說：「那種想法不太對吧？」

每次談到這問題，夫妻倆爭論的焦點就會慢慢越扯越遠，最後不知扯到哪兒去了。

宗助跟妻子就這樣一直過著既寂寞又和睦的日子，到了第二年年底，宗助在偶然的機會下，遇到從前一位叫作杉原的同學。杉原跟宗助在大學的時候非常要好，畢業後考取了高等文官資格。他跟宗助重逢時，已在政府的某部門任職。當時是因為公事到福岡和佐賀出差，所以特地從東京趕來跟宗助見面。宗助在報上看到杉原出差的消息，對於杉原抵達的時間、住宿地點等訊息，也早就弄得一清二楚，但他想到自己是個失敗者，站在功成名就的同學面前那種低人一等的感覺，令他感到羞愧，更何況，宗助原本就特別不想見到從前求學時代的朋友，所以自始至終就沒打算到旅館去拜訪這位同學。

然而，杉原卻在偶然的狀況下聽到宗助住在福岡的消息，他向宗助提出強烈要求，請他一定要來相會，宗助只好答應了杉原的邀約。事實上，宗助後來能從福岡搬回東京，幾乎全得歸功於杉原的協助。兩人相見後不久，宗助接到杉原來信，得知自己託付好友的事情，已全部安排就緒。這天在家吃飯的時候，宗助放下筷子對妻子說：「阿米，我們終於可以到東京去了。」

「啊唷！太好啦。」說完，阿米抬頭看著丈夫的臉孔。

兩人剛回東京的頭兩三星期，真是整天忙得昏天黑地。老實說，任何人剛搬新家或剛剛開始新工作（就跟他們一樣），都會被忙碌和都會空間裡日夜不停的喧囂刺激得無法靜心思考，也無法從容實踐任何計畫。

宗助和妻子搭乘夜車到達新橋車站時，總算見到了久違的叔父和嬸母。或許因為車站的電燈不夠亮吧，宗助覺得叔父和嬸母的臉上並無欣喜之色。只見他們滿臉倦容，好像宗助那班列車路上遇到車禍，延遲半小時才到站，完全是宗助的過錯似的。

眾人在車站相見後，宗助只聽到嬸母說了一句話：「哎唷！阿宗啊，好久不見了，你看起來老了好多呢。」阿米這時才第一次被人引見給叔父和嬸母。

「這就是那個……」嬸母說了一半，抬眼看著宗助。阿米也不知如何打招呼，只好默默地低著頭。

小六當然也跟著叔父夫婦一起來迎接哥哥。宗助一眼看到小六時，心裡真是大吃一驚，他沒想到弟弟竟已長得這麼高，幾乎快要超過自己了。小六那時才剛從初中畢業，正準備進高中就讀，看到宗助後，也沒叫聲「哥哥」，或說聲「歡迎您歸來」，只是笨拙地向宗助彎了彎腰。

宗助和阿米在旅店住了大約一週，才搬到了現在的住處。搬家時叔父和嬸母幫了很多忙，還送來一套小家庭使用的廚具與餐具，並對宗助說：「那些零零碎碎的廚具就不必買了，這套舊的若是能用，就拿去用吧。」不僅如此，叔父還對宗助說：「你剛搬了新家，需要添置的東西很多吧。」說完，拿出六十圓交給宗助。

搬家後，宗助夫婦整天忙進忙出，一眨眼工夫，半個月就過去了。以前還在外地時，宗助對那老宅房產的事情曾經那麼在意，誰知一回到東京後，卻始終沒跟叔父提起財產的事。有一天，阿米向他問道：「我說啊，你跟叔父談過那件事了嗎？」

「喔，還沒呢。」宗助這才像剛想起來似地說。

「你也真怪，從前那麼在意的。」阿米露出淺笑。

「因為我根本沒時間好好兒坐下來跟他談這件事啊。」宗助辯解道。

接著，又過了十天。這次是宗助主動向阿米提起。

「阿米，那件事我還沒說呢。現在覺得太費事，不想說了。」宗助說。

「不想說就別勉強了吧。」阿米答道。

「可以嗎？」宗助反問。

「可不可以，本來就是你的事呀。我向來都覺得無所謂啦。」阿米說。

「我是想，那麼鄭重其事地提出來，感覺也很怪，還是等以後有機會再談好了。反正遲早會有機會的。」說完，宗助決定暫時不再提起這事。

小六在叔父家裡過得還算滿意，他曾向宗助表示，等到升學考試結束，進入高中之後，他就得搬到學校宿舍住。關於升學的問題，小六似乎早就跟叔父談好了。儘管哥哥最近回東京來了，但他認為哥哥並未負責自己的學費，因此也就不像他跟叔父那麼親密地跟哥哥商討自己的前途。堂兄安之助倒是一直都跟小六很親近，兩人的關係反而比宗助跟小六更像親兄弟。

所以自然而然地，宗助逐漸不再到叔父家去了。就算偶爾前往探望一次，也總是應付交差似地敷衍了事，每次從叔父家出來，走在回家的路上，宗助的心情都會很糟。到了後來，每逢年節的寒暄慰問之後，宗助幾乎立刻就想告辭回家。在那種場合下要他再多聊半小時，簡直令他如坐針氈。而且叔父也顯得極不自然，好像很受拘束。

「哎呀，還早嘛，多坐一會兒吧？」嬸母倒是每次都會挽留宗助，但這種客套反而讓他更加不安。若是隔上一段日子不到叔父家探望一下，他又覺得自己似乎做了虧心事，內心頗感不安，只好再前去探望叔父。

宗助有時也會主動向叔父行禮道謝：「小六真是給您添麻煩了。」除了這種口頭問候之外，宗助卻懶得提起弟弟未來的學費，以及當年自己離開東京那段日子，叔父代售家產得到的收入。儘管有時覺得麻煩，宗助卻仍然不時拜訪自己並不關心的叔父。顯然他並不是單純地為了維持叔姪關係之類的世俗義務，而是因為心底藏著某種想要伺機解決的課題。

「阿宗好像完全變了個人啊。」嬸母曾對叔父提出自己的看法。

「對呀。可見從前發生的那件事，畢竟還是影響深遠哪。」叔父答道，那語氣就像在強調因果報應的可怕。

「真的呢，太驚人了。以前那孩子才不會這麼垂頭喪氣……甚至還可說，他總是精力過剩吧。真沒想到才兩三年不見，竟變得這麼老氣橫秋，簡直認不出來了。現在他看起來比你更像個老頭呢。」嬸母說。

「怎麼可能。」叔父又答。

「不是啦，且不說腦袋和臉孔，我是說他的模樣啦。」嬸母辯解道。

自從宗助回到東京以來，這種對話在老夫婦之間已不知上演過多少回。而事實上，宗助每次到了叔父家，老人家眼裡的他，確實也就是這副模樣。

至於阿米呢，只有在剛抵達新橋站的時候被人介紹給叔父夫婦，之後，一直還沒跨進過叔父家門檻一步。雖然她那天很有禮貌地喊了聲「叔父」「嬸母」，後來跟大家分手時，叔父夫婦也對阿米說：「如何？有空到家裡來玩吧。」

阿米卻只是點點頭，行個禮說：「謝謝。」至今也沒打算到叔父家拜訪。

後來就連宗助也沉不住氣了，向阿米提議過一次：「到叔父家去一趟如何？」

「可是……」阿米說著，臉上露出奇異的表情。從此宗助也就沒再提起這件事。

宗助跟叔父家的關係就像這樣維持了一年多，不久，自認精神狀態比宗助還年輕的叔父，卻突然去世了。起因是一種叫作脊髓腦膜炎的急症，最初叔父的症狀只像感冒，在家裡休息了兩三天。一天，他上完廁所後正要洗手，手裡還抓著木勺，就倒在地上，不到一天，就斷氣了。

「阿米，結果我還沒跟叔父談那件事，他就死了。」宗助對阿米說。

「你這個人，還在想著要談那件事啊？你也太執著啦。」阿米答道。

之後，又過了一年多，叔父的兒子安之助從大學畢業了，小六也升上了高二。嬸母跟安之助一起搬家到了中六番町。

叔父去世後第三年的暑假，小六到房州海邊游泳，一直在那兒待到九月底，前後大約住了一個多月。他還從保田橫斷房總半島後，又沿著上總海岸經由九十九里到達銚子。然而到了銚子之後，他卻突然決定返回東京。回來後過了兩三天，小六就跑到宗助家來。那是個初秋的午後，秋老虎依然十分猖狂。小六整張臉孔都晒得黑漆漆的，只有一雙眼睛閃閃發亮，猛一看，還以為從哪裡跑來一個土著。小六走進宗助家平日晒不到的客廳，立刻仰面一倒，躺在榻榻米上等待兄長歸來。等到宗助出現在客廳時，小六連忙從地上爬起來。

「哥，我來這兒，是有點事情想跟您商量。」小六一副豁出去的語氣。宗助聽了有點兒訝異，連自己那身非常悶熱的西裝都來不及換，就先忙著聽弟弟傾訴。

據小六轉述，兩三天前，他從上總回來的當天晚上，嬸母親口告訴他，以後再也付不起他的學費了，雖然她心裡很同情小六，但也只能付到今年年底。小六說，父親去世後，自己立刻被叔父家收養，不但能夠上學受教育，吃飯穿衣也都不必操心，甚至還能有零花錢，自己的生活幾乎跟父親在世時一樣，毫無任何不足之處，也因此養成了一種惰性，直到那天晚上為止，自己的腦中從沒考慮過學費之類的問題，聽到嬸母宣布的時候，他只感到一片茫然，根本不知該如何應對。

至於不能繼續照顧小六的理由，嬸母畢竟是個女人，她以充滿憐憫的態度，前前後後花了一個鐘頭向小六委婉地說明。嬸母列舉的理由當中，除了因為叔父去世，家中經濟狀況出現變故之外，還有安之助大學畢業後，說不定什麼時候就會結婚等等。

「如果有辦法的話，我是想最起碼也要供你讀完高中的，但我能維持到今天，已經很不容易了。」

「嬸母就是這麼說的。」小六又重複了一遍。聽了嬸母的話，小六突然想起當年父親去世，哥哥回東京來處理後事，等到葬禮辦完，兄長即將返回廣島之前，曾向自己交代過：「你的學費我已交給叔父。」於是小六向嬸母提起此事。

嬸母露出訝異的表情說：「喔，當時，阿宗確實是留下一些錢才走的，但那筆錢早就用光啦。你叔父活著的時候，就一直在幫你設法籌措學費呢。」嬸母說。

小六事先並未從哥哥這兒聽說過那筆錢的數目，也不知哥哥交給叔父的錢究竟夠他上幾年的學，所以聽了嬸母這番辯駁，他一句話也答不上來。

「你也不是舉目無親，還有個哥哥在嘛，可以找他好好商量一下啊。而我呢，也會跟阿宗見面，跟他詳細說明這件事。只是阿宗最近很少到這兒來，我也很久沒看到他了。所以你的事情，一直沒法跟他提起。」嬸母接著又補充了一大堆。

宗助聽了小六交代的事情經過之後，只看著弟弟的臉孔說了一句：「這可真要命啊。」但他心裡並沒有從前那種氣得想要立刻去找嬸母理論的情緒，也不覺得小六突然改變態度令人厭惡。之前小六對他總是冷冷的，似乎因為自己不靠哥哥過活，就不必跟哥哥多說什麼似的。

小六心煩意亂地向哥哥告辭時，宗助站在昏暗的玄關目送弟弟的背影。小六的心情就像自己偷偷編織的前程美景突然被人毀掉了一大半。送走了小六之後，宗助仍然站在玄關的門檻上，繼續欣賞了一會兒木格門外正在閃耀的夕陽。

這天晚上，宗助從後院剪來兩片巨大的芭蕉葉，鋪在迴廊邊上當座墊，他跟阿米一面並肩乘涼，一面聊著小六的事情。

「嬸母是想叫我們照顧小六吧？」阿米問道。

「這個嘛，不跟她當面問個明白，誰知道她是什麼意思呢。」宗助說。

「一定就是那個意思啦。」阿米一面回答，一面在暗處叭噠叭噠地揮著扇子。宗助什麼也沒說，只把脖子伸得長長的，放眼打量屋簷和山崖之間那道細長的天空。夫妻兩人都陷入沉默，半晌，阿米又說：「可是，我們哪有能力呀。」

「要靠我的力量供一個人念完大學，根本就不可能。」宗助只對自己的能力表明了態度。

說到這兒，兩人便換了話題，再也沒提起小六或嬸母。兩三天後剛好是星期六，宗助從辦公室回家的路上，順便繞到番町的嬸母家。

「哎唷，難得看到你呀。」說完，嬸母便忙著招待宗助，態度顯得比往日更熱絡。宗助壓下心中的厭惡，把這四、五年來累積在心底的各種疑問全都提出來。嬸母聽了，當然也不能不拚命辯解一番。

據嬸母表示，當初宗助家的老宅出售時，叔父究竟收了多少錢，她實在記不清了，總之，叔父幫宗助還清了臨時救急的那筆款項後，剩下的數目大約是四千五百圓或四千三百圓。但是叔父認為，那座老宅是宗助主動交給叔父的，所以不論賣了多少錢，剩下的金額應該就是歸他所有。但他不想被別人說成是「賣掉宗助家老宅而大賺了一筆」，所以就把那筆錢當成小六的財產，以小六的名義保管著。叔父還說，宗助當年幹了那種事，已經失去了繼承權，就連一塊錢也不該給他。

「阿宗你可別生氣喔。我只是把叔父說過的話轉述給你聽而已。」嬸母向宗助解釋著。宗助沒說話，繼續聽嬸母說下去。

不幸的是，以小六名義保管的那筆財產，很快就被叔父以幹練的手法變成了神田繁華街上的一棟住宅。然而，房子還沒辦好保險手續，就被一把火燒掉了。叔父認為購屋的事，打一開始就沒跟小六提過，因此就把房子燒毀的事情壓了下來，故意沒告訴小六。

「所以啊，這件事實在很對不起你阿宗，但是潑出去的水，沒法挽回了，這也是無可奈何的事情。就當你自己運氣不好，認了吧。若是叔父還活著，自然能給你想想辦法。就算叫我多養小六一個，也算不了什麼。這且不說，事到如今，即使叔父不在了，只要我們條件許可，也還是能弄一棟跟那燒掉的住宅相同的房產還給小六，就算做不到這一點，至少也能想辦法照顧他到畢業為止啊。」說到這兒，嬸母又把話題一轉，向宗助說起其他八卦，主要是關於安之助求職的細節。

安之助是叔父的獨生子，今年夏天剛從大學畢業，這個年輕人在家裡一直備受呵護，平時交往的對象也只有幾位同班同學，從表面看來，他似乎不太了解世事，但是實際走進社會之後，原本那種不諳時務的表現，反而令人覺得他對任何事都滿不在乎。安之助是工學院機械系的學生，儘管目前國內的創業活動已趨於低潮，但他若想在全國眾多公司行號裡找一兩個合適的工作，還是不成問題。然而，或許因為身上流著父親冒險投機的血液，安之助認為自己也該開創一番新事業。正好就在這時，他碰到一位同系的學長。那人在月島附近開了一間屬於自己的工廠，規模雖然很小，卻是獨立經營。安之助跟學長商量後決定，自己也投資若干金額，然後跟學長聯手經營。而嬸母說要告訴宗助的內幕，不過就是這段緣由而已。

「不瞞你說，我們手裡原本僅有的那點股票，全都拿去投資工廠了，現在家裡真的是一文不名。當然別人看起來，以為我們家人口少，又有房產，日子應該過得不錯，這也是人之常情。譬如上次原家的媽媽來玩的時候還說，喔！還是妳家的日子過得最舒服了，每次我來，都看到妳在那兒細心地擦拭萬年青的葉子。其實她也沒說錯啦。」嬸母說。

宗助聆聽嬸母敘述時，只覺得腦中一片空白，不知如何應對。他認為這是因為自己患過神經衰弱的緣故，事實證明自己的腦子現在已不像從前那麼反應敏捷了。嬸母說到最後，覺得宗助似乎還是不相信自己的說詞，她甚至把安之助投資的金額都告訴了宗助。據說他們總共大約投注了五千圓進去，以後他們暫時只能靠安之助微薄的月薪，和那五千圓投資帶來的紅利過活了。

「而且那紅利究竟能分到多少，誰也說不準啊。工廠經營順利的話，大概可以分到一成或一成五的利息，要是弄得不好，說不定得把老本蝕光呢。」嬸母特地加上這句說明。

聽了嬸母這番解釋，宗助覺得她倒不像那種厚著臉皮不還錢的人，因此也感到有點為難，若今天不跟嬸母討論一下小六的未來就告辭回家，實在於心不甘。於是宗助決定暫且不提嬸母剛才說的那堆有的沒的，而把重點集中在自己當年交給叔父的那一千圓，也就是小六的教育基金上。

「阿宗，那筆錢真的全都花在小六身上啦。光是小六上高中以來，這樣那樣的花費，都已經花掉了七百圓。」嬸母答道。

說到這兒，宗助順便又追問了自己當年拜託叔父保管的那批字畫古董的下落。

「說起那些東西，可真是氣死人啦。」嬸母說了一半停下來，看著宗助問道：「怎麼？阿宗，那件事沒跟你說過嗎？」

「沒有啊！」宗助說。

「哎唷！哎唷！是你叔父忘了告訴你了。」說著，嬸母這才把事情的原委告訴了宗助。

原來宗助返回廣島後沒多久，叔父託一個姓真田的熟人幫忙處理那批東西。據說那傢伙對古董字畫十分內行，平時就經常出入各種場所，專門從事那種買賣，所以他當場允諾了叔父。之後，真田就三天兩頭跑來找叔父，不是說「某人對某樣東西有興趣，想先看看貨色」，就是說「某先生想買某樣物品，拿去給他瞧瞧吧」，說完，拿走東西之後就沒下文了。叔父向他追問，也總是推託說「客人拿去就沒再還回來」什麼的，總不肯痛痛快快地解決問題，拖到最後，再也拖不下去的時候，就乾脆避不見面，不知躲到哪兒去了。

「不過啊，現在還有一扇屏風放在這兒唷。上次搬家的時候才發現的，當時阿安還叮囑我說，這可是阿宗的東西，下次得便就給他送去吧。」

嬸母提起宗助存放在她家的東西，一副根本不放在眼裡的感覺，宗助呢，至今一直放在那兒沒再過問，可見他對那些古董也不太有興趣，所以看到嬸母一點也不覺得內疚，他也就沒特別氣憤。

誰知嬸母接著又說：「阿宗，反正你這東西放在這兒，我們也用不著，你就帶回去吧，怎麼樣？最近不是聽說這種東西挺值錢的？」事實上，宗助聽了嬸母的話，也覺得乾脆搬回家算了。

他命人把屏風從儲藏室搬出來，放在明亮的地方打量了一會兒，感覺從前確實看過這座兩扇相連的屏風。只見屏風的下方密密麻麻地畫著萩花、桔梗、芒草、葛藤和仙鶴草之類的植物，上方畫著一輪銀色滿月，旁邊空白處寫著「荒徑月夜之仙鶴草其一[11]」。宗助跪在屏風前面細細欣賞，在那發黑的銀色附近，葛葉被風掀起，露出葉子背面乾枯的色彩，旁邊有個紅色圓圈，大小就像個大福餅，圓圈裡面是「抱一」[12]的行書落款。看著這幾個字，宗助不禁憶起父親生前的景象。

從前每到新年，父親一定會從昏暗的庫房裡搬出這座屏風，放在玄關當作裝飾，屏風前面放一個紫檀木的方形名片盒，前來拜年的客人可以把名片放在盒中。又為了表示吉慶之意，客廳的凹間必定掛出一對老虎畫軸。宗助至今仍然記得，父親曾告訴過他，這張畫作並不是岸駒[13]畫的，而是出於岸岱[14]的手筆。不過這張畫已被弄髒，畫裡的老虎伸著舌頭正在飲用山泉，鼻梁上面卻有一塊墨跡。父親對這汙跡非常在意，總是看著宗助抱怨道：「還記得嗎？這可是你塗上去的。都怪你小時候淘氣。」父親說這話時，臉上露出哭笑不得的表情。

---

11 其一：鈴木其一（一七九六—一八五八），江戶後期的畫家，酒井抱一的弟子。

12 抱一：酒井抱一（一七六一—一八二八），日本江戶時代的藝術家，光琳派的重要畫家之一。後來落髮為僧，也是詩人。

13 岸駒（一七四九—一八三九）：江戶後期的畫家。本名佐伯昌明，字賁然，善畫山水、花鳥、獸類。尤以畫虎著名。

14 岸岱（一七八二—一八六五）：江戶後期的畫家，岸駒的長子，跟隨其父學畫，善畫父親開創的傳統虎畫。

宗助神情嚴肅地跪坐在屏風前，回憶起自己還沒離開東京前的往事。

「嬸嬸，那我就把屏風帶回去了。」他說。

「好啊好啊！你拿去吧。要不然我叫人幫你送去吧。」嬸母好意向他建議。

宗助便順水推舟，拜託嬸母處理，然後便告辭回家。晚飯後，宗助又跟阿米來到迴廊。昏暗中，夫妻倆分別穿著白底花紋的浴衣，並排坐在一塊兒乘涼，還聊起白天的事情。

「你沒見到阿安嗎？」阿米問。

「是啊，聽說阿安星期六也在工廠忙到黃昏呢。」

「那麼辛苦啊。」

阿米只說了這句話，對叔父和嬸母的所作所為，一句評語也沒有。

「小六的事究竟如何是好呢？」宗助問。

「是啊。」阿米也只答了一句

「按理說，我們這邊也有我們的說詞，但若是提出反駁，最後就只能對簿公堂，如果手裡沒有證據，是不可能打贏官司的。」宗助提出自己極端的假設。

「打不贏官司也沒關係呀。」阿米立即答道。宗助只是露出苦笑，沒再接口說下去。

「反正啊，都怪我那時沒到東京來一趟。」

「然後等你能到東京來的時候，又沒那個必要了。」

夫妻倆一面閒聊，一面從屋簷下欣賞著細長的天空，又聊了一會兒明天的天氣，就鑽進蚊帳就寢了。

到了下一個星期日，宗助把小六叫到家裡來，將嬸母對自己說的那些話，一字不漏地告訴了弟弟。

「嬸母以前沒告訴你細節，或許是因為她知道你性子急，也或許以為你還是個孩子，所以故意沒說。這一點，我也不太明白。但總之，事實真相就是我剛才說的那樣。」宗助對弟弟說。

但是對小六來說，不論對他解釋得多詳細也嫌不夠，所以只答了一句：「是嗎？」說著，小六露出不滿又不悅的表情看著宗助。

「這也是無可奈何的事情啊。不論是嬸嬸或阿安，都沒有惡意啦。」

「我知道。」弟弟表情嚴峻地說。

「你是在怪我吧。我當然也有不對的地方。從一開始，我始終就是個一無是處的傢伙。」

說完，宗助躺下身子開始抽菸，沒再多說什麼。小六也不吭聲，只是抬眼打量豎立在客廳角落的那座兩扇相連的抱一屏風。

「你還記得那屏風嗎？」半晌，宗助問道。

「記得啊。」小六回答。

「前天從佐伯家送來的。父親從前的遺物，現在只剩這一件在我手裡了。如果能用它換得你的學費，我現在立刻就把它交給你。但只靠這座破爛的屏風，也沒法供你念到大學畢業。」說完，宗助又苦笑著說：「這麼熱的天氣，竟把這種東西擋在這兒，簡直是頭腦不正常。可是沒地方放嘛，也沒辦法啦。」宗助顯得十分感慨。

小六每次看到哥哥這種悠閒遲鈍的模樣，老覺得他跟自己好像分別活在兩個世界，心裡也因此對哥哥深懷不滿，但不論碰到什麼問題，兄弟倆卻從來沒吵過架。這時，他像是忍著氣似地突然換了個話題。

「屏風什麼的都無所謂啦。問題是，以後我該怎麼辦？」小六提出疑問。

「這可真是個問題。但好在只要年底以前想出對策就行了。再仔細考慮一下吧。我也會好好想想辦法。」宗助說。

聽到這兒，弟弟露出誠懇的表情向哥哥表示，以他的性格來說，這種不上不下的狀態，實在難以忍耐，現在就算到學校上課，也不能專心聽講，在家又無法安心預習，反正像眼前這種狀況，他是沒法忍耐下去的。然而，宗助聽完弟弟的意見，依然不肯改變態度，小六因此顯得更為不滿，囉里囉唆地埋怨了一大堆。

「為了這麼點小事，你就能說上這麼多，不管到哪兒去，都不成問題了。就算你立刻休學，也不要緊。你還是比我強多了。」哥哥說。兩人談到這兒，不歡而散，小六最後終究還是返回本鄉校園去了。

弟弟離去後，宗助先洗了澡，又吃了晚飯。到了晚上，他跟阿米一起到附近逛廟會，買了兩盆中意的花草，夫妻倆各提一盆回到家來。這種盆花最好是放在能夠承接露水的地方，宗助便拉開山崖下方的雨戶，把兩個花盆並排擺在落地窗外。

阿米鑽進蚊帳時向丈夫問道：「小六的事情怎麼樣了？」

「還沒想到怎麼辦呢。」宗助說。大約過了十幾分鐘，夫妻倆都陷入了熟睡。

第二天早上睜開眼，宗助又重新展開工作，也就沒有時間再考慮小六的事情。就算是下班後回到家，正在享受悠閒時光的那一刻，他也不想把這問題明晰地攤到自己面前研究。對於這種麻煩事，宗助那覆蓋在黑髮下的大腦根本無法應付。其實他從前對數學很有興趣，就算是非常複雜的幾何題，也能很有耐性地在腦中繪出圖形，現在回憶起這段往事，宗助才發現逝去的時光雖然不多，但發生在自己身上的變化卻是如此劇烈，這實在太可怕了。

儘管他不願想小六的事情，但小六的身影每天至少會在腦中隱隱閃現一回。只有看到那模糊的身影時，他才覺得自己必須為那傢伙的未來動動腦筋，然而，通常他又會覺得：「哎！幹麼那麼急呀！」隨即便打消了主意。宗助每天的心情就好像鉤子不小心戳到胸肌似的。

時間過得很快，一眨眼就到了九月底，幾乎每天晚上都能看到夜空裡的銀河了。一天晚上，安之助像從天上掉下來似地來到宗助家。宗助和阿米做夢都想不到的貴客上門了，夫妻倆暗自納悶著，不知安之助究竟有何貴幹。果然不出所料，他是因為小六的事才來的。

安之助告訴他們，不久前，小六突然跑到月島的工廠找他，說是哥哥已把學費的事詳細地告訴他了，但他覺得自己以往那麼努力學習，結果卻不能進大學，實在心有不甘，所以還是想盡量挽回，不論借錢也好，其他辦法也好，希望繼續念下去。接著又問安之助，有沒有什麼辦法可想？安之助告訴小六，他會找阿宗好好商量一下。不料小六立刻打斷他的話說，哥哥根本就不是可以商量的對象，他自己沒念完大學，所以覺得別人半途輟學也沒什麼了不起。小六又說，本來這次的事若要認真追究起來，就應該由哥哥負責，可是他一向就那樣，什麼都不在乎，無論別人說什麼，他都袖手旁觀。所以我現在能拜託的人，只有你了。本來嬸母已正式通知過我，以後不管我的學費了，現在我又跑來找你幫忙，說來也很奇怪，但我覺得你比嬸母更了解我的困難，小六說了半天，就是不肯打消升學的想法。

安之助聽完安慰小六說：「不可能的，阿宗對你的事非常關心，最近應該會到我家來談這件事。」說完，才把小六打發了回去。小六臨去前，從袖管裡掏出幾張白紙說：「我要向學校請假，請幫我在這請假單上蓋個章。」接著又說，沒有弄清究竟是休學還是繼續上學之前，自己也沒辦法安心學習，所以沒必要再每天到學校了。

安之助在宗助家談了不到一小時，便藉口工作繁忙，告辭離去。談到最後，兩人對小六的前途也沒得出具體結論。臨走前，安之助跟宗助說，反正哪天找個時間，大家聚在一起好好討論一下，如果可能的話，最好小六也一起參加。安之助走後，家裡只剩宗助夫妻倆。

「你有什麼打算呢？」阿米向丈夫問道。

宗助兩手往腰部的兵兒帶[15]裡一插，微微聳起肩膀說：「我也想重新回到小六那個年紀呢。我在這兒為他窮操心，怕他落到跟我一樣的命運，誰知他根本沒把我這個哥哥放在眼裡。好厲害呀！」

阿米端起茶具走向廚房。夫妻倆的談話到此為止，兩人又忙著鋪床就寢。睡夢中，清涼的銀河高高地掛在天空裡。

接下來那個星期，小六始終沒來，佐伯家那邊也毫無音訊。宗助的家庭生活重新回到以往平安無事的狀態。每天早晨，露水還沒變乾之前，夫妻倆就已起床，一起欣賞屋簷上的美麗朝陽。每天晚上，他們相對坐在煙燻竹台的油燈兩側，燈光照著兩人，畫出長長的身影。兩人之間無話可說時，常常只是靜靜地待著，傾聽壁鐘的鐘擺來回擺動的聲音。

儘管如此，他們還是好好商量了一下小六的問題，兩人心裡都明白，無論小六要不要繼續上學，他都得暫時從學校的宿舍搬出來。所以說，不是重回佐伯家，就是得搬到宗助家來，除此之外，別無選擇。而佐伯家已經表示不再負擔學費，若是拜託他們讓小六暫住，應該不好意思拒絕，但如果小六還想上學，每月的學費和零用錢，就得由宗助負擔，否則在嬸母面前說不過去。

15 兵兒帶：一種男性和服腰帶，質地較軟，繫法簡單，通常是居家或休閒時使用。

但這筆錢對宗助的家庭開支來說，卻是一筆負擔不起的費用。他們把每月的收支拿出來細細計算一番之後，兩人看法都一樣。

「怎麼算都負擔不起呀。」

「無論如何都沒辦法呢。」

夫妻倆正坐在起居室，隔壁就是廚房，廚房右側是女傭房，左側還有個六疊榻榻米的房間。因為家裡人少，包括女傭在內只有三人，阿米覺得這個六疊房間根本用不到，就把自己的梳妝台放在東邊的窗下。宗助早上起床後，洗完臉，吃完飯，也到這個房間來換衣服。

「我看，不如空出那個六疊榻榻米的房間讓他住，你看怎麼樣？」阿米突然提議。按照阿米的想法，若是小六的吃住由宗助這邊負責，然後再由佐伯家每月資助一些，小六就能如願念完大學了。

「穿著方面就把阿安的舊衣服，或是你的衣服拿來改一改，大概能應付得過去吧。」阿米補充道。其實阿米的建議，宗助也曾考慮過，但他對阿米有顧慮，所以沒有積極進行，也沒說出這想法，現在反而從妻子嘴裡聽到這建議，他當然不會拒絕。

於是，宗助寫信告訴了小六這計畫，並詢問弟弟的想法：「你覺得這計畫可行的話，我就到佐伯家去再跟他們談談。」小六接到信的當天晚上，立刻冒雨趕來。雨點不斷敲擊在他的傘上，發出啪噠啪噠的聲音，小六顯得十分高興，好像學費問題已經解決了似的。

「哎！都怪我們一直沒多關心你，任你在外面生活，嬸母才會說那種話。可是啊，你兄長若是條件稍微好一點，一定早就替你解決問題了，但你也知道，實在是沒有辦法呀。不過現在由我們提議，不論嬸母或是阿安，應該都不會拒絕。我向你保證，肯定會有辦法的，你就放心吧。」

小六聽完阿米的承諾後，又頂著雨聲返回本鄉校區去了。但是之後才隔了一天，他又跑來問：「哥哥還沒向嬸母說嗎？」接著，又過了三天，小六這回親自跑到嬸母家打聽。聽說哥哥還沒去過，便跑來催促宗助：「你還是早點去談吧。」

宗助雖然嘴裡嚷著要去要去，卻一直沒有付諸行動，日子一天天地過去，才一眨眼工夫，秋天已經降臨。宗助也覺得自己跟佐伯家討論這事拖得太久了。於是在那個秋高氣爽的星期日下午，他寫了一封信，表示自己要到番町跟嬸母談談這件事。不料，嬸母在回信裡說：「安之助到神戶去了，不在家。」

五

佐伯家嬸母是在星期六下午兩點到宗助家來的。那天的天氣很反常，一大早，天空就已陰雲密布，氣溫陡降，好像突然刮起了北風似的。嬸母的手放在竹編的圓形火盆上一面取暖一面說道：「這可怎麼辦？阿米呀，這房間夏天挺涼快，倒是很不錯，但是往後可就有點冷了。」

嬸母那滿頭自然鬈的髮絲梳成漂亮的髮髻，和服外套上的古典圓繩紐帶在胸前打一個結。嬸母天生愛喝酒，現在仍然每晚都要喝上一兩杯，所以臉色紅潤，身材豐滿，看起來比實際年齡年輕得多。嬸母每次來訪之後，阿米總是對宗助說：「嬸嬸看起來好年輕啊。」而宗助也總是向她說明：「那當然應該看起來年輕啊。因為她這把年紀，只生過一個孩子嘛。」阿米認為宗助所言或許不錯。但每次聽完這話，還是會悄悄鑽進六疊榻榻米的房間，打量著鏡中自己的臉孔。每次她都覺得自己的臉頰好像越來越瘦了。對阿米來說，凡是讓她聯想起孩子的事，都令她非常痛苦。譬如屋後房東家養了一大群小孩，那些孩子總是跑到山崖上的院中玩耍，一下盪鞦韆，一下捉迷藏，嘰哩呱啦吵個不停，每當阿米聽到那些聲音，心中就不免生出幾分幽怨。而如今坐在自己面前的嬸母，雖然只生了一個兒子，卻順遂地把兒子養育成人，還拿到了大學文憑。雖說叔父已經去世，嬸母臉上卻看不出一絲沮喪，外表也顯得那麼富泰，甚至胖得有了雙下巴。還聽說安之助一直很擔心母親過於肥胖，生怕她萬一中風就糟了。但在阿米眼裡看來，不論是母親操心的安之助，或是被兒子擔心的嬸母，這才像一對共享幸福人生的母子啊。

「阿安回來了？」阿米向嬸母問道。

「是啊，好不容易呢，前天晚上總算回來了。一直沒給你們回音，真是太抱歉了。」關於那封信的回信，嬸母就只提了一句，接著繼續把話題轉到安之助身上。

「這孩子啊，託你們的福，大學總算畢業了，不過從現在開始才是最重要的階段，真叫人操心……好在九月起他就要到月島的工廠去上班了。說來也算幸運，只要他照這樣下去，繼續好好學習，將來應該不會幹不好吧。不過呢，畢竟還年輕嘛，以後也不知道會變成什麼樣。」

阿米在一旁聽著，只是不斷答道「很好呀」、「祝賀您啊」等等。

「他這次去神戶，也是因為那方面的工作。據說是要把一種叫作柴油發動機還是什麼機的東西，安裝在捕鰹船上呢。」

阿米完全聽不懂嬸母說些什麼，嘴裡卻仍發出「嗯」、「喔」的應和聲。

嬸母立刻又說：「其實我對那些原本也是一竅不通啦。就算後來聽了安之助解說，也只能隨口應著『喔！是嗎？』……其實啊，我到現在都還沒弄懂柴油發動機究竟是什麼呢。」說著，嬸母放聲大笑起來。「據說是一種燃燒柴油的機器，能讓船隻隨意前進，我聽了說明，才知道那是個了不起的寶貝呢。只要有了那玩意兒，完全不必自己動手划船了。不論出海二十海里或四十海里，都變成一項輕鬆愉快的任務了。對了！要說起日本全國的捕鰹船數量，那可是很驚人的。如果每條捕鰹船都裝一台這種機器，利潤可不得了呢。所以他最近好像全副心思都放在這件工作上。上次還跟我開玩笑說，這麼好賺的工作當然很不錯，但若過於拚命，把身體搞壞，就划不來了。」

嬸母不停地說著捕鰹船和安之助的事情，看來真是得意萬分，而關於小六的事情，卻一直不見她提起。平時應該早已下班回家的宗助，也始終不見人影。

原來，宗助這天下班回家的路上，先繞到駿河台去了。下了電車後，他覺得嘴裡好像含著酸酸的食物似的，抿著嘴向前走了一兩百步，便走進一家牙科診所。三、四天前，宗助跟阿米相對坐下，正要開始吃晚飯時，他一面說話一面拿起筷子，也不知怎麼回事，門牙剛咬下去，就被什麼東西梗了一下，頓時痛得不得了，他用手指放在門牙上搖了搖，發現那顆牙齒的根部已經鬆動，吃飯時喝了湯水，就感到一陣刺痛，張開嘴吸進冷空氣時，也會疼痛。這天早上刷牙時，宗助為了避開疼痛的部分，故意只用牙籤挑出牙垢，又在鏡中觀察嘴裡的牙齒一番，這才發現以前在廣島用銀粉補過的兩顆臼齒，還有磨損得參差不齊的門牙，都閃耀著隱隱的寒光。

「阿米，我的牙齒不行了。這樣一碰，就會搖來搖去。」宗助換穿西服時，用手指搖了搖下面的牙齒。

阿米笑著說：「已經上了年紀啦。」說完，她走到宗助背後，幫忙把白色襯領[16]裝在襯衣上。

到了這天下午，宗助終於決定去看牙醫。走進診所的候診室，只見室內一張大桌，周圍擺著幾張包覆絲絨椅墊的椅子，三四名患者正在候診，眾人全都蜷曲背脊，下巴縮在領子裡。那些患者全是女性。室內有一座漂亮的褐色瓦斯暖爐，但還沒開始點火。宗助從側面打量大鏡子裡映出的白牆，耐心等候醫生呼叫自己進去就診。等了一會兒，實在無聊，這才看到桌上堆著許多雜誌，便拿起一兩本翻閱起來，原來全都是女性雜誌，每一本的開頭幾張全是畫頁，上面印著許多美女圖片。宗助反覆欣賞了那些圖片一番，然後拿起一本叫作《成功》的雜誌。一翻開雜誌，從第一頁起就印著一條條所謂的成功祕訣，譬如其中一條寫著：「不論做什麼都得向前衝。」又有一條寫著：「只知往前衝是不行的，必須以堅實的根柢為基礎向前衝。」讀到這兒，他便隨手把雜誌扣在桌上。「成功」離他太遠了。就連這種雜誌的名字，他也是現在才第一次看到呢。半晌，宗助對雜誌的內容還是很好奇，便又把扣在桌上的雜誌重新拿起來翻閱。無意間，他看到書頁上有兩行方形的字體，文字間並沒夾雜假名。這兩行漢字寫的是：「風吹碧落浮雲盡，月上青山玉一團。」宗助向來對詩歌類的東西並無興趣，但不知為何，讀到這兩句詩的瞬間，心裡卻

16 襯領：為了避免衣領容易弄髒，而在襯衣或外套的衣領裡扣上一條領片。現代的學生服或一般制服通常採用白色塑膠領片。

有頗深的感觸。倒不是因為詩句對仗工整，而是他想到，若是人類也能擁有跟詩中景色相同的心情，該是多麼愉快的事！想到這兒，他不免怦然心動。接著又出於好奇，他便把詩句前面的論文也讀了一遍，誰知那論文跟詩句好像一點關聯也沒有。放下雜誌之後，宗助腦中只剩下那兩句詩，一直徘徊不去。老實說，最近這四、五年裡，倒是第一次在生活中碰到這種事。

就在此時，對面的房門打開了，一名手拿紙片的書生喊了一聲「野中先生」，把宗助叫進診療室。

宗助進去一看，那房間比候診室大了一倍，裡面非常明亮，顯然充分利用了各種採光技巧。房間的兩端各有四張診療椅，每張椅子前面都有身穿白圍裙的男人在為患者治療。宗助被帶到最裡面的診療椅旁邊。「請坐在這兒。」書生告訴他。宗助便登上腳踏板似的東西，在椅子上坐下來。書生又拿來一塊條紋厚毛毯，幫他將膝蓋以下都嚴嚴實實地包裹起來。

宗助發現自己這樣安穩地躺下之後，原來那幾顆作怪的牙齒也沒那麼疼了。不僅如此，就連肩膀、背脊、腰部周圍也都感到寧靜輕鬆，非常舒適。宗助仰躺在椅子上，兩眼凝視著屋頂垂下的瓦斯管。不一會兒，他突然想到，看這副排場和設備，等一下說不定會叫我付一筆出乎意料的診費吧。

就在這時，一個胖男人走過來。男人的頭髮跟臉孔比起來，似乎禿得太厲害了。他很有禮貌地向宗助打聲招呼，宗助顯得有點狼狽，躺在椅上把腦袋亂動一陣。胖男人先問了病情，又檢查了口腔，然後搖了搖宗助表示很痛的那顆牙齒。

「牙齒鬆動成這樣，應該很難恢復了。因為裡面已經壞死啦。」男人說。

宗助聽了醫生如此宣布，心底隱約閃起一絲悲涼的秋意。「我已經到了這種年紀了嗎？」他很想問醫生，卻又有點問不出口，只向醫生確認道：「那是治不好了嗎？」

胖男人笑著說：「嗯，我也只能告訴您，很難痊癒了。若是真的不行，就乾脆拔掉算了，但是現在還沒到那種程度，我先幫您止疼吧。因為壞死……喔，我說壞死，您大概不太了解吧，就是說，裡面已經完全腐壞了。」

宗助答了一聲「是嗎」，只好任由醫生擺布。胖男人拿起一個機器，嘩啦嘩啦地轉動著開始在宗助的牙根上挖洞，再插進一支像長針似的東西，抽出來後聞聞針尖。接著從洞裡抽出一條細線般的血管。「神經只能抽出這麼多。」醫生說著，把神經拿給宗助看。接著，便將藥品埋進洞裡。「請您明天再來一趟。」醫生向宗助囑咐道。

從診療椅下來之後，宗助的身體又變成垂直狀，視線範圍一下子從屋頂轉向庭院，這才發現院裡種著一棵高達、高達一兩公尺的大型盆栽松樹。一名穿著草鞋的園丁正在細心包裹松樹根部。宗助想起現在已是露水即將結霜的季節，手頭比較寬裕的人家都趁現在開始準備過冬。

離開醫院時，宗助經過玄關旁的藥局，領了一些漱口藥粉，藥局特別叮囑他，每天要用藥粉漱口十幾次。聽到藥局吩咐時，宗助心裡只覺得欣喜，因為會計收取的治療費比他想像得便宜多了。「這個價錢的話，按照醫生指示再來治療四、五次，也沒什麼問題呢。」宗助邊思索邊正要穿上皮鞋，這才發現鞋底不知何時竟已磨破了。

走進家門時，嬸母比宗助早一步離去了。

「喔，是嗎？」宗助一面回應，一面覺得很麻煩似地脫下西裝，跟平日一樣在火盆前面坐下。阿米抱著他的襯衣、長褲和襪子走進六疊榻榻米房間。宗助心不在焉地抽著菸。對面房間傳來一陣刷衣服的聲音。

「阿米，佐伯家嬸母來說了什麼嗎？」宗助問道。

他感覺牙齒已不再那麼疼了，那種秋意襲來的淒涼感也減輕了許多。不一會兒，阿米拿出上衣內袋裡的藥粉，用溫水溶成藥水之後交給宗助。宗助不時地含一口藥水，漱一漱口。他站在迴廊邊漱口時感嘆道：「白天真的變短啦。」

不久，天終於黑了。附近街道在白天就很少聽到車聲，每天到了黃昏之後，四周更是一片死寂。宗助夫婦又跟平日一樣聚首在油燈下，心中似乎隱約感覺，在這廣闊的世界裡，只有他們坐著的這塊空間光亮無比。在那明亮的燈影下，宗助只知有阿米坐在面前，阿米也只意識到宗助的存在，油燈的燈光照不到的黑暗社會，早已被他們拋到了腦後。每天晚上，他們都像這樣度過，並從這種生活當中體會自己的生命。

一片靜謐當中，夫妻倆拿出安之助從神戶帶來的養老海帶[17]罐頭，從罐中挑出混了山椒的迷你海帶卷，邊吃邊慢吞吞地聊著佐伯嬸母帶來的答覆。罐頭不斷被他們搖來搖去，發出吭啷吭啷的聲響。

「可是每個月的學費和零用錢，也沒多少，就不能幫我們一點嗎？」

「她說沒辦法。不管怎麼算，這兩項開支合起來，也得花上十圓。她說像十圓這麼大的數目，現在叫她每月拿一筆出來，實在非常困難。」

「那就是說，今年年底之前，每個月得花二十多圓，我們哪有這種能力啊？」

「所以說，就算有困難，只要再熬一兩個月也就過去了，據說是阿安說的，叫我們自己想想辦法。」

「實際上就是不肯幫忙的意思囉？」

「這……我也不清楚啦。反正嬸母是這麼說的。」

「要是捕鰹船賺了大錢，這點小錢算什麼呀。」

「可不是嗎？」

阿米說著，低聲笑了起來。宗助的嘴角也牽動了一下，卻沒再多說什麼。半晌，宗助又說：

17 養老海帶：即「海帶卷」，種類很多，有些是用大片的海帶捲著魚肉調味煮熟，可當菜肴。也有把海帶切成小片調味之後烘乾，可當茶點。文中的海帶卷應是山椒味的茶點海帶。

「反正，現在只能讓小六先住到這兒來了。其他事，就以後再說吧。眼下得讓他先去上學才是。」

「對呀。」阿米說。宗助好像沒聽到似地，難得走進了書房。大約過了一個鐘頭，阿米輕輕拉開紙門，向室內瞧了一眼，只見宗助正在讀書。

「在用功嗎？可以休息啦。」阿米向丈夫催促道。

宗助回過頭對阿米說：「嗯，要睡了。」說著，便站起身來。

上床之前，他先脫了和服，穿上睡衣，再把一條棉質紮染兵兒帶繞了幾圈繫在腰間。

「今晚讀了《論語》。好久沒讀了。」宗助說。

「《論語》裡面說了什麼？」阿米反問。

「沒什麼。」宗助答道，接著又說：「喂！我的牙齒據說還是因為年紀的關係，那樣搖來搖去的，很難變好了。」說著，他那滿頭黑髮的腦袋才在枕上躺下。

六

小六已經做好一切準備，只要挑個適當時機，他隨時可從學校宿舍搬到哥哥家來。阿米聽說後，露出一絲惋惜的表情，望向六疊房間裡那座桑木梳妝台。

「如此一來，這東西就沒地方放了。」她像在抗議似地向宗助說。事實上，這個房間讓給小六的話，她就沒地方梳妝打扮了。宗助不知如何是好，只是呆站著斜眼望向對面窗邊的鏡子，又剛好因為角度合適，看到鏡前的阿米衣領上方的半邊臉頰。宗助發現她的側面臉色非常不好，不免吃了一驚。

「我說妳這是怎麼了?臉色很不好啊。」說著，宗助的目光從鏡中轉回阿米身上。只見她鬢角的髮絲十分凌亂，後頸的衣領沾著汙垢。

阿米只答了一句：「天氣太冷的緣故吧。」說著，她把西面牆邊那座寬約兩公尺的大壁櫥的櫥門拉開，櫥裡靠下方，擺著一個破破爛爛的舊衣櫃，櫃上還堆了兩三個中式木箱和柳條箱。

「這些東西，怎麼都收拾不完。」

「所以說，就這樣放著吧。」

話說到這兒，顯然夫妻倆心中覺得小六搬來，還是有點麻煩。也因此，儘管他們答應小六可以來住，而小六一直拖到現在還沒搬來，但是宗助夫婦也沒有特別催促他，好像是希望能拖就拖，最好能盡量躲過這種窘境。小六呢，或許也跟他兄嫂一樣的想法吧，認為自己最好還是住在宿舍，盡量待到最後一刻才比較自在，所以也把搬家的日子一天一天往後拖。不過，小六的本性倒是跟他兄嫂十分相像，做起事來從不喜歡拖拖拉拉。

又過了幾日，天氣更冷，地面開始結霜，後院的芭蕉一下子全都枯掉了。每天早上，山崖上的房東院中傳來栗耳短腳鵯的尖銳叫聲，黃昏時，賣豆腐的按著喇叭從屋外匆匆而過，同時還可聽到圓明寺的木魚之聲。白晝越來越短，阿米的氣色也比宗助上次在鏡中看到時更差了。曾有一兩次，宗助下班回家時看到阿米躺在六疊房裡。「妳怎麼了？」宗助問阿米，她也只回答一句：「有點兒不舒服。」宗助又叫她讓醫生檢查，阿米卻不肯，只說：「沒有那麼嚴重。」

宗助十分擔心，雖然每天身在官署，心裡卻總是記掛著阿米，有時連他自己也發覺這種心情影響了工作。有一天，在下班的電車裡，宗助腦中突然靈光一現，並往自己的膝上拍了一下。回到家，他像平時一樣興匆匆地拉開木格門，大聲向阿米問道：「今天過得怎麼樣啊？」阿米也跟平時一樣，把宗助的衣物和襪子疊成一堆，拿到六疊房間去。

宗助緊追在她身後笑著問：「阿米，妳是不是有喜了？」阿米沒回答，只低下頭不斷刷著丈夫的西裝。刷衣服的聲音停了之後，阿米還是沒從六疊房間出來。宗助又追過去探視，只見昏暗的房間裡，阿米獨坐在梳妝台前，看起來十分淒涼。阿米發現宗助過來，便應了一聲：「來了。」說完，站起身來，但從聲音裡聽得出她好像剛剛哭過。

這天晚上，夫妻倆相對坐在火盆旁，火上放著一個鐵壺，兩人都把雙手覆在鐵壺上取暖。

「這世道也不知怎麼回事。」宗助的語氣難得地透出輕鬆的氣氛。阿米腦中清晰地浮起他們結為夫婦之前彼此的身影。

「說點有趣的事吧。最近的景氣實在糟透了。」宗助又說。於是，兩人開始討論這個星期天到哪兒去走走，聊了一會兒，話題又轉到兩人的春裝上。這時，宗助說了一個笑話，據說他有個同事叫作高木，他妻子向丈夫吵著要做一件棉衣，高木一口拒絕了妻子的要求，還說：「我可不是為了滿足老婆的虛榮心才上班賺錢的。」他老婆則辯駁道：「好過分啊！我是因為天氣太冷，沒衣服穿出門啊。」結果高木對他老婆說：「覺得太冷可以穿棉被或者毛毯呀，暫時忍忍吧。」宗助覺得這故事十分可笑，一連說了好幾遍，阿米也跟著笑了起來。她看到丈夫的模樣，覺得往日的宗助好像又回到了眼前。

「高木的老婆覺得穿棉被也無所謂，可是我卻想做一件新大衣呢。上次看牙醫的時候，正好看到園丁幫盆栽松樹包裹根部，我就一直盤算著做件新衣呢。」

「想要一件新大衣嗎？」

「是啊。」

阿米朝丈夫的臉孔看了一眼，充滿憐憫地說：「那就做吧。可以用分期付款。」

「哎，還是算了。」宗助突然顯得十分落寞地說。半晌，他向阿米問道：「這小六究竟打算什麼時候才搬來呀？」

「他不想搬來吧。」阿米說。她心裡很清楚，小六從以前就不喜歡自己。但因為他是小叔子，所以一直以來，阿米總是盡力討好，想盡量拉近小六跟自己之間的距離。而且她也認為，小六已跟自己建立起普通的叔嫂親情，早就和從前不一樣了。但是現在看到眼前這種狀況，阿米卻又忍不住多心，想想小六拖拖拉拉不肯搬來的唯一理由，肯定就是因為自己。

「他住在宿舍當然比搬到這裡自在啦。就像我們會覺得有點不便，他應該也同樣感到拘束吧。就拿我來說，若是沒有小六搬來這件事，我現在就能把心一橫，鼓起勇氣去做新大衣了。」

宗助畢竟是個男人，才能如此乾脆大膽暢言，但只說這些，卻不能完全撫慰阿米的心事。阿米沒作聲，沉默半晌之後，她把瘦削的下巴縮在衣領裡，抬起眼皮看著宗助說：「小六還是很討厭我吧？」

宗助夫婦剛搬回東京那段日子，阿米經常向他提出這種問題，每次聽到阿米這麼問，他總是得費盡心思，好生安撫阿米一番。但阿米最近不再發問，好像她早已忘了這件事，所以宗助也就不太留意。

「妳又開始神經質了。不必管小六怎麼想，只要有我在妳身邊就行了呀。」

「《論語》裡面是這麼寫的嗎？」

阿米就是這樣一個女人，碰到這種狀況，竟還會說出這種笑話。

「嗯，是啊。」宗助答道。夫妻倆的談話到此便結束了。

第二天早上，宗助一睜開眼，就聽到鐵皮屋簷上傳來充滿寒意的雨聲。阿米用一根斜掛在身上的布條攬起袖管正在做家事，看到丈夫醒來，便直接走到宗助的枕畔。

「來，時間到了。」阿米提醒丈夫說。

宗助耳中聽著滴滴答答的雨聲，很想在溫暖的棉被裡再躺一會兒。但是看到阿米臉色那麼憔悴，卻還勤奮地做著家事，只好立即應了一聲：「喔！」說完，宗助便從棉被裡爬起來。

屋外已被濃密的雨絲包圍。山崖上的孟宗竹迎著雨點搖來晃去，好像馬兒甩著背上的鬃毛似的。如此淒清的冷空氣之下，宗助即將冒雨外出，現在能給他增添少許氣力的，只有熱騰騰的味噌湯和米飯了。

「皮鞋裡面又要弄溼了。不管怎麼說，還是得準備兩雙才行。」說著，宗助無奈地套上鞋底有個小洞的皮鞋，並把長褲的褲腳向上捲起大約三公分。

到了下午，宗助下班回來，看到阿米將一個金屬臉盆放在六疊房間的梳妝台旁，盆裡浸著一塊抹布。臉盆上方那塊屋頂已經變色，不時從上面落下水滴。

「不只是鞋子，連家裡都漏水啊。」宗助說著，露出了苦笑。這天晚上，阿米為丈夫燃起了暖桌下的炭火，把蘇格蘭毛襪和格子呢西褲放在桌下烘乾。

第二天還是下雨，夫妻倆又跟前一天一樣，重複著相同的事和相同的話。第三天，天氣還是沒有變晴。宗助早上起來皺著眉嘖了一聲：「到底要下到什麼時候啊。鞋子那麼溼漉漉的，簡直沒法穿呢。」

「六疊榻榻米的房間也很糟糕呀，都漏成那樣了。」

夫妻倆商量了一番，決定等雨停了，再找房東幫忙修理屋頂。至於皮鞋，就實在沒辦法了，宗助勉強把腳伸進那被雨淋得變形的皮鞋，走出了家門。

幸好，這天早上到了十一點左右，天氣突然放晴了。幾隻麻雀飛到樹牆上嘰嘰喳喳叫個不停，一副陽春十月的景象。宗助下班回來時，阿米顯得精神奕奕，看起來跟平時不太一樣。

「我說啊，那個屏風不能賣掉嗎？」阿米突然向宗助問道。那座抱一的屏風前幾日從佐伯家送來之後，一直原封不動豎在書房的角落。雖然只是一座兩扇式屏風，以宗助家客廳的位置和面積來說，確實只能算是一件礙眼的裝飾。如果向南展開，幾乎要把玄關到客廳的入口擋住一半，向東面拉開，則會遮住光線，把房間弄得十分昏暗。若是放在剩下的另一面，又遮住了凹間。

「原以為這是父親的遺物，才特地搬回來，誰知這東西這麼占地方，真拿它沒辦法。」宗助曾經抱怨過一兩次。而阿米每次聽到丈夫訴苦，便打量著屏風上的圖畫，一輪銀色滿月的外緣已變成焦黑，芒草的色澤早就褪得極淡，幾乎跟畫布的顏色無法區分。她覺得很難理解，為什麼這種東西還有人當成寶貝。但她在丈夫面前也不好明說，只有一次，阿米問過宗助：「這也算是好畫嗎？」聽了阿米的疑問，宗助才把抱一的大名向阿米介紹一番。但這些訊息全是從前聽父親說過，他也只能憑著模糊的記憶，大略重複一遍而已。其實宗助自己對這幅屏風的價值，以及抱一的詳細歷史，也不是非常了解。

然而，宗助這番解說卻讓阿米心中升起某種動機，使她決心要去做一件特別的事情。她想起上星期到現在他們夫妻間的對話，又把這些對話跟現在丈夫告訴她的知識連在一起，阿米臉上露出了微笑。這天，雨停了之後，陽光「唰」地一下照上起居室的紙門時，阿米在居家服外面裹上一塊看起來既不像披肩，也不像圍巾，而且顏色極不調和的編織品，走出了家門。她先順著大路走過兩條街，然後轉向電車通過的大道，繼續往前走了一會兒，看到路邊有一間乾貨店和麵包店，夾在這兩家商店之間的，是一家規模很大的舊貨店。阿米記得以前在這兒買過一張摺疊式餐桌，現在家裡那個放在火盆上的鐵壺，也是宗助從這兒提回去的。

阿米兩手縮在袖管裡，站在舊貨店門口打量一番。店裡仍跟以前一樣堆滿了嶄新的鐵壺。除了鐵壺之外，還看到許多火盆，或許因為是當季的用品吧。但是夠資格稱得上古董的東西，這家店裡卻是一件也沒有。只見店門的正對面掛著一塊不知是什麼玩意兒的巨大龜甲，下面插著一把泛黃的長拂塵，看起來就像一條尾巴似的。此外，店裡還有一兩座紫檀茶具架，做工卻都很差，好像隨時會倒掉似的。不過，阿米對這些都不在意，她只看清了店裡沒有一副掛軸，也沒有一座屏風，於是便邁步走進店裡。

阿米今天特地跑到這兒來，當然是為了賣掉那座丈夫從佐伯家搬回來的屏風。自從她跟宗助去過廣島之後，對這類事情早已駕輕就熟，不像一般主婦還得經過痛苦掙扎，阿米是立刻就能開口向老闆打聽價錢的。老闆是個五十多歲的男人，皮膚黝黑，身材瘦削，臉上戴一副特大的玳瑁邊眼鏡，正在店裡讀報紙，同時也把雙手攏在一個表面布滿圓形突起的青銅火盆上取暖。

「這樣吧，我可以到府上去看看。」老闆的反應很平淡，不像對那屏風很感興趣，阿米見他這樣，心裡也有點失望。但她轉念又想，反正出門之前，原本也沒抱著太大希望，既然老闆這麼輕易應允了，就算是她主動請求的，也還是得讓老闆到家裡去估個價。

「好吧。那我等一下到府上一趟。現在小伙計出去了，店裡沒人呢。」

阿米聽那老闆回答得這麼不客氣，只好轉身回家。但她心裡始終很疑惑，也不知老闆是否真的會來。回家之後，阿米像平日一樣，吃了一頓簡單的午飯，阿清正要把碗盤撤去，突然聽到老闆在門外大聲嚷著：「有人在嗎？」說完，老闆就從玄關走了進來。到了客廳，看到那座屏風之後，老闆嘴裡說了一句：「原來是這樣的。」說著，又動手摸了屏風背面和四周木框一遍。

「如果您想賣的話。」老闆思索半晌，露出一副不太甘願的表情說：「就算六圓吧。」阿米覺得老闆提出的價錢也算合理，但是就算要賣，也得先跟宗助商量一下才賣，否則豈不是顯得自己太專斷了？再說，這屏風也是有些年代的東西啊。一想到這兒，她就更加猶豫了。「等我丈夫回來商量一下再說吧。」答完之後，阿米就要打發老闆回去。

不料老闆正要跨出大門時，又對阿米說：「要不然，看在太太您誠心的分上，我就再添一圓。這個價錢賣給我吧。」

聽了這話，阿米當即答道：「可是，老闆，那可是抱一畫的唷。」說完，阿米心底打了一個寒顫。

誰知老闆卻一點也不在乎，漫不經心地答道：「最近抱一沒那麼受歡迎啦。」說完，又從上到下細細打量阿米一番。「那您跟家裡好好商量一下吧。」老闆不客氣地說完後，走出門去。

晚上阿米把當時的情形向宗助詳細報告後，還很天真地問道：「那東西不能賣吧？」

宗助的腦中最近一直被物質的欲望占據著。但他早已過慣清貧生活，也養成一種惰性，希望盡量用那原本嫌少的收入應付日子，除了每個月有限的收入之外，他從來都沒打算另外設法賺點臨時收入，改善一下生活。現在聽了阿米的敘述，宗助不免對她這種機敏的才智感到讚嘆。而另一方面，他也有點疑惑，不知是否真有必要賣掉屏風。後來細細詢問之後才明白，原來阿米想用屏風換來不到十圓的收入，給他做雙新鞋，剩下的，還可再買一疋銘仙布[18]。宗助心想，這倒也

18　銘仙布：是大正昭和時代流行的一種紡織品，先將棉線或絲線染色之後再織成布疋，特徵為「結實牢固，無正反面之分」。

是個法子。但又轉念一想，把父親留給自己的抱一屏風拿去換新皮鞋和新布疋，這種交換又是多麼唐突滑稽啊！

「能賣的話，賣了也好。反正放在家裡那麼礙事。不過，我已經不必買鞋了。要是天氣還像前陣子那樣天天下雨，當然令人煩惱，不過，天氣已經變好啦。」

「可是再開始下雨的話，就糟了。」

宗助當然無法向阿米保證天氣永遠不會變壞，阿米也不敢要求丈夫「下雨之前快點把屏風賣掉」，夫妻倆彼此相視而笑。

半晌，阿米問道：「價錢出得太少了吧？」

「是啊。」宗助答。

聽到阿米嫌價錢太低，宗助也認為似乎有點少。如果有買主出現，他是希望能把價錢盡量拉高的。他記得好像在報上看過，最近古董書畫的賣價都被抬得很高，當時他就想，如果手裡能有一幅那樣的書畫就好了。另一方面，他又抱著認命的想法，覺得自己的生活裡不可能出現這種好事。

「雖說這類交易都由買方決定，但也得看賣方是誰。我想不管多珍貴的名畫，落到我手裡，也賣不出什麼好價錢。不過他只肯出七、八圓，也實在太少了。」

宗助的語氣既像在為抱一的屏風抱屈，又像要幫舊貨店老闆辯護，好像只有他自己不值一提似的。阿米聽了不免有些氣餒，兩人便不再談論屏風的事情。

第二天，宗助在辦公室跟同事談起這件事，同事都異口同聲表示，那種價錢太不像話了。話雖如此，卻沒有一個人願意出面介紹，幫他賣個好價錢，也沒人肯告訴他，要經過什麼途徑出手，才不會吃虧上當。宗助心想，那就只能再去找商店街的那家舊貨店了，要不然，就只能像原先那樣，把屏風礙手礙腳地放在客廳裡。所以他什麼也沒做，就讓屏風一直擺在那兒。不料過了幾日，舊貨店老闆又來了，並向他們要求道：「那屏風十五圓賣給我吧。」宗助和妻子彼此看了對方一眼，臉上浮起微笑。兩人決定暫時不賣，再放一段日子吧。過了不久，老闆又來收購，但他們還是不肯賣。阿米甚至開始覺得拒絕老闆很有意思。到了老闆第四次登門造訪時，他還帶來另一個陌生男人。兩人嘁嘁喳喳低聲交談一陣之後，竟然叫價三十五圓。聽到這個價錢時，宗助夫婦站在一旁開始商量，最後，終於狠下心，將那屏風當場賣掉了。

七

圓明寺的杉樹漸漸轉為烤焦似的赭黑。碰到晴空萬里的日子，風吹雲動的天邊可以望見山勢陡峻的山峰，還有山壁上露出一道道白色條紋。日復一日，時間追著宗助夫婦，把他們趕向寒冷的季節。每天早晨，門外必定傳來的納豆叫賣聲，令人聯想到瓦上結霜的景象。宗助總是躺在棉被裡一面聽著叫賣一面感嘆：「冬天又來了。」從年底到開春這段時期，阿米整天都在廚房裡擔憂，希望今年不要像去年那麼冷，別又凍住了水龍頭才好。每天晚上，夫妻倆始終躲在暖桌下取暖，一步也不肯離開，兩人都覺得廣島和福岡的冬天著實暖和，真是令人好生羨慕。

「我們簡直就跟前面的本多家差不多了。」阿米笑著說。她所說的「前面的本多家」，是指住在附近的一對老夫婦，也跟宗助家一樣，租了坂井的房子。本多家雇了一個小女傭，每天從早到晚家裡十分安靜，一點聲音也沒有。阿米獨自坐在起居室裡做針線的時候，偶爾會聽到有人呼喚：「老頭子！」那是本多家老太太叫她丈夫的聲音。阿米也曾在門口碰到她，向她客氣地問候幾句，老太太會對阿米說：「有空到我家來坐坐吧。」但阿米一次也沒去過，對方也沒到宗助家來過。所以宗助夫婦對本多家的訊息所知甚少，只從附近做生意的小販嘴裡聽說，本多家有個獨生子，在朝鮮的統監府[19]之類的衙門擔任高官，每個月都會給父母寄來生活費，所以老夫婦才過得那麼無憂無慮。

「那老頭還在蒔花弄草嗎？」

「天氣漸漸冷了，大概不弄了吧。他們家迴廊下面排滿了花盆呢。」

接著，宗助與妻子的話題從前面的鄰居轉向房東家。在他們眼裡看來，房東家跟本多家是完全相反的類型，世界上再也沒有比房東家更熱鬧的家庭了。最近因為院裡的草木都枯了，房東家那群小孩也不再跑到山崖上笑鬧，但每天到了晚上，還是會傳來陣陣琴聲。有時不知是女傭還是什麼人在廚房高聲談笑，連宗助家的起居室都能聽得到。

「那傢伙到底是做什麼的？」宗助問。到現在為止，這問題他已不知問過阿米多少次了。

「什麼都不做，整天遊手好閒吧？因為手裡有房地產嘛。」阿米說。這答案她也不知已向宗助說過多少回了。

宗助沒再繼續多問坂井家的事。自從他休學以來，每次看到左右逢源又沾沾自喜的傢伙，心裡就會升起「走著瞧吧」的感覺。之後過了一段時日，那種感覺又變化成單純的厭惡。但是最近

19 統監府：全名為「朝鮮統監府」。日俄戰爭後的一九〇五年，日本為了統治朝鮮，在現在的首爾設置的統治監察機關，一九一一年日本併吞朝鮮後，將這個機關改為「朝鮮總督府」。

一兩年，宗助對這種自己跟他人之間的差異早已毫不在意。他覺得自己有自己的宿命，別人也有別人的運途，兩者原本就不是同一種類型，除了彼此都是人類，同時也都活在這個世界上之外，毫無任何交集或利害關係。雖說平常聊天的時候，宗助也會順便問問「那人是幹什麼的」之類的問題，但是在他開口之前，已先覺得花費口舌打聽這種事實在太多餘了。阿米呢，基本上也跟宗助抱同樣的想法。不過阿米今晚倒是難得地說了很多，什麼「房東坂井看起來大概四十多歲，臉上沒留鬍子」啦，「彈鋼琴的是房東家的大女兒，今年十二、三歲」啦，還有「別人家小孩到房東家去玩，也不讓他們盪鞦韆」等等。

「為什麼不讓別人家小孩盪鞦韆？」

「還不是因為小氣，那樣鞦韆比較容易壞掉呀。」

宗助忍不住大笑起來。這麼吝嗇的房東聽到宗助報告屋頂漏水了，卻馬上找了瓦匠來修補，聽說院牆爛掉的消息後，也很快就找來園丁整修，這不是很矛盾嗎？

這天晚上，宗助既沒夢到本多家的花盆，也沒夢到坂井家的鞦韆。十點半上床之後，他立刻發出鼾聲，好像已經歷盡千辛萬苦似的。阿米則不時地睜開眼睛，打量昏暗的室內。她最近腦袋不太舒服，常為了晚上睡不著而煩惱。寢室凹間的地板上放著一盞昏暗的小燈。他們夫婦晚上有個習慣，睡著之後仍然點著燈，總是先捻細燈芯之後，再把油燈放在凹間裡。

阿米有點心神不寧地不斷移動枕頭的位置，每次移動時，壓在身體下方的肩骨也在被褥上擦來擦去，輾轉反側半天之後，她乾脆採取俯臥的睡姿，用兩肘撐起身子，瞪著丈夫看了一會兒，才坐了起來，把搭在棉被腳邊的日常和服披在睡衣上面，然後端起凹間的油燈。

「喂！我說，你呀！」阿米走到宗助枕畔俯身呼喚著。丈夫的鼾聲這時已經停了，但還是睡得很沉，不斷發出均勻的呼吸聲。阿米重新站起來，端著油燈拉開紙門，走進起居室，漫不經心地舉燈打量昏暗的室內，衣櫥的門環閃出微弱的光芒。穿過起居室之後，隔壁就是燻得發黑的廚房，只見下半邊釘著木板的紙門上方泛著白光。阿米在沒有暖氣的房間裡佇立半晌，這才伸出右手，靜悄悄地拉開女傭房的紙門，舉起油燈朝室內張望一番。女傭蜷著身子縮在看不清顏色與條紋的棉被裡，那身影看來就像一隻土撥鼠。阿米又朝左側的六疊榻榻米房間瞧了一眼，屋裡空蕩蕩的，顯得十分冷清，那座梳妝台的鏡面在深夜看來非常耀眼。

阿米在家中繞行一周，確認沒有任何異狀之後，又重新鑽回棉被，閉上雙眼。這回她總算放了心，不再花費心思想眼皮四周的狀況，不一會兒，阿米便昏昏沉沉地睡著了。

猛然間，阿米又睜開了眼睛。耳中感覺聽到枕畔傳來一聲巨響。她抬起頭，耳朵離開了枕頭，暗自尋思了幾秒，怎麼想，都覺得那聲音很像巨大的重物從後面山崖上落到了自己睡覺的這間客廳外面，而且是剛才睜眼那一瞬之前發生的事情。「絕對不是做夢！」這個念頭躍入腦中時，阿米突然覺得全身毛骨悚然，便把手伸向睡在身邊的丈夫，拉了拉蓋在丈夫身上的棉衣袖管。這回她可是非常認真地想弄醒宗助。

宗助始終睡得很熟，這時突然被阿米叫醒，只聽阿米嚷著：「喂，你起來一下啊。」一面說一面還用手推著丈夫。

宗助仍處於半睡眠狀態，卻立刻應道：「喔！好的！」說著，宗助立刻從棉被裡坐了起來。阿米將剛才發生的事向他低聲報告一遍。

「那聲音只響了一下？」

「我剛剛才聽到呀。」

兩人都沒再說話，只是專心傾聽戶外的動靜。但是屋外安靜得不得了，一點聲音也沒有。兩人聽了半天，再也沒聽到任何東西掉下來。宗助一面嚷著「好冷」，一面在單層睡衣外面披上外套，走到迴廊上，拉開一片雨戶，向外面觀察了半天，卻沒看出什麼名堂，只感覺寒冷的空氣在黑暗中迅速撲來。宗助立即關上了雨戶。

插緊窗鎖之後，宗助返回房間，很快地鑽回棉被

「沒什麼異常狀況呀。我看大概是妳做夢了。」說著，宗助便躺下身子。阿米卻認為自己沒有做夢，她堅持親耳聽到腦袋上方傳來一聲巨響。

宗助從棉被裡露出半個腦袋轉向妻子說：「阿米，最近妳有點怪唷。我覺得妳太神經過敏了。妳得讓腦子休息一下，一定要設法好好睡一覺。」

這時，隔壁房間的壁鐘敲了兩下。兩人聽到鐘聲，都暫時閉上嘴。然而，經過一段沉寂，反

而令人覺得夜深人靜的氣氛更濃了。夫妻倆這時都完全清醒過來，一下子也很難再度沉睡。

「你是沒有煩惱的。只要一躺下來，連十分鐘都不到，就睡著了。」

「我雖然睡得著，可不是因為沒煩惱。是因為太累才馬上睡著的吧。」宗助說。

夫妻倆你一言我一語，聊著聊著，宗助又睡著了。阿米依然躺在床上翻來覆去，無法入睡。不久，耳邊忽然傳來一陣嘎啦嘎啦、震耳欲聾的聲音，一輛人力車從門外駛去。最近阿米常在黎明之前被人力車的聲音驚醒。她想起剛才那輛車子，剛好就是在平時被驚醒的時刻駛過，阿米暗自推測，應該就是同一輛車每天早上駛過同一個地點吧。她覺得這輛車大概正忙著分送牛奶之類的任務，才會那麼匆忙地疾駛而過。換句話說，聽到了這聲音，也表示黎明已經降臨，附近鄰居即將紛紛起床活動。想到這兒，阿米也覺得心裡有了依靠。片刻之後，不知從哪裡傳來一陣雞鳴，接著，又聽到路上行人穿著木屐，發出陣陣清脆的聲響。半晌，好像聽到阿清拉開女傭房的紙門去上廁所，然後又從廁所走進起居室看時間。這時，放在凹間的油燈的油已快要燒乾，燈芯早已碰不到燈油，阿米睡覺的房間頓時陷入一片黑暗。這時，阿清手裡那盞油燈的亮光，從紙門的縫隙間射了進來。

「阿清起來了？」阿米向門外招呼道。

阿清聽到阿米的聲音，便不再回去睡了。大約過了三十分鐘，阿米也從床上起身。又過了三十分鐘，宗助這才起來。平時總是阿米挑準適當的時間走過來對他說：「可以起床啦。」

碰到星期天或難得的假日，阿米還是會過來叫他起床，只是換成另一種叫法：「來！起床吧！」

但今天因為昨晚發生的那件事，宗助心裡有點記掛，阿米還沒來叫他之前，就先從棉被裡爬起來，跑去打開山崖下的雨戶。

從崖下往上望去，寒冷的竹叢在清晨的空氣裡直立不動，朝陽劃破霜霧，從竹林背後直射而來，讓竹葉的頂端染上幾分光澤。距離竹叢下方約六十公分的地方有一段坡度極陡的山壁，宗助發現那段山壁上的枯草不知為何竟被刮掉了，草地下面的紅土層鮮活地展露在他眼前，宗助大吃一驚，順著直線往下看，看到自己站著的迴廊下簡直面目全非，地面的泥土和霜花都被壓壞了。難道是哪隻大狗從上面掉下來了？宗助猜測著。但是看這山壁刮過的痕跡，不管多大的狗，都不至於弄成這樣吧？

宗助跑到玄關拿來自己的木屐，當場就從迴廊跳進院子。迴廊盡頭的轉角是廁所，距離山崖更近，從那兒通向後院的小徑，寬度幾乎不滿一公尺，窄得連人都走不過去。每次掏廁所的工人來做工，阿米總是擔心地說：「那裡要是更寬敞一點就好了。」宗助也常拿這件事取笑阿米。

過了那個轉角後，順著小徑往前走，就可通向廚房。這裡原有一道枯枝交雜的杉木樹牆，將宗助家的院子與鄰家隔開，但是上次房東整修樹牆時，把杉樹上那些長蟲的葉子都摘光了，現在後院跟鄰家之間只剩一道坑坑巴巴的木板牆，一直延伸到廚房旁邊的後門口。牆邊周圍經年晒不到太陽，屋簷上方的排雨槽又時常落下雨水，每年一到夏季，牆腳總是長滿了秋海棠。花草長得最茂盛的時候，地面層層綠葉互相交疊，甚至將小徑都遮得看不見。宗助和阿米搬來的第一年，兩人看到這番景象，都驚訝得不得了。後來才聽說，杉木樹牆還沒拆掉之前，這叢秋海棠就已種在這兒好些年了，地下早已布滿秋海棠的根莖。即使從前的老屋已經拆除，每年到了植物生長的季節，秋海棠還是會一如往常地冒出枝葉。阿米知道了這段故事後，還忍不住高興地嚷著：「好可愛唷。」

宗助踩著地上的白霜，走到充滿紀念意味的庭院角落時，目光立刻被那細長小徑上的某個東西吸引了。他突然停下腳步，佇立在這塊晒不到太陽的寒冷地帶。

就在他的腳邊，一個黑漆描金的文件盒被丟在那兒。盒子端端正正地擺在霜土之上，就像是誰故意拿來放在這兒似的。但是盒蓋卻被拋在七、八十公分之外，似乎是砸到牆角後，翻倒在地上，盒子內側糊了一層千代紙[20]，花紋清晰可見，原本裝在盒裡的書信、文件等被人隨手拋擲得滿地都是，其中有一份較長的文件，故意被拉開六十多公分，旁邊還有一團揉成球狀的紙屑，宗助走過去，掀開那團廢紙想瞧瞧下面是什麼，誰知掀開一看，臉上不覺浮起苦笑。原來那團紙屑下面竟是一坨大便。

20　千代紙：一種正方形棉紙，紙上印著各種日本傳統花紋。一般用來摺紙，或貼在工藝品、木盒上當作裝飾。

宗助撿起散落在泥地上的文件，全都堆成一疊，塞進文件盒，再捧著沾滿泥土和白霜的盒子走到後門口，拉開木板紙門對阿清說：「喂！把這暫時放在裡面吧。」

說著，便把盒子交給阿清。阿清露出訝異表情，有點不解似地接過文件盒。阿米正在裡面的客廳撣灰塵，宗助便把手縮進懷裡，一搖一擺地甩著空袖管到處巡視，玄關、大門的周圍全都檢查了一遍，卻沒看出任何異常。

轉了半天，宗助這才走進家門，來到起居室，跟平日一樣在火盆前面坐下。剛坐好，他就大聲呼喚阿米。

「你一早起來跑到哪兒去啦？」阿米從裡面走出來問道。

「喂！昨晚妳聽到枕頭旁邊的巨響，不是做夢唷。是小偷！小偷從坂井家的山崖上跳到我們家院子的聲音啦。剛才我到後院轉了一圈，發現這個文件盒掉在地上，原本裝在裡面的書信之類的東西，被弄得亂七八糟，丟得滿地都是。更糟糕的是，地上還留了一堆好菜呢。」

宗助說著，從文件盒裡拿出兩三封書信給阿米看。信封上全都寫著坂井的名字。阿米吃驚地半跪在地上問：「那坂井家還有別的東西也被偷走了嗎？」

宗助抱著兩臂答道：「看這情況，大概還有其他東西也被偷走了吧。」

說到這兒，夫妻倆決定把文件盒擺在一邊，先吃了早飯再說。然而，吃著吃著，兩人就將小偷的事拋到一旁，阿米向丈夫誇耀自己的耳朵和腦袋都很靈敏，宗助則對自己的耳朵和腦袋都不靈光表示慶幸。

「還說呢，如果不是坂井家，而是發生在我們家，像你那樣呼呼大睡，可就糟啦。」阿米向丈夫反駁道。

「不會啦，小偷才不會到我們家來呢。放心吧。」宗助也不甘示弱地答道。

這時，阿清從廚房伸出頭來說：「要是先生上次才做的新大衣被偷走了，那可不得了。這真是太幸運了。還好不是我們家，而是坂井家。」阿清一副由衷感到慶幸的表情。宗助和阿米反倒不知該怎麼回答了。

吃完早飯，離上班時間還早，宗助心想，現在坂井家不知鬧成什麼樣了，他決定親自把那文件盒送去給房東。雖說那盒子是描金漆器，卻也不是什麼了不起的花紋，只是在黑漆底色上面，用金粉塗成龜甲圖案。阿米找出一塊唐棧棉[21]包袱布將木盒包起來，但因為那塊布太小，只好把布巾的四個角相互對角打個結，結果變成盒子中央出現了兩個死結。宗助提著包袱走出門，看起來就像提著一盒點心去送禮似的。

屋後那山崖從宗助家客廳望去，好像就在窗外，但是繞過大門走過去，卻得順著大路往上走

21 唐棧棉：江戶時代由歐洲商船從國外輸入日本的棉布。主要是指英國和荷蘭等國商船從東南亞運到日本的棉布。後來也指模仿這類棉布花紋織成的國產棉布。

五十多公尺，爬上山坡，再往回走五十多公尺，這才來到坂井家的門前。宗助登上石階後，沿著茂密的綠草和紅葉石南組成的漂亮樹牆前進，最後走進了坂井家大門。

沒想到院裡居然靜悄悄的，一點聲音都沒有。走到玄關前面，只見毛玻璃大門緊閉著，宗助伸手按了兩三次門鈴，卻不見有人出來應門。看來那門鈴似乎已經壞了。宗助只好繞到後門，只見兩扇下方嵌著毛玻璃的紙門也關著，但是屋內卻傳來器物碰撞的聲音。宗助伸手拉開門，看到一名女傭正蹲在放瓦斯爐的地板上，便向她打個招呼。

「這是府上的東西吧？今天早上掉在我家的後院裡，所以給府上送了過來。」說著，宗助把那文件盒交給女傭。

「是嗎？多謝了。」女傭向宗助簡單道謝後，拿著木盒走向地板間與裡屋之間的紙門，叫來一名跑腿打雜的女傭，向她低聲說明原委，並將木盒交給她。那名女傭接過盒子，看了宗助一眼，立刻朝屋內走去。這時，剛好有兩個女孩從裡面跑出來，跟那女傭擦肩而過。其中一個女孩長著圓臉大眼睛，大約十二、三歲，旁邊的女孩似乎是她妹妹，兩人頭上都繫著相同的絲帶。兩個女孩把小腦袋並排伸向廚房，一面打量宗助一面低聲耳語著：「那就是小偷唷。」宗助覺得自己交出盒子，任務已了，至於是否要向房東打個招呼，也不是那麼重要的事，所以打算立即離去。

「那文件盒是府上的東西吧？沒錯吧？」宗助又確認了一遍。女傭哪裡知道這些，臉上露出為難的表情。就在這時，剛才那名做雜務的女傭又從裡面出來。

「請您到裡面說話。」說著，女傭很有禮貌地彎腰行禮。宗助顯得有些不好意思。女傭再三重複相同的請求。宗助這下不再感到難為情，反而覺得有點麻煩。就在這時，主人親自出來迎客了。

果然，房東就跟宗助當初想像的一樣，臉上氣色極好，胖胖的下巴，一副富泰的相貌。但他並不像阿米說的那樣，臉上沒有鬍子。而是在鼻子下面蓄了短鬚，修剪得很整齊，臉頰到下巴的鬍鬚刮得十分乾淨，皮膚顯得有些發青。

「哎唷，真是給您添麻煩了。」房東忙著向宗助致謝，眼角擠出一堆皺紋。只見他身穿米澤飛白布[22]和服，直接跪坐在地板上，開口向宗助打聽撿到盒子的經過，態度顯得從容不迫，不忙不亂。宗助把昨晚到今晨的事情扼要地敘述一遍，又問房東：「除了那個文件盒之外，有沒有其他損失？」房東說：「放在桌上的金表也被偷走一個。」說這話時，房東臉上一點惋惜的表情也沒有，就好像丟表的不是他，而是別人似的。不，其實他對金表遠不如對宗助的敘述更有興趣，一直不停地問道：「小偷是打算從山崖跳到府上後院之後逃走嗎？還是逃走的時候不小心從山崖掉下去了呢？」對於這些問題，宗助自然是一問三不知。

22 飛白布：一種印染在布疋上的花紋，看來有點像隨意擦抹上去的圖案。

說到這兒，剛才那女傭已從屋內端上茶水和香菸，宗助也就不好立即表示告辭。而且房東又特地命人拿來座墊，宗助終究不好推託，只好坐下。接著，房東便從清晨報警的事說起。根據刑警的研判，小偷應是黃昏時分就已潛入屋內，大概躲在倉庫之類的地方。小偷潛入的路徑應是後門，進來之後，先擦著火柴，點燃蠟燭，再用廚房的小木桶裝著，走進起居室。但因為房東的妻兒都睡在隔壁的房間，所以小偷又沿著走廊，侵入房東的書房。就在小偷動手行竊時，沒想到房東家最近出生的男嬰卻突然醒來大哭大鬧，原來剛巧餵奶的時間到了。小偷只好立即拉開書房的窗戶，跳進院裡逃走了。

「要是像往日那樣，我們那隻狗還在就好了。可惜牠最近生病，四、五天前，被送去住院了。」房東非常惋惜地說。

「那真是不巧。」宗助答道。房東聽了宗助的回答，便又談起犬類的品種、血統，還說起自己常帶著狗兒一起去打獵等等，絮絮叨叨地說個沒完。

「我一向喜歡打獵。不過最近犯了神經痛的毛病，比較少去了，但我每年初秋到冬季，總是要去獵些田鷸回來。打這種鳥的時候，腰部以下的身體都得浸在田中的水裡，一站就是兩三個小時，太傷身了。」

房東看來似乎完全不必在意時間，宗助只能不斷應著「原來如此」、「是嗎」等等。眼看房東這一開口，就沒完沒了，宗助不得不站起身來。

「我得出門了，就跟平時一樣。」宗助結束了談話。房東這才發現自己失禮了，連忙為了耽誤客人時間而致歉。說完，又拜託宗助道：「過幾天說不定刑警會去勘查現場，屆時還請多多關照。」

「有空時請過來坐坐。我最近比較有空。過幾天也會去府上拜訪。」房東最後又非常親切地跟宗助寒暄。宗助從房東家走出來，匆匆忙忙往回趕。這時已比他每天早上出門晚了大約半小時。

「你呀，究竟怎麼回事啊？」阿米焦急地從屋裡奔到玄關來。

宗助立刻脫了和服，換上西服，一面換一面對阿米說：「那個叫坂井的傢伙，日子過得可真悠閒啊。人要是有了錢，就能過得那麼安逸吧。」

八

「小六，要從起居室開始嗎？還是先弄客廳那邊？」阿米問。

小六終於在四、五天前搬到哥哥家來了，所以今天才不得已在這兒幫忙糊紙窗。以前住在叔父家的時候，小六也跟著安之助一起糊過自己房間的紙窗。那時他們大致程序都是按照正規手法進行，親手用盆攪拌糨糊，再手抓抹刀，塗上糨糊，但後來等到棉紙全乾，要把紙窗裝回去的時候才發現，兩扇窗櫺都變得歪歪扭扭，無法放進窗框的槽溝裡了。後來，小六又跟安之助體驗過另一次失敗，那次是因為聽了嬸母的吩咐，他們在糊紙窗之前，先用自來水嘩啦嘩啦地沖洗了窗櫺，結果紙窗變乾以後，整扇窗櫺都變得歪七扭八，幾乎沒法卡進窗框裡。

「嫂子，糊紙窗啊，一不小心就會失敗的。千萬不可用水沖洗唷。」小六一面說一面啪啦啪啦地扯掉起居室靠迴廊邊的窗紙。

從迴廊盡頭右轉再往前走，便可通往小六的六疊榻榻米房間，迴廊盡頭向左轉，則一直通向玄關。玄關外面有一道牆，剛好跟迴廊呈平行狀，也因此，迴廊跟那道牆圍之間便圈出了一塊方形小院。每年夏天，院裡長滿茂密的大波斯菊。宗助夫婦發現花瓣在清晨滴著露水時，都非常驚喜。有時，他們還在牆角下插些細竹枝，讓牽牛花順著竹子往上爬。碰上開花的季節，他們總是從床上爬起來就忙著細數當天早晨開了幾朵花。兩人都對這件事樂此不疲。然而，到了秋冬之際，花草全都枯萎了，小院又變成一片小小的沙漠，令人看著覺得十分淒涼。而現在，小六背對這片積滿白霜的方形土地，正在專心一致地扯著窗紙。

寒風不斷吹來，從小六的背後刮向他的光頭和領口，刮得他真想立刻從冷風亂竄的迴廊躲進六疊榻榻米的房間裡。他默默地用那凍紅的雙手操作，從木桶裡擰乾抹布擦拭窗櫺。

「很冷吧？真是辛苦你了。真不巧，碰上這種陰雨天啊。」阿米討好地說著，把鐵壺裡的熱水倒進昨天煮好的糨糊裡。

小六心裡其實很不屑做這種雜工。尤其又想到自己現在是因為處境大不如前，才會抓著抹布在這兒幹活，心裡不免有點屈辱。從前在叔父家雖然也幹過相同的雜工，但那時把它當成消遣娛樂，別說心中沒有任何不快，他甚至還記得自己當時做得非常開心。但眼下的狀況，卻像是周圍已對自己不抱任何希望，所以就只能幹些這類的雜工。這種感覺又令他更加厭惡迴廊的寒冷。

小六根本不想和顏悅色地搭理嫂嫂。這時他想起那個同宿舍的法學院學生，那傢伙曾做過一次非常奢侈的事情，有一次，他只是散步順便經過「資生堂」，就一口氣買下一盒三塊的香皂，還有牙膏，總共花了將近五圓。一想起那傢伙，小六心底就不能不發出疑問：「為什麼只有我一個人得過這種窮日子？」他又想到兄嫂，看他們竟然如此享受這種窮日子，心中不禁又生出無限憐憫。兄嫂家裡重糊紙窗時，竟連美濃紙[23]都捨不得買，這種生活在小六看來，也實在太消極了。

「這種紙啊，沒過幾天又會破的。」小六一面說，一面拉開一卷三十公分左右的零頭紙，對著太陽用力抖了兩三下。

「是嗎？不過我們家又沒小孩，這種紙也沒關係啦。」阿米一面應著，一面把蘸滿糨糊的刷子「咚咚咚」地敲在窗櫺上。

兩人把那黏成長條的棉紙從兩頭用力拉扯幾下，想讓棉紙盡量不要起皺。小六不時露出厭煩的表情，阿米看他那樣，也就不敢要求太多，眼看紙張拼接得差不多了，就用刮鬍刀切斷零頭紙。糊完了一看，紙窗上到處都是縐褶。阿米看著剛糊好的紙窗靠在雨戶護板上，心底嘆息道：

「真希望幫忙我的，不是小六，而是宗助啊。」

「好像有點皺紋嘛。」

「反正靠我這手藝，是弄不好的。」

「不會呀。你哥哥的手藝比不上你呢，而且他比你懶惰。」

小六一句話也沒說，只接過阿清從廚房端來的漱口水，走到雨戶護板前面，用嘴把那紙窗上的棉紙全都噴得溼溼的。等到開始糊第二扇紙窗時，剛才噴上去的水已大致變乾，皺紋也變平了很多。小六動手糊起第三扇窗戶時，開始嚷著腰痛，其實阿米從早上起就一直頭痛呢。

「再糊一扇，起居室就弄完了，然後便休息吧。」阿米說。

起居室的紙窗全部糊好時，午餐時間也到了，於是叔嫂兩人坐下吃飯。小六搬來之後這四五天，午餐時間宗助都不在家，所以總是阿米跟小六相對而坐地吃午飯。阿米跟宗助一起過日子之後，每天跟她吃飯的人，除了丈夫，再也沒有別人，丈夫不在的時候，她就一個人吃，這已是多年以來的習慣。現在突然叫她跟小叔子隔著飯桶相對進食，這對阿米來說，確實是一種奇異的經驗。如果剛好女傭正在廚房做事，倒也不覺得什麼，但是看不到阿清的身影也聽不到她的聲音時，阿米就會感到非常拘束。不過，阿米原就比小六年長，根據他們以往的關係來看，即使在彼此都感到緊張的相識初期，也不可能產生什麼異性間的特殊氣氛。阿米也曾暗自疑惑，自己跟小六一起吃飯的這種怪異心情，要到什麼時候才會消失呢？小六搬來之前，阿米從沒想到會出現這種狀況，所以她就更加不知所措。無奈中，只好盡量在吃飯時找些話題跟小六閒聊，這樣至少能夠填補些無話可說的空白。但不幸的是，小六今天卻無心也無暇體會嫂嫂這番苦心。

「小六，宿舍那邊的伙食很好吧？」

譬如聽到嫂嫂提出這樣的問題時，小六當然不能像以前住在宿舍時那樣，輕描淡寫地隨意

23 美濃紙：日本古時的美濃國（位置大約在今天的岐阜縣）從奈良時代起盛行製紙，尤其是寺尾（位於現在岐阜縣關市）所產棉紙最為著名。根據古籍《和漢三才圖會》記載，除了用來糊紙窗、紙門之外，還被當做包裝紙、糊燈籠……等多項用途。

回答。

「也沒那麼好啦。」小六只能這麼說，但因為他的語氣不太乾脆，阿米聽在耳裡，有時就會以為「他是嫌棄我們對他不夠好吧」。而在接下來的沉默中，小六偶爾也能猜出嫂嫂心裡想些什麼。

但是阿米今天腦袋很不舒服，不想像平常那樣在膳桌前那麼努力了。而且費了半天工夫，卻沒得到回響，更令她洩氣。所以叔嫂兩人安靜地吃了一頓午飯，飯桌上說的話比剛才糊窗紙的時候更少。

下午重新開始工作時，或許因為技術比較熟練了，窗戶糊得很順利，但兩人之間的氣氛卻比午飯前更加疏遠。尤其因為天氣寒冷，兩人都覺得腦袋受不了。其實這天早晨起床時，天氣原本非常晴朗，一副秋高氣爽的景象，誰知天空剛剛呈現一片蔚藍的瞬間，就突然湧出厚厚的雲層，太陽也被完全遮住，好像隨時都會降下細雪似的，阿米也跟小六一樣把手放在火盆上取暖。

「哥哥明年會加薪吧？」小六突然向阿米問道。

阿米當時正從榻榻米上撿起一片廢紙擦拭沾滿糨糊的雙手。聽了小六的疑問，阿米露出意外的表情。

「為什麼這麼說？」

「因為我看報上說，明年開始普通公務員都會加薪。」

阿米從沒聽過這種消息，小六便向她詳細說明一遍。阿米聽完後，露出「原來如此」的表情點點頭。

「真的應該這樣。現在這點薪水，日子實在過不下去。就拿切好的魚片來說吧，我來到東京之後，價格已經漲了一倍呢。」阿米說。提起魚片的價格，小六可就一竅不通了。現在聽了阿米的話，他才發現魚肉的價格竟然漲了那麼多。

小六心中升起一絲好奇，他跟阿米之間的談話也就變得比較平順。阿米最近才聽宗助說起屋後那位房東的事情，據說他十八、九歲的時候，日本的物價非常便宜。阿米便把宗助說過的話，又轉述給小六聽。聽說當時一碗沒有配料的蕎麥麵，定價大約是八釐，麵上加了配料的則是價二分五釐。一人份的普通牛肉當時要價四分錢，牛肋條肉六分錢。聽一場演藝表演的門票約三分錢至四分錢。學生若是每月由家鄉接濟七圓的話，就能過著中上的生活，如果是十圓的話，就能過得非常奢華。

「小六，你若是生在那個時代，大概就能順利念到大學畢業吧。」阿米說。

「哥哥要是生在那個時代，日子就很好過了。」小六答道。

客廳的紙窗全部糊完時，已是下午三點多。再過不久，宗助就該下班回來，阿米也得忙著做晚飯了，於是兩人決定暫停，一起動手收拾糨糊和刮鬍刀。小六用力伸個懶腰，又握起拳頭咚咚咚地敲著自己的腦袋。

「真是辛苦你了。很累吧？」阿米向小六表示慰勞之意。其實小六倒也不累，只覺得嘴巴有點饞，便要求阿米從櫥裡拿些點心給他吃。他說的「點心」，就是上次宗助送還文件盒的時候，坂井家贈送的禮物。阿米又給小六倒了一杯茶。

「那個叫坂井的傢伙也是大學畢業？」

「是啊。聽說是的。」

小六喝著茶，又抽了香菸，這才向阿米問道：「哥哥沒告訴您加薪的事嗎？」

「沒有，一句也沒說。」阿米答道。

「我要是能變成哥哥那樣，就行了吧。那樣的話，心裡連不滿什麼的，也都沒有了。」

阿米沒有答話。小六說完站起身，走進六疊榻榻米的房間，不一會兒，他嚷著「火熄了」，又抱著火盆走了出來。安之助曾經勸慰小六：「現在你先到哥哥家住著，雖然不太方便，但是過一陣子，或許還有機會回學校上學吧。」所以小六現在決定暫時聽從安之助的勸告，先以休學的方式解決眼前的難題。

九

因為那個文件盒，住在後面的坂井跟宗助意外地建立了交情。之前，兩家的關係只是宗助這邊每月派阿清將房租送去，那邊再派人送來收據，來往僅此而已，就好像山崖上住著一家外國人，兩戶人家從來都沒像一般鄰里那樣親密地交往過。

宗助把文件盒送去的當天下午，正如坂井事先告訴他的，刑警到宗助家後院山崖下來進行勘查，當時坂井也陪著一起過來了，所以阿米總算首度見到久聞大名的房東。她原以為房東沒有鬍子，結果看到坂井臉上不但留著鬍子，而且態度親切，說話有禮，阿米不免有些意外。

「跟你說啊，原來坂井先生是留了鬍子的。」宗助走進家門時，阿米特地上前向丈夫報告。

那天之後，大約又過了兩天，坂井派女傭捧著一盒豪華的點心前來道謝，盒上還有房東的名片。女傭向宗助表示：「之前給府上添了許多麻煩，我家主人向您們表達萬分謝意。不久之後，主人自當親自登門致謝。」說完，便告辭離去了。

這天晚上，宗助打開女傭送來的點心盒，一面嚼著盒裡的唐饅頭[24]一面說：「他肯送這種點心給我們，從這一點看來，倒不像吝嗇的人嘛。所以說他不肯讓別的小孩玩他們的鞦韆，大概是謠言吧。」

「一定是謠言啦。」阿米也幫著坂井辯護。

宗助和阿米做夢都沒想到，坂井跟他們的親密度一下子比遭竊前躍進了這麼多，他們也從沒想要跟房東建立更深的交情。即使不是以利害關係為出發點，而是只從敦親睦鄰或是個人情誼的角度來看，他們也沒有勇氣跟房東進一步交往。如果文件盒送回之後，聽其自然地任由歲月流逝，要不了多久，坂井還是從前的坂井，宗助也還是從前的宗助，山崖上下的兩家肯定還是各過各的，互不來往。

不料，又過了兩天，到了第三天的黃昏，坂井卻突然到宗助家來拜訪了。他身上穿一件看起來很暖和的長斗篷，脖子上還圍著水獺皮做的毛領。宗助夫婦看到這位不速之客十分吃驚，甚至有些狼狽，但他們還是忙著把客人請進客廳。賓主雙方寒暄幾句之後，坂井便彬彬有禮地為前幾天發生的那件事向宗助道謝，接著又說：「託您的福，被偷的東西重新找回來了。」說著，便解下掛在白縐綢兵兒帶上的金鎖鏈，把那鏈子上的雙蓋金懷表拿給宗助看。

坂井又向宗助說明，原本只是因為按規定必須申報，才向警察報失了這個懷表，但老實說，表已經很舊了，就算被人偷走，也沒什麼可惜，因此也沒抱什麼希望。不料，昨天突然收到一個沒寫寄信人的小包，打開一看，裡面竟然裝著自己的失物。

「可能小偷也不知道如何處理這東西吧；要不然就是因為它根本不值錢，才決定還給我吧？總之啊，這種事倒是很少見呢。」坂井笑著說。

「其實對我來說，那個文件盒才真是寶貝呢。因為那是家祖母從前在一位貴人家裡做事時得到的賞賜，嗯，可以算是一件紀念品啦。」坂井接著又向宗助夫婦解釋道。

這天晚上，坂井在宗助家大約聊了兩小時才離去。始終陪在客人身邊當聽眾的宗助，還有躲在起居室偷聽的阿米，都不得不承認這位房東真的非常健談。

「他可真是閱歷豐富啊。」阿米發表自己的感想說。

「因為他閒著沒事幹嘛。」宗助則加上了自己的注解。

第二天，宗助從官署下班回家的路上，出了電車之後，走到商店街那家舊貨店門口。就在這時，坂井昨晚穿的那件裝著水獺毛領的長斗篷突然躍入宗助的眼簾。從大路上望過去，只能看到坂井的側面，他正在跟舊貨店老闆說話。老闆臉上戴著一副很大的眼鏡，仰望著坂井的臉孔。宗助覺得自己不該在眼前這時刻過去打招呼，便打算直接繞過去，沒料到走到店門前方的瞬間，坂

24 唐饅頭：簡單地說，就是一種做成餡餅形狀的蜂蜜蛋糕，裡面包著豆沙餡，外皮是用麵粉、雞蛋、砂糖、麥芽糖等材料烤成質地柔軟的蛋糕。據說是由高僧空海從中國帶回日本的點心改良而成。

井的視線剛好轉過來。

「哎呀，昨晚打擾了。現在才回來呀？」坂井和藹可親地向宗助打聲招呼。宗助也不好意思不搭理，便放慢腳步摘下帽子。坂井似乎辦完了事情，立刻從店裡走出來。

「您來買東西嗎？」宗助問。

「不，不是的。」說完，坂井沒再多說什麼，便跟宗助並肩往回家的路上走去。大約走了十幾公尺，坂井突然說：「那老頭可狡猾了。上次還拿來一幅華山[25]的贗品，硬要叫我買。剛剛我才罵了他一頓。」宗助這時才知道坂井也跟其他有錢有閒之輩一樣，都擁有相同的嗜好。接著，他又暗自思索，上次賣掉那座抱一的屏風之前，要是先給坂井這樣的人物鑑賞一下就好了。

「那傢伙對書畫很內行嗎？」

「什麼內行！別說書畫了，那傢伙什麼都不懂。你看那店裡的德性就知道吧？一件像古董的東西都沒有。因為他本來是撿破爛出身的嘛。只是後來混得不錯，才有現在的規模啦。」

坂井對舊貨店老闆的底細瞭如指掌。宗助以前聽一位熟識的蔬菜店老闆說過，坂井家在幕府時代曾經當過什麼官，在這附近是最古老的世家。幕府崩潰之後，坂井家似乎是跟德川將軍家退到駿府去了？又好像是先退出江戶，才又重新回來？反正，宗助現在也記不清細節了。

「那傢伙從小就愛搗亂，後來還當了孩子王，我常跟他打架唷。」坂井說到這兒，連他們小時候的事情都忍不住洩漏了。「那他為什麼還想把華山的贗品推銷給你呢？」宗助問。

坂井臉上露出笑容，向宗助解釋說：「喔，因為家父在世的時候也喜歡這些，於是他就常常跑來推銷。可是他一點眼光也沒有，一心只想賺錢，是個不好應付的傢伙啊！而且我不久前才向他買了一座抱一手繪的屏風，他可嘗到了甜頭呢。」

聽到這兒，宗助不覺暗自驚訝，卻又不好打斷坂井，只好默默聽著。坂井接著又告訴宗助，從那以後，舊貨店老闆更熱心了，總是拿些自己也不懂的字畫來推銷，甚至連大阪仿造的高麗陶器，他都當成寶貝似的陳列在店裡當作擺設呢。

「反正啊，除了廚房裡的小矮桌，至多再加上新鐵壺之類的東西，那家店裡能買的，也只有這些了。」坂井說。

不一會兒，兩人登上山坡，坂井應該向右轉了，宗助則必須從這兒再轉回山下。他很想再跟坂井繼續走一陣，向他打聽屏風的事，卻又覺得特地繞遠路，不免令人生疑，便跟坂井分手了。臨走之前，宗助向坂井問道：「最近可以到府上拜訪嗎？」

「歡迎來玩啊。」坂井高興地答道。

這天的天氣既沒刮風，又出了一會兒太陽，但阿米一直待在家裡，還是感到寒氣逼人，只得先把暖桌放在客廳中央，點燃了炭火，並將宗助的和服放在暖桌下，一面烤著一面等待丈夫歸來。

25　華山：渡邊華山（一七九三—一八四一），江戶後期的學者、畫家，擅長人像與寫生，著有《慎機論》等著作。

今年進入冬季之後，這天算是宗助家第一次在白天燒熱暖桌。雖說平日的晚間早已開始使用暖桌，但通常都把桌子放在六疊榻榻米的房間裡。

「怎麼把這東西放在客廳中央啊？今天怎麼啦？」

「又沒有客人會來，沒關係吧？因為六疊榻榻米那間小六住著，沒地方放嘛。」

宗助這才想起小六住在自己家裡。阿米幫他在襯衣外面套上一件保暖的粗布和服，再用腰帶層層繫緊。

「在這寒帶地區，家裡不放暖桌，可沒辦法過冬啊。」宗助說。小六的那個六疊房間雖說榻榻米不算乾淨，但是東面和南面都有窗戶，算是家裡最暖和的地方。

宗助端起茶杯，喝了兩口阿米泡好的熱茶。

「小六在家嗎？」小六原本應該在家，但是六疊房裡靜悄悄的，聽不到半點聲音。阿米正要起身，打算叫小六出來。「不必了，反正沒事。」宗助卻制止了她。說完，宗助便把身子鑽進暖桌的棉被裡，臥倒在榻榻米上。客廳一側牆上的窗戶正對屋後的山崖，這時房間裡已經有些黃昏的黯淡。宗助用手枕著頭，腦中完全放空，只用眼睛欣賞這片昏暗侷促的景象。廚房那邊傳來阿米和阿清忙碌的聲音，但聽在宗助的耳裡，卻像從與己無關的鄰家傳來的。不一會兒，房裡逐漸轉暗，只有紙窗上泛出微微白光。但宗助仍然靜止不動地躺著，也不忙著催人點燈。

到了吃晚飯的時候，宗助才從昏暗的房間走出來，在晚餐桌前坐下，這時，小六也從六疊房間出來，坐在兄長的對面。「看我居然忙得忘了。」阿米說著，又忙著起身關客廳的雨戶。宗助本想吩咐弟弟說：「每天到了黃昏，你嫂嫂的事情特別多，你最好也能幫著做點事，譬如點亮油燈啦，關上雨戶啦。」但又想到，弟弟才搬來不久，這種不討好的話還是別說為妙，便打消了主意。

兄弟倆一直等到阿米從客廳回來，才端起飯碗吃飯。這時，宗助說起下班路上在舊貨店門口碰到坂井的事，還有坂井從那戴著大眼鏡的老闆手裡買了抱一屏風。

「哎唷！」阿米嚷了一聲，沒再說下去，只是瞪著宗助看了好一會兒。

「那一定就是那東西啦。一定是那東西沒錯。」

小六起初沒開口，聽了一陣之後，大致聽懂了兄嫂正在談論的內容。

「總共賣了多少錢？」小六問。阿米開口答話之前看了丈夫一眼。

晚飯後，小六立刻回到自己的六疊房間，宗助也回到暖桌前面。不一會兒，阿米也過來把腳伸進暖桌取暖，夫妻倆趁機商討了一番，覺得可由宗助在下個週末到坂井家去確認一下，看他買的究竟是不是那座屏風。

然而到了下個星期天，宗助又像以往那樣，沉溺在每週一次的懶覺裡不肯起床，結果又白白浪費了一個早上。阿米說她腦袋又疼了，一直靠在火盆邊，好像什麼事都懶得做似的。這時若是那個六疊榻榻米房間還空著的話，即使是在早晨，阿米也有個地方可以躺一會兒。宗助這時才發現，自己讓小六來住那六疊房間，等於間接掠奪了阿米的避難所，想到這兒，心裡對阿米有些內疚。

「身體不舒服的話，就在客廳鋪上褥子躺一躺吧。」宗助向阿米建議，但她有所顧慮，不願聽從丈夫的意見。宗助接著又說：「那乾脆撐起暖桌來吧，反正我也要取暖。」阿米這才讓阿清把桌架和棉被搬進客廳。

宗助整個早上都沒見到小六，因為他在宗助起床前不久就出門。宗助也沒向妻子問起弟弟到哪兒去了。凡是跟小六有關的事，他最近越來越覺得不忍心對阿米提起，也不忍心讓她回答自己的問題。宗助有時甚至會想，若是阿米主動向自己抱怨弟弟幾句，不論自己責備她也好，安慰她也罷，問題反倒比較容易解決。

到了中午，阿米還躺在暖桌下沒起來，宗助覺得讓她安靜地休息一下也好，便輕輕地走到廚房，向阿清交代道：「我到坂井家去一下。」說完，他在居家和服的外面披上一件能讓和服袖子露出的斗篷短大衣，走出了家門。

或許是因為剛才一直待在陰暗的室內吧，宗助一走上大路，心情突然變得非常輕鬆。全身肌肉被那寒風一吹，像要抵抗寒冷似地立即緊縮起來，胸中不斷湧出振奮的情緒，令他生出某種快感。宗助一面走一面想，阿米整天待在家裡著實不行，若是碰到天氣比較好的日子，應該讓她到戶外吸點新鮮空氣，否則身體都要弄壞了。

走進坂井家大門，只見那道隔開玄關與後門的樹牆枝上有個紅色的東西，看起來跟冬季極不相稱。宗助特意上前仔細觀察了一下，這才看出那是一件縫著兩個袖子的玩偶小棉被，不知是誰用一根纖細的竹枝，貫穿兩根袖管，很小心地掛在紅葉石南的枝椏上，小棉被掛得很巧妙，生怕它會從樹上掉下來似的，一望即知是出於女孩之手。宗助自己沒有養兒育女的經驗，更不曾見識過頑皮年紀的小女孩，眼前這幅紅色小棉被掛著晒太陽的平凡景象，令他情不自禁地停下腳步，駐足欣賞了好一會兒。他回憶起二十多年前，父母為了早夭的妹妹準備的紅色雛人形舞台，還有舞台上的五人樂隊、形狀漂亮的乾果，以及又甜又辣的白米酒。

房東坂井先生雖然在家，卻正在吃飯，宗助只好在一旁等候片刻。他才在屋內坐下，立刻聽到那些晒小棉被的傢伙在隔壁房間發出陣陣喧鬧。女傭給宗助上茶時，剛剛拉開紙門，門後陰暗處立刻露出四個大眼睛在那兒偷看。不一會兒，女傭端出火盆來的時候，身後又露出另一張臉。也不知是否因為宗助第一次來訪，每次紙門打開，門裡露出的臉孔都不一樣，害得宗助簡直搞不清這個家裡究竟有幾個小孩了。好不容易，等到女傭都退出房間了，卻又不知是誰把紙門拉開兩三公分的小縫，門縫裡同時露出好幾雙黑亮的小眼睛，宗助看著也覺得有趣，默默地向那些眼睛招了招手。不料紙門卻「啪」地一聲關上了，門後隨即傳來三、四人一起大笑的聲音。

不久，只聽一個女孩的聲音說：「喂！姊姊妳再像平作一樣來扮阿姨吧？」

「喔，那我今天扮西洋的阿姨。東作你來扮父親，所以你們大家要叫他『爸爸』，雪子扮母親，叫作『媽媽』，懂了嗎？」貌似姊姊的女孩向大家說明。

「好好笑唷。要叫『媽媽』呢！」另一個孩子說。又發出一陣開心的笑聲。

「那我也跟以前一樣扮祖母囉。那要用西洋的叫法叫我祖母喔。怎麼說呢？」一個孩子問道。

「祖母啊，還是叫祖母吧。」姊姊又向大家解說。

接下來就聽那群孩子你一言我一語，不停地說著「有人在家嗎？」「哪一位啊？」等等的日常對話。中間還夾雜著「叮叮叮叮」之類模擬電話鈴聲。宗助聽著，覺得這群孩子玩得既歡樂又新奇。

就在這時，一陣腳步聲從裡屋傳來，似乎是房東往宗助這兒走過來了。只聽他走進隔壁房間，立刻制止那群小孩說：「好啦！你們別在這兒鬧了。快到別處去吧。有客人在這兒呢。」

「才不要呢，父親！不給我們買一匹大馬，我們就不出去。」一個孩子當場反駁道。聽那聲音，是個十分年幼的男孩，或許因為年紀的關係，說起話來舌頭還不太靈光，費了好大一番工夫才向父親表達了抗議。但是宗助聽來覺得特別有趣。

房東進來坐下之後，先向宗助表達令他久等的歉意。那群孩子在他們父親說這段話時，都跑到外面去了。

「府上這麼熱鬧，真有意思。」宗助說出自己的真實感想。

房東以為他在恭維自己，有點像在辯解什麼似地說：「哎呀，就像您看到的，總是亂烘烘的，簡直吵死了。」接下來，又向宗助說了一大堆孩子調皮搗蛋的趣事。譬如有一次，他們弄來一個漂亮的中國花籃，在籃裡裝滿煤球，放在凹間當擺設，又有一次，他們在房東的長筒靴裡灌水養金魚……宗助聽著，覺得既新鮮又好玩。房東接著又說，可是因為女孩比較多，服裝方面的開銷可大了。據說有一次房東出門旅行，兩星期之後回家一看，幾個孩子都突然長高了兩三公分。那種感覺，就像有人在背後追趕自己呢。房東說到這兒，又換個話題說：「要不了多久啊，就得忙這些孩子的嫁妝了，我肯定會被她們搞得傾家蕩產吧……」宗助自己沒孩子，聽了這些話，別說心中毫無同情的感覺，反而還對房東生出幾分羨慕，因為房東嘴裡雖然嚷著孩子煩人，臉上卻連一絲痛苦的表情也沒有。

眼看聊得差不多了，宗助便向房東提出請求，希望能讓他見識一下上次說起的屏風。房東立即應允，拍掌命人把屏風從倉庫裡搬出來。吩咐完之後，又轉頭對宗助說：「兩三天之前還放在這兒呢。但是家裡那些孩子總愛胡鬧，故意躲在屏風後面開玩笑，我怕他們弄壞東西可就糟了，所以才收了起來。」

聽了房東這話，宗助覺得現在又讓人家把東西搬出來，實在有點過意不去，不免責怪自己有點多此一舉，其實他心底對那屏風並沒有什麼強烈的好奇。不論屏風究竟是不是原本屬於自己的那一座，現在已歸他人所有，就算弄清真相，也沒有任何實質意義。

但是才一眨眼工夫，那座屏風便按照宗助的願望，從裡屋經由迴廊搬到他的面前來了。而且，正如宗助所料，果然就是不久前放在自家客廳的東西。當他確認這項事實的瞬間，心中倒也沒有震撼的感覺。但他看到自己坐著的榻榻米散發的色澤，還有屋頂的木紋，凹間的擺飾，以及紙門的花紋等，在這些室內裝飾的陪襯下，再加上兩名傭人小心謹慎地從倉庫搬出來的這番陣仗，宗助只覺得現在這座屏風的身價，好像比在自己家裡的時候又貴了十倍以上。宗助打量著屏風，腦中盡是這種想法，一時也想不出該說些什麼，只能露出毫不新奇的眼光注視著早已看慣的東西。

房東看這情景，誤以為宗助是頗懂此道的鑑賞家，便站在屏風旁，一手搭在框邊上，不斷用眼來回打量宗助的臉孔和屏風上的圖畫，等了半天，宗助始終不肯輕易發表評論，房東忍不住說道：「這東西很有來頭，身價不凡呢。」

「原來如此。」宗助只答了一句。

房東接著又走到宗助身後，一面用手指點來點去，一面發表看法與解說，其中也有宗助第一次聽到新知識，譬如「這畫家真不愧出身藩主之後，他作畫的特色就是從不吝惜上好的顏料，所以作品的色澤總是美得驚人」等等，但大部分的解說都是普通人也知道的常識，

宗助聽著房東解說完畢，很有禮貌地伺機道謝後，重新坐回自己的座位。房東也在座墊上坐下。接著，兩人又聊起屏風上那句什麼「野路、雲空」的題辭，還有題辭的書法。宗助這才發現房東對書法和俳句也很有研究，聽了他的解說，簡直就像世上沒有他不知道的事情似的，令人不

禁十分好奇，不知他究竟是如何記住這麼多知識的。宗助感到有點相形見絀，便盡量閉嘴不再講話，只是專心聆聽對方的發言。

房東看出客人似乎對書法不感興趣，便把話題拉回到繪畫方面，並且好意地向宗助建議，雖然自己收藏的畫冊和畫軸中沒什麼特別珍貴的作品，但如果宗助願意欣賞，他可以搬出來請客人品評一下。宗助對主人這番熱情當然不能不表示婉拒，卻又緊接著向主人道聲「失禮了」，然後開口問道：「請問您這屏風花了多少錢購得的？」

「喔，我算是撿到便宜了。八十圓買下的。」房東立即答道。

宗助坐在房東面前思索著，要將屏風的來龍去脈全都告訴他嗎？還是不說為妙呢？突然，腦中升起一個念頭：若是說出這件事，或許房東也會覺得挺有趣吧。宗助便把事實元元本本地向房東報告一遍。房東傾聽宗助說明時，不時發出「喔、喔」的回應，似乎非常驚訝。聽完宗助的報告後，房東說：「這麼說來，你不是因為喜歡書畫才想看這屏風啊。」說著，便大笑起來，彷彿覺得自己誤會宗助這件事，是一次十分有趣的經驗。說完，房東又很惋惜地說，早知如此，直接付給宗助相當的金額購買那座屏風就好了。說了半天，房東最後又很生氣地咒罵起商店街那個舊貨店老闆。「真是個可惡的傢伙！」房東說。

經過這件事之後，宗助跟坂井之間的關係一下子就拉近了許多。

十

佐伯家的嬸母和安之助後來再也沒到宗助家來過。宗助原本就沒閒工夫到麴町走訪，再說他也沒那個興致。所以兩家雖是親戚，卻分別過著各自的生活。

只有小六偶爾會探望嬸母，但好像去得不勤。而且每次從嬸母家回來，他也從不向阿米報告那邊的情況。阿米疑心小六是故意不告訴自己，不過她並不覺得佐伯家跟自己有什麼利害關係，聽不到嬸母的訊息，反倒是一件好事。

儘管如此，小六跟他哥哥聊天的時候，阿米倒是經常聽到一些佐伯家的消息。大約一星期之前，小六才跟他哥哥說起安之助又在動腦筋研究如何利用某項新發明的事。據說那是一種不用油墨就能印出鮮豔印刷品的機器。阿米在一旁聽了一會兒，才知道那是一種十分珍貴的發明，但她覺得那種東西跟自己完全無關，所以跟平一樣，一直緘默不言。而宗助畢竟是個男人，聽後彷彿很好奇，還問小六說：「那機器為什麼不用油墨就能印刷？」

小六並沒有這方面的專業知識，當然無法詳細回答哥哥的疑問，只能就他記憶所及，把自己從安之助那兒聽來的，仔細地向宗助報告一遍。據小六轉述，這種印刷術是英國最近才發明的，說穿了，只是利用電力的原理，一端電極連接在鉛字上，另一端電極連接在紙張上，之後，把紙張上的電極跟鉛字上的電極重疊在一起，當場就能完成印刷。通常印出來的字體顏色是黑的，稍微變換一下技巧，也能印出紅色或藍色字體。如此一來，便省去了等待顏料變乾的時間，真是非常實用又有價值的技術，如果採用這種技術印報紙，連油墨和滾筒的支出都可省了。從整體來看，至少可以節省以往經費的四分之一。說著，小六還再三重複安之助告訴他的：「這是一項前途無量的事業。」不僅如此，聽小六的語氣，就如同安之助已把這充滿希望的前途抓在手裡了似的。說這話時，小六眼中閃耀著光輝，好似安之助充滿光明的前途裡，也包含了自己同樣閃亮的身影。宗助聽著弟弟的描述，表情跟平常一樣平靜，聽完之後，也沒發表任何特別的評語，因為他覺得這種新發明既像事實又像虛構，反正，再過不久這種技術就要問世了，在那之前，自己也不便表示支持或反對。

「那麼捕鰹船的生意已經不做了嗎？」一直保持沉默的阿米這時開口了。

「倒也不是不做了。而是因為機器的費用太高，儘管用起來很便利，卻也不是任何人都願意裝那機器。」小六說，聽那語氣好像他就是安之助的代言人。接著，兩兄弟與嫂嫂又閒聊了一會兒。

聊到最後，宗助說：「所以說，不論做什麼，都不是那麼容易成功的。」

「像坂井先生那樣，口袋有錢又無所事事，才好呢。」阿米說。聽了這話，小六便又退回自己房間去了。

宗助夫婦必須偶爾碰到這種機會，才能知悉佐伯家的消息，其餘大部分時間，兩家都不知道彼此過著什麼樣的生活。

一天，阿米向宗助提出一個疑問：「小六每次到阿安那裡去，都會從阿安手裡拿到一點零用錢吧？」

宗助以往對小六的事並未放在心上，突然聽到這話，立刻反問：「為什麼問這種問題？」

阿米沉吟了一會兒才提醒宗助說：「因為他近來經常在外面喝了才回來。」

「可能是阿安跟他聊那些發明還有賺錢的事，看他聽得專心，所以請他喝酒了吧？」宗助笑著說。說完，關於小六的談話也就到此為止，兩人沒再繼續聊下去。

後來又過了兩天，到了第三天黃昏，吃晚飯的時間到了，小六卻還沒回來，夫妻倆等了一會兒，宗助忍不住嚷著肚子餓。阿米因為顧慮小六，想再拖延一陣，便叫宗助先去洗澡，誰知宗助不管這些，自己先開動吃了起來。

這時，阿米突然對丈夫說：「你能不能叫小六不要再喝酒了？」

「他喝得那麼多？多到讓我必須提醒他的程度？」宗助顯得有點意外地問道。

「倒也不是那麼多。」阿米不得不這麼回答。但事實上，白天家裡沒有其他人的時候，小六滿臉通紅地喝醉回來，總是令她感到不安。宗助並沒再多說什麼，但心裡卻懷著疑問，小六向來不愛喝酒，就算有人借錢給他，或是給他零用錢，他真的會像阿米說的那樣自己跑去喝酒嗎？

日子一天一天過去，年底就快要到了，黑夜逐漸占去了世界的三分之二。寒風整天刮個不停，光聽那風聲，就覺得生活也被籠上了陰影。小六實在無法把自己關在那間小小的六疊房間裡打發時光。因為越是靜心思索，越會感到孤寂，也更加無地自容。他更不願到起居室跟嫂嫂聊天。無奈中，只好躲出去，輪流到幾個朋友家鬼混。朋友起先倒也跟從前一樣對待小六，陪他聊些年輕學生有興趣的話題，但是這類話題聊完了，小六還是不斷打擾人家，大家便開始私下議論，認為小六是因為閒著沒事，才那麼喜歡複習舊話題。於是，大家偶爾會藉口預習或研究，在小六面前表現出一副課業非常忙碌的模樣。小六感覺出朋友都把他看成閒散的懶鬼，心裡當然很不高興，卻又不能靜下心來留在家中讀書或思考問題。總之，像他這種年紀的青年本該好好讀書，努力向上，現在卻因為內心的動搖和外界的束縛，弄得他一事無成。

儘管他整天都往外跑，但有時外面下著冰冷的大雨，有時融雪也會弄得滿地泥濘，小六顧慮和服被雨淋溼，或烘乾布襪太費工夫，也就只好放棄外出了。遇到這種困坐家中的日子，小六會顯得十分無助，不時從他六疊榻榻米的房間出來，神情呆滯地坐在火盆旁喝著茶。阿米如果剛巧也在，兩人有時也會閒聊幾句。

「小六，你喜歡喝酒嗎？」阿米曾經問他。

「馬上要過年了，雜煮[26]裡的年糕你可以吃幾塊呀？」阿米也曾問過這樣的問題。

閒聊了幾次之後，阿米跟小六之間的距離稍微拉近了些。不久，小六甚至還會主動向阿米請求幫忙。「嫂嫂，幫我縫一下吧。」阿米聽了，接過小六的飛白布外套，動手縫補袖口的破綻，小六則安靜地坐在一邊，眼睛注視著阿米的指尖。按照阿米的習慣，若是坐在眼前的是丈夫，她會從頭到尾都默默地縫補，但現在眼前坐著的是小六，她卻無法對他不理不睬，這也是阿米的習慣。所以當小六坐在面前時，阿米總是絞盡腦汁找話跟小六說。常常聊不到兩句，小六就把話題扯到自己的未來，說他不知怎麼辦，同時也十分擔憂。

「可是小六你還年輕，對吧？不論將來做什麼，現在才起步嘛。你跟你哥不同，不必那麼悲觀啦。」

阿米曾這樣安慰過小六兩次，到了第三次安慰小六時，阿米問道：「不是說到了明年，阿安那邊就能幫你想辦法解決問題嗎？」

「那只是阿安的想法，不會像他嘴裡說的那麼如意吧。我現在越想越覺得不能指望他了。因為捕鰹船好像也不賺錢。」小六露出疑惑的神色說。阿米看他滿臉不悅，又想起小六時常滿身酒氣回來，臉上總是充滿怒氣與怨忿的表情，心中不免對小六生出幾分憐憫，同時也感到有些可笑。

「就是啊。要是你哥有錢，無論如何也會幫你想辦法。」阿米向小六表達了同情之意。這話倒也不是她隨口亂說的敷衍之詞。

這天大約在黃昏的時候，小六又披上斗篷冒著風寒出門去了。直到晚上八點多，他才走進家門，然後當著兄嫂的面，從袖管裡掏出一個細長的白色口袋說：「天太冷了，想做點蕎麥疙瘩來吃。我剛到佐伯家出來之後，在回家路上買的。」說完，趁阿米燒熱水時，小六又說：「那我來準備出汁[27]的材料。」說著，便抓起刨子使勁地把柴魚乾刨成魚屑。

宗助夫婦這時才聽說，安之助最近決定把婚期延到明年春天。據說，安之助大學剛畢業，家裡就已開始幫他物色結婚對象了。小六從房州回來之後，嬸母通知宗助以後不供小六上學的當下，安之助的婚事已經大致談妥。只因佐伯家並未正式通知宗助，所以他們也弄不清婚事到底進行到哪一步了。不過小六偶爾會去拜訪嬸母，並帶回消息，宗助才根據小六的報告推測，安之助應該是在年底之前就會成家。除此之外，還聽說新娘的父親是公司職員，家裡生活頗為富裕，學校上的是女學館[28]，家裡兄弟很多等等，這些訊息也都是經由小六之口才得悉。至於新娘的容貌，就只有小六從照片上看過。

26　雜煮：類似湯年糕的料理，一般是在元旦的早餐食用。
27　出汁：出汁是日本料理的基本調料，通常使用柴魚屑和晒乾的海帶煮泡而成。出汁的味道會隨柴魚屑與海帶的組合而發生微妙的變化。不同部位的柴魚屑，做出的出汁味道也不同。另外也有使用沙丁魚等小魚乾製成的出汁。
28　女學館：全名為「東京女學館」，當時位於東京市麴町區（現在的千代田區），是一所充滿貴族氣息的著名女校。

「長得好看嗎？」阿米曾向小六打聽。

「嗯，還算可以吧。」小六當時是這樣回答的。

這天晚上，三人等待蕎麥疙瘩上桌之前，一起琢磨著安之助為何不在年底完婚。阿米猜測大概是因為挑不到吉日，宗助則認為是因為年底大家都太忙，只有小六獨自發表了不同於往日的現實看法：「還是因為有物質上的需要吧。因為對方家裡各方面都很富裕，嬸母也就不能隨便應付過去了。」

十一

阿米開始出現倦怠無力的症狀，是在仲秋之後，紅葉都已蜷縮成紅褐色的時節。以往除了住在京都那段日子算是例外，之後搬到廣島或福岡的歲月裡，阿米幾乎從沒有一天是健健康康的，等到返回東京之後，她的身體狀況仍然談不上理想。阿米甚至還煩惱得暗自疑惑：「我這種女人，天生就對故鄉水土不服吧。」

不過最近這段日子，阿米的健康狀況倒是漸趨平穩，跟宗助嘔氣的次數也減少了，一年當中，只發作了幾次而已。而且宗助到官署去上班之後，白天只有阿米一個人在家，總算讓她有了安心休養的機會。後來到了秋季將盡，寒風夾著薄霜吹得人皮膚發疼的時節，阿米又開始覺得不太舒服了。不過這次還不至於痛苦難忍，所以剛出現病狀時，就連宗助都沒注意到她的異常。等到宗助知道阿米的身體又出了問題，幾次勸她去看醫生，阿米卻總是不肯聽話。

就在這段時期，小六搬到他們家來了。其實按照宗助的觀察，身為丈夫的他非常了解，以阿米的身心兩方面來看，家裡就算增加了成員，居住環境應該盡量不要太過擁擠。但事實卻很無奈，宗助想不出其他更好的辦法，也只好順其自然了。不過他口頭上卻很矛盾地叮囑阿米，務必保持心情的平靜。阿米則微笑著回答：「不要緊的。」

聽了這回答，宗助心裡反而更加不安。但奇怪的是，自從小六搬來之後，阿米卻顯得特別有勁，或許是因為自覺肩頭的責任變重了，才會顯得那麼神采奕奕吧。總之，阿米比以往更加殷勤地照料丈夫和小六的生活起居。對阿米的這些變化，小六是一點也感覺不到的。但是站在宗助的角度，他完全理解阿米比以往付出了更多的努力，心底不禁對柔順的妻子再度生出感激，同時也擔心她求好心切，心情過於緊張，萬一弄出個什麼病來可就糟了。

不幸的是，宗助的憂慮竟在十二月下旬突然變成了事實，也令他非常狼狽，就像預期的恐怖之火一下子被人點著了似的。事情發生那天，一大早起來，天空已是濃雲密布，地面上連一絲陽光也晒不到，逼人的寒氣整日籠罩在空中，令人腦袋發疼。阿米前一晚又是整夜無眠。到了早上，她勉強支起疲累的腦殼，從床上爬起來操持家務。起床來回走動之後，雖然覺得腦袋難過，心裡卻期待著，說不定活動一陣之後，接觸到外界的刺激，情緒就能提高一些吧。總比這樣一直躺著強忍頭痛好過點，還是先忍一忍，送丈夫上班吧，或許等一下身體就會變好呢。誰知宗助出門之後，阿米全身突然湧出一種義務已了的疲倦，陰鬱的天氣也從這時向她的腦袋展開進攻。阿米抬頭仰望，天空好像結了冰，靜坐室內的她只覺得嚴寒透過陰森的紙門，逐漸滲入全身，腦門一陣陣地發起熱來。阿米再也無法忍耐了，只好把早上才收好的棉被又重新鋪在客廳，躺下來靜臥休養，但是腦殼仍然很難受，便吩咐阿清弄一塊絞乾的溼毛巾放在額頭。但是過沒多久，毛巾又變熱了，阿清乾脆把金屬臉盆放在枕畔，不停地幫阿米更換溼毛巾。

整個上午，阿米就用這種臨時應變的方式降溫，病狀並沒有好轉跡象，她也沒力氣特地起來陪小六吃飯，只吩咐阿清做好午餐，端到小六面前去，她自己仍然躺著，還讓阿清拿來丈夫平時使用的軟枕，換下了自己的硬枕。阿米這時已顧不得女人最怕被枕頭弄亂的髮髻了。

小六從六疊房間出來，把紙門稍微拉開一條縫，偷看了阿米一眼。但是阿米身體朝內躺著，看不見她的眼睛。小六以為她已睡著，就沒跟她說話，又重新拉上紙門。然後，小六獨自占據了整張大餐桌，動手把茶泡飯呼嚕呼嚕地撥進嘴裡。

下午兩點多，阿米終於昏昏睡去，待她重新張開眼，覆在額上的溼毛巾也已熱得快要變乾，不過腦門倒是輕鬆了一些，而另一方面，肩膀到背脊卻出現了僵硬痠痛的新症狀。阿米告訴自己，必須打起精神吃點東西，否則身體撐不住。於是便坐起來，吃了一頓量少又過時的午飯。

「您覺得身體怎麼樣了？」阿清在一旁服侍，嘴裡不斷問道。阿米感覺身體已恢復得不錯，就讓阿清收掉棉被，並把身子靠在火盆上等待丈夫下班。

宗助跟往昔一樣的時間下班回家。進門後，絮絮叨叨地向阿米報告市街的景象。據說神田大道的店家已經展開年底大清倉，商店門口都掛上各色旗幟，「勸工場」外面還撐起紅白條紋的帳篷，並有樂隊演奏，看起來熱鬧極了。說到最後，他還慫恿阿米道：「好熱鬧！妳可以去瞧瞧嘛。喔！坐電車去，很方便的。」不過說這話時，他自己的臉孔卻是紅通通的，好像已經被凍壞了。

阿米眼看宗助忙著討好自己，興致顯得極高，就不太忍心告訴他自己生病的事。事實上，她也不覺得身體有多麼不適，所以就佯裝無事，跟平時一樣服侍丈夫換上和服，並疊好西服，準備吃晚飯。

晚上將近九點時，阿米才突然告訴宗助，她身體不太舒服，想先上床睡覺了。宗助聽了這話有點吃驚。因為平日的晚上，阿米總是很愉快地陪著丈夫閒話家常。但是阿米馬上向丈夫保證，沒什麼嚴重的問題，宗助這才放下心來，讓阿米準備就寢。

阿米躺下後，宗助耳中聽著鐵壺裡滾水煮沸的聲音，一直聽了二十多分鐘。夜深人靜，一盞圓柱燈芯的油燈陪伴著他。宗助想起明年政府要給一般公務員加薪的傳言，又想到大家都傳說，加薪之前，肯定會先改革業務與裁員。想到這兒，他不免暗自憂心，不知自己到時候會被調到哪個部門。他又想起當初幫他調到東京的杉原，可惜杉原現在已經不在總部當科長了。如今想來，這件事也很奇妙，自己調到東京上班之後，居然沒有病過，也就是說，他到現在都沒請過一次假。宗助是在大學時代中途輟學的，念書的時候並不是認真的學生，所以在學識方面，當然沒法跟別人比，好在他腦筋還不錯，官署的工作也不曾出過什麼差錯。

宗助思索半晌，綜合各種狀況分析後對自己說：「嗯，應該沒問題。」想到這兒，他伸出指尖輕輕敲打鐵壺邊緣。就在這時，客廳裡傳來阿米的聲音，聽起來好像非常痛苦。

「我說啊，請你過來一下。」聽到這聲音，宗助不由自主地站起身來。

走進客廳一看，阿米皺著眉，右手壓著自己的肩膀，棉被已被掀開，胸部以上的身體全都露在棉被外面。宗助幾乎想都沒想，就把手伸向同樣的目標，從她按住的位置緊緊握住她的肩骨突出處。

「再向後一點。」阿米向宗助懇求道。宗助在她肩上左按一下，右按一下，一連按了兩三次，才找到她指定的位置。宗助的手指壓下後發現，後頸和肩膀的相連處靠近背脊的位置，有一塊肌肉硬得不得了，就像石頭一樣。阿米要求宗助使出一個男人所有的力氣，幫她在那個位置按摩一下。宗助花了半天工夫，按得自己滿頭大汗，卻仍然沒有達到阿米的要求。

宗助想起小時候聽祖父說過的一個名詞叫作「早打肩」[29]。據說，一位武士騎馬正要前往某處，半路上，突然得了這個早打肩的毛病。武士立刻跳下馬來，抽出短刀就往自己的肩頭刺下去，等到肩頭刺破，放出了一滴血，武士才救回了性命。現在宗助的記憶突然清晰地浮現出這段故事。「我可不能在這兒呆坐！」他想，但是自己究竟是否應該用刀刺破阿米的肩膀，他卻無法做出決斷。

29　早打肩：病人突然感到肩膀充血、劇痛，並心跳加快，最後甚至昏迷不省人事，亦即現代的「狹心症」。

宗助從沒看過阿米燒得這麼厲害，她連耳根都紅了。「腦袋熱嗎？」宗助問。阿米痛苦地答道：「熱！」宗助高聲呼喚阿清，命她用冰袋裝些冷水拿來，但不巧的是，家裡沒有冰袋。阿清只好像早上一樣，把手巾浸在金屬臉盆裡端過來。她用溼手巾幫阿米的額頭降溫的同時，宗助仍然使勁地幫著阿米按摩肩頭，並不時地問她：「有沒有感覺好一點？」阿米卻只回答說：「有點難過。」宗助簡直不知該怎麼辦，他想親自跑去找醫生出診，又擔心自己出門後不知會發生什麼事，所以一步也不願離開家門。

「阿清，妳趕緊到街上去買冰袋，然後把大夫請來。現在時間還早，應該還沒睡吧？」

阿清立刻起身，向起居室的時鐘望了一眼。

「九點十五分。」說著，阿清便向後門走去，正在窸窸窣窣找木屐的時候，剛巧小六從外面回來了。他跟平日一樣，也不跟兄長打招呼，就往自己的房間走。「喂！小六！」宗助大聲制止了他。小六在起居室猶豫了幾秒，哥哥又連續高喊兩次，小六這才不得已低聲回應一聲，拉開紙門，把頭伸進去。只見他滿臉醉意，臉色緋紅，連眼眶都紅了。小六向屋裡看了一眼，這才露出驚訝的表情。

「怎麼了？」說著，臉上的醉意一下子都不見了。

宗助又把剛才吩咐阿清去做的事，向小六說了一遍，並催他快點去辦。小六連斗篷也來不及脫，立刻轉身走向玄關。

「哥哥，就算我跑去找大夫也太費時了，還是到坂井家借用電話，請大夫馬上來吧。」

「對了。就那麼辦！」宗助答道。接下來，直到小六返家為止，阿清端著臉盆不知來回換了幾次水，宗助也拚命在阿米的肩上又壓又揉，不斷按摩。因為他看到阿米如此痛苦，實在無法不做點什麼，只有這樣才能讓他好過一點。

宗助從沒像現在這樣焦急過，一心只盼著大夫快點來到。他手裡雖然幫著阿米按摩肩頭，耳朵卻不停地分神注意門外的動靜。

好不容易，終於盼到了大夫，宗助的心情簡直就像黑夜盼到了光明。這位大夫不愧是做生意的，臉上沒有一絲驚慌，先把自己的小公事包放在身邊，然後像給慢性病患者看病似地，從容不迫地為阿米看診。或許看到大夫不慌不忙，宗助原本忐忑的心情也逐漸穩定下來。

半晌，大夫向宗助吩咐了幾項急救措施：一是在患部貼上芥子膏藥[30]，一是熱敷雙腳，同時再用冰袋冷敷額頭。吩咐完，大夫自己動手研磨芥子，製作膏藥，再貼在阿米的肩膀與脖頸之間，熱敷雙腳的工作則由阿清與小六負責，宗助拿著冰袋幫阿米冷敷額頭，冰袋下面還墊了一塊手巾。

30 芥子膏藥：將白芥子磨成粉末後調製而成的膏藥。白芥子性味辛溫，有驅風散寒、消腫止痛之效，根據《普濟方》卷九十二記載，芥子膏可治中風。

眾人七手八腳地幫著處置了一小時左右，大夫表示要再觀察一下患者的病狀，便在阿米枕畔坐下。宗助偶爾也跟大夫閒聊幾句，但是大部分時候，兩人都無言地看著阿米。夜更深了，四周也顯得格外寂靜。

「好冷啊。」大夫說。宗助覺得對大夫很抱歉，便仔細請教今後應該如何照顧病人，然後向大夫說：「您別客氣，請先回去吧。」因為這時阿米看起來比剛才好多了

「大概不要緊了。我先開一劑藥，今晚服用之後觀察一下。我想應該能好好兒睡上一覺。」說完，大夫就走了。小六立即緊跟在大夫身後，一起走出家門。

小六隨大夫回去取藥這段時間，阿米向宗助問道：「幾點了？」一面從枕上轉眼望著宗助。她的臉色跟黃昏時大不相同，原本的紅潮已經褪盡，現在被油燈一照，顯得特別蒼白。宗助以為是因為黑髮都被弄亂的關係，特意伸手幫她把鬢角的髮絲攏上去，然後問道：「好一點了吧？」

「嗯，感覺舒服多了。」說著，阿米跟平日一樣露出微笑。通常，她就是自己很痛苦，也不會忘了向宗助微笑的。阿清這時已趴在起居室的桌上打著瞌睡，不斷發出呼嚕呼嚕的鼾聲。

「讓阿清去睡吧。」阿米向宗助要求道。

小六拿藥回來後，阿米按照大夫的指示把藥服下。這時已經將近半夜十二點了，不到二十分鐘，病人就陷入了沉睡。

「藥效很不錯。」宗助看著阿米的臉孔說。

小六也在一旁觀察嫂嫂的狀況。看了一會兒，他對宗助說：「已經沒事了吧。」說完，兩人從阿米的額上拿下冰袋。

過了片刻，小六回到自己的房間去了。宗助也把被褥鋪在阿米身邊，跟平時一樣睡下。過了五、六小時，滿地刺骨錐心的寒霜化盡了，冬夜終於迎來了天明。大約又過了一小時，陽光普照大地，旭日在藍天毫無遮掩地高高升起。阿米仍然睡得很熟。

不一會兒，宗助吃完早餐，上班時間也快到了，阿米卻不像會從夢中清醒的模樣。宗助在她枕邊彎下身子，聆聽阿米沉睡的呼吸聲，心中暗自思索，今天究竟該請假？還是上班？

十二

整個上午，宗助跟平日一樣在官署執行公務，但昨夜的情景不斷浮現在他眼前，阿米的病情當然令他非常牽掛，所以手裡的工作進行得並不順利。有時甚至還弄出些莫名其妙的小錯。好不容易盼到了午休時間，宗助心一橫，決定提早回家。

他坐在電車裡左思右想，幻想著各種可能的情景。阿米究竟睡到幾點才起床？醒來之後心情變好了吧？不會再復發了吧？他的想像全都偏向光明的一面。這個時間搭車跟過去完全不同，車裡乘客非常少，也不必擔心打擾到其他乘客，所以宗助就在車裡任由想像的場景接二連三地顯現在腦中。不一會兒，電車就到達了終點。

走到家門口，裡頭一點聲音也沒有，好像沒人在的樣子。宗助拉開木格門，脫掉鞋子，登上玄關，但家裡沒有半個人出來迎接。宗助不像平日那樣沿著迴廊走向起居室，而是立刻拉開紙門，走進阿米正在睡覺的客廳。誰知進去一看，阿米仍然躺在那兒沉睡。枕畔放著朱漆托盤，盤裡有一包藥粉和茶杯，杯裡只有半杯水，跟他早上出門時的景象一樣。阿米的腦袋朝向凹間躺著，隱約可見她的左頰，還有貼著芥子膏藥的頸部，這姿勢也跟早上相同。阿米跟早上一樣睡得很熟，好像除了呼吸之外，已跟現實世界失去聯繫。眼前的情景跟宗助早晨出門時留在腦中的印象毫無分別。宗助顧不得脫掉大衣，立刻彎身聆聽阿米沉睡中的呼吸聲。聽了好一會兒，看來阿米不太可能馬上醒來，宗助伸出手指，計算著阿米昨晚服藥後經過的時間，算完之後，臉上露出不安的神情。昨晚之前，他一直為了阿米失眠而擔心，現在看到她睡得不省人事，而且睡了這麼長的時間，不免感到有些異常。

宗助的手放在阿米的棉被上，輕輕地搖了兩三下，那散在軟枕上的髮絲像波浪般掀動一陣，阿米卻依然呼呼大睡，宗助只好撇下妻子，走向起居室。水龍頭下的小木桶裡浸泡著飯碗和漆器木碗，都還沒洗過。他又到女傭的房門口瞧了一眼，只見阿清面前放著一張小膳桌，人卻趴在飯桶上打瞌睡。宗助接著拉開六疊榻榻米房間的紙門，把頭伸進去，看到小六從頭到腳裹在棉被裡熟睡。

宗助自己動手換上和服，也不叫人幫忙，就疊好脫下的西服，收進壁櫥。然後在火盆裡添了些柴火，燒上一壺熱水。他先靠著火盆思考半晌，這才站起身來，叫小六起床，接著又喊醒了阿清。兩人看到宗助，都大吃一驚，立刻跳了起來。宗助向小六打聽阿米從早上到現在的狀況，不料小六卻告訴哥哥，因為他實在太睏，十一點半左右吃完午飯就睡著了。不過在他睡著之前，阿米一直睡得很熟。

「你現在去找那位大夫，問他說，昨晚吃藥之後就一直睡覺，睡到現在也沒醒，這樣要不要緊？」

「是。」

小六簡短答完便走出了家門。宗助重新回到客廳，仔細打量阿米的臉孔。現在不叫醒她好像不太好，但是讓她醒來的話，又似乎對身體也不好，宗助抱著兩臂，不知究竟該如何是好。

一眨眼工夫，小六就回來了。他向宗助報告說，大夫剛好正要出門，聽了小六的說明後，大夫表示，他正要到一兩戶病患家出診，等他看完那些病人，立刻過來看望阿米。「那在大夫到達之前，就這樣讓她睡下去也可以嗎？」宗助反問小六。「除了這些，大夫沒再交代別的。」小六回答。宗助只好跟剛才一樣，繼續坐在阿米的枕畔，心裡不禁埋怨，大夫跟小六都太無情了。接著他又想起小六昨晚回家時那張臉孔，心中就更加感到不快。小六在外面喝酒的事，最先是阿米告訴宗助的，之後，宗助也曾暗中留意過弟弟的行動，發現他果然有時不太安分。他覺得自己得找個機會，好好規勸小六一番，但又怕兄弟倆在阿米面前爭執，未免令她臉上掛不住，所以宗助一直忍到現在，都還沒對小六提起喝酒的事。

「要教訓他的話，就得趁現在阿米正在睡覺的時候。現在教訓他的話，不論兩人吵得多麼激烈，也不會影響到阿米的心情。」

宗助思前想後，得出了這個結論，但是抬眼看到昏睡不醒的阿米，注意力又轉移到阿米身上，恨不得立刻喚醒她。於是他又在那兒三心二意，終究無法下定決心教訓小六。就在這時，大夫終於趕來了。

大夫又把昨晚的公事包小心翼翼地拉到身邊，然後悠閒地燃起一根菸，一面抽一面不斷發出「嗯、嗯」的聲音，傾聽著宗助報告病情，接著便轉臉望向阿米，嘴裡應聲說道：「那讓我先看看她吧。」說完，就像平時看診那樣，抓起阿米的手按脈，同時緊盯自己的手表，看了很長一段時間，又拿出黑色聽診器放在阿米的心臟上方，非常細心地一下移到這兒，一下移到那兒，各處都聽了一遍。最後，大夫拿出一支中間有個圓洞的反射鏡，吩咐宗助點燃蠟燭。不巧宗助家裡沒有蠟燭，只好命令阿清燃亮一盞油燈端來。大夫翻開阿米的眼皮，把反射鏡上的光線集中在睫毛內側仔細觀察了一番，檢查就算結束了。

「藥效似乎太強了。」說著，大夫轉臉望向宗助。看到宗助的眼神時，他又立刻補充說：「但是不必擔心。如果真的出了什麼問題，首先會在心臟或大腦方面反映出來，照現在的情況看來，這兩方面都沒問題。」聽了這話，宗助才放了心。大夫又繼續解釋說，他採用的「樂眠」是較新的藥品，從學理上來看，這種藥不像其他安眠藥有那麼多副作用，但藥效卻會根據患者的體質而出現較大的差別。說完，大夫就告辭了。臨走之前，宗助問道：「隨便患者睡多久，都不要緊嗎？」大夫答道：「沒事的話，不需要叫醒患者。」

大夫離去後，宗助突然肚子餓了，便走進起居室。剛才放在火上的鐵壺已發出咕嘟咕嘟的沸騰聲。宗助叫來阿清，令她端上膳桌，阿清露出為難的表情說：「什麼都沒準備呢。」宗助看了一眼時間，確實還得等一會兒才到晚飯時間。於是他懷著輕鬆的心情，在火盆邊盤腿坐下，一面嚼著醃蘿蔔一面嘩啦嘩啦地把熱水泡飯撥進嘴裡，一口氣就吃了四碗。大約過了半小時，阿米才終於自己醒了過來。

十三

為了準備過年，宗助難得地踏進理髮店的門檻。或許因為年關將近，理髮的客人非常多，店裡可以聽到兩三把剪刀同時發出咔嚓咔嚓的聲音。剛剛在店外的商店街上，宗助已見識到各式各樣的銷售活動，整條街道充滿著盼望「寒冬及早度過，暖春快點降臨」的焦躁。待他走進店裡，剪刀聲不停地撞擊著他的耳膜，營造出一種忙碌的氣氛。

坐在火爐邊抽菸等候的這段時間，宗助覺得自己好像捲進了一場與自己無關的大型社會活動，不管心裡是否情願，他不得不準備過年。但儘管新年即將到來，他的心底卻沒有任何新希望，只覺得周圍的環境把心頭攪得亂烘烘的。

阿米的病情已經逐漸好轉，宗助現在又能像以往那樣到處閒晃，而不必過分操心家中瑣事。跟別人家比起來，宗助家迎接春節的準備工作算是比較清閒的，但對阿米來說，最近肯定是她一年當中最忙碌的時期。其實宗助心裡早已決定，今年還是過個簡單的春節，往年那些繁文縟節全都省了吧。妻子現在這種死後重生般的鮮活身影，宗助看著十分欣喜，就像可怕的悲劇終於離開自己時的心情一樣。但另一方面，他的心底又飄浮著某種隱憂，總覺得那種悲劇不知何時又會以其他形式再度降臨到家人身上。

在這歲末時節，世上那些愛湊熱鬧的人們都忙得興高采烈，好像故意要把原已極短的白晝弄得更短。看到那些人拚命的模樣，宗助更加感覺那種隱約的悲劇正向自己逐漸逼近。他甚至暗自期待，可能的話，只有自己一個人在這陰沉灰暗的隆冬臘月裡準備過年就行了。宗助在店裡等了好一會兒，總算輪到他理髮了。看到自己的身影出現在冰冷的鏡中時，他突然瞪著那人影納悶起來：「這究竟是誰呀？」鏡中的自己從臉孔以下，全都被白布包裹起來，連和服的色彩和條紋都看不見了。就在這時，他發現理髮店老闆的鳥籠出現在鏡中深處。小鳥站在籠中的棲木上，正在那兒跳來跳去。

理完髮之後，有人在他頭上塗了些有香味的髮油，宗助就在店員歡欣鼓舞的道謝聲中走出了理髮店。踏出店門的瞬間，一種爽快的感覺傳遍全身。宗助站在冷空氣裡深切地體會到一件事：阿米說得沒錯，理髮確實能夠營造氣象一新的效果。

回家的路上，宗助想起自己得去問問水費的事，便轉身繞向坂井家。到了門口，女傭出來應門。「請往這裡走。」女傭說。宗助以為會把自己領到以前去過的客廳，沒想到穿過客廳之後，卻將他帶向起居室。只見起居室的紙門拉開了六十多公分，屋裡傳來三、四人的笑聲。坂井家的氣氛依然跟平日一樣歡樂。

房東坐在色澤閃亮的長方形火盆對面，房東太太離火盆較遠，坐在靠近迴廊邊的紙門前面，臉孔也朝著門口。房東身後掛著一面細長的黑框壁鐘，右邊是牆壁，左邊是壁櫥，還有一座裱糊書畫的屏風，上面貼滿了拓片、俳畫[31]和扇面等。

房間裡除了房東的妻子之外，還有兩個女孩並肩坐在一起，兩人身上穿著花紋相同的窄袖和服外套，其中一人看起來大約十二、三歲，另一人大概十歲左右。兩人看到宗助從紙門背後進來，都轉動一雙大眼望著宗助，她們的眼角和嘴角仍然殘留著剛才笑過的痕跡。宗助先打量室內一番，除了房東家一對父母和兩個女兒之外，還看到一個奇怪的男人必恭必敬地坐在最靠近門口的位置。

宗助剛坐下不到五分鐘，立刻明白剛才那陣笑聲，正是這個怪男人跟坂井家幾個人聊天時發出來的。男人長著滿頭紅髮，上面蒙著一層灰，看起來又髒又亂，全身皮膚被太陽晒得黝黑，恐怕一輩子也白不了了。身上穿一件白布襯衣，上面釘著陶瓷鈕扣，手織硬粗布的衣領上掛著一條很長的手編圓繩，有點像是繫錢包的紐帶。從他這身打扮來看，完全就像住在深山裡的村夫，肯定很少有機會能到東京這種大城市來。更令人驚訝的是，現在天氣這麼冷，男人的兩個膝蓋竟然

---

31 俳畫：一種日本畫，有滑稽、輕鬆、灑脫、脫俗風格的水墨畫，主要是由俳人自己所繪，也有他人為了讚賞某位俳人的作品而畫，大部分的俳畫上面都會寫上俳句。

露在外面。他的腰上圍一條小倉腰帶[32]，手織布料的藍色條紋已經褪色。男人這時剛拉出塞在腰帶後方的手巾，擦拭著鼻孔。

「這傢伙啊，特地從甲斐[33]地方背著布疋到東京來兜售。」房東坂井向宗助介紹道。

「老爺，拜託您買一疋吧。」男人轉臉向宗助行了個禮。

怪不得滿地都是銘仙布、皺綢和白硬綢啊！宗助覺得這傢伙的外表和言行雖然滑稽，但他能把這麼多珍貴的貨品馱在背上到處叫賣，實在也是很厲害。房東太太告訴宗助，這個布商住在一個遍地都是亂石的村裡，那種土地既不能種稻米也不能種小米，村民不得已，只好種桑養蠶，整個村子窮得只有一戶人家有壁鐘，全村在高等小學上學的孩子，總共只有三人。

「聽說他們那兒會寫字的，只有他一個人呢。」說著，房東太太笑了起來。

「真的是這樣。太太，能讀能寫又會算術的，除了我以外，再也沒有第二個了。」布商露出認真的表情對房東太太的意見隨聲附和。

說著，布商又拿出各種布疋推到房東和他妻子面前，嘴裡再三重複道：「請買一疋吧。」房東跟他妻子藉口價格太貴，要求他再減價多少多少，布商就用一種特殊的鄉下腔調回答：「連本錢都不夠啦。」「給您磕頭了，請買一疋吧。」「哎唷，您瞧這貨色。」每說一句，眾人就掀起一陣大笑。房東跟他妻子反正閒得發慌，也就沒完沒了地跟這布商開著玩笑。

「老闆，你背著這些貨出門在外，到了吃飯時間，也得吃飯的吧？」房東太太問。

「肚子餓了，哪能不吃飯？」

「到哪裡去吃呢？」

「到哪兒去吃？當然是去茶屋[34]吃呀。」

房東笑著問道：「茶屋是什麼地方？」布商回答：「就是吃飯的地方嘛。」接著又說：「剛到東京的時候，覺得這裡的飯真是太好吃了。要是每頓都吃到撐飽肚皮，那一般旅店是受不了的，每天三頓都在旅店吃的話，他們就太慘了。」說完，眾人又被布商逗笑了。

聊到最後，布商總算說服房東太太買下一疋捻絲硬綢和一疋白色絽紗。宗助想，在這人人手頭緊張的歲末，竟有人闊綽得買下明年夏季才穿的絽紗，心頭不免浮起一種特別的感慨。這時房東轉臉向宗助慫恿道：「您看如何，順便買一疋給夫人做身居家服吧？」

房東太太也在一旁勸說道：「趁這機會買下來，價錢能便宜好幾成呢。」

---

32 小倉腰帶：用「小倉織」製作的腰帶。小倉織是一種質地堅韌、不易磨損的棉布，通常沒有花紋或織上豎向條紋。是江戶時代豐前小倉藩（現在的福岡縣北九州市）的特產。

33 甲斐：即現在的山梨縣。江戶時期名為「甲斐府」，明治初期改名為「甲府縣」，後改名為「山梨縣」。

34 茶屋：茶屋最早出現在古代重要道路指定的休息點附近，只向旅人提供茶水等服務，後來也有兼營色情的茶屋，這類茶屋的正式名稱為「色茶屋」。江戶時代所謂的茶屋，幾乎全都是「色茶屋」。另外還有專門提供飲食的「料理茶屋」。許多江戶時代創業的料理茶屋，到了現代改為「料亭」形式繼續經營。

「喔，至於貨款嘛，什麼時候付都可以啦。」房東還向宗助拍著胸脯願做擔保。宗助終於無法推辭，幫阿米買了一疋銘仙布。房東還在一旁拚命殺價，布商最後只好答應減價三圓。買賣談妥之後，布商嚷著說：「價錢殺得太厲害了。我簡直要哭啦。」說完，大夥兒又發出一陣笑聲。

看來這布商一向都靠這種粗俗演技行走天下。據說他每天就像這樣，到處拜訪熟人，背上的貨品重量越來越輕，到了最後，只剩下一塊藍色包袱布和一條真田紐[35]，而這時也剛好到了迎接農曆春節的時候，布商便暫時返回老家，在深山裡過完舊曆春節後，再重新背起布疋出來兜售。在農家開始忙著養蠶的四月底五月初之前，他得把那些布疋全部換成現金，再把錢帶回位於富士山北面那個滿地硬石的小村去。

「他到我們這兒來做生意已經有四、五年了。從開始到現在，不論什麼時候碰到他，都是老樣子，從來沒變過。」房東太太特別強調著。

「確實是個少見的男子。」房東也發表了評論。宗助想，如今這世界上，只要三天不出門，街道都可能突然變寬，若是一天不看報，可能連電車開闢了新路線都不知道。這個人每年都來東京兩趟，卻能保持村夫本色，確實是難能可貴。宗助在一旁仔細觀察布商的容貌、態度、服裝、言行，一股憐憫之情不禁油然而生。

宗助向坂井告辭，往自己家走去。一路上，他在斗篷大衣下面不斷把那挾在腋下的小包，從左邊換到右邊，又從右邊換到左邊，眼前時時浮起布商的身影，那個將小包裡的東西便宜了三圓賣給自己的男人，還有他身上那件破爛的條紋粗布上衣。男人長著一頭亂糟糟的紅髮，明明髮質又乾又硬，卻不知為何要從頭頂正中央規規矩矩地分向左右兩側。

到家時，阿米剛縫好宗助的春季和服外套，打算把衣服放在座墊下壓平。宗助走進門來，看到她正要坐在那塊座墊上。

「你今晚把它鋪在褥子下面睡吧。」說著，阿米轉眼望向丈夫。宗助把那個從甲斐到坂井家兜售的布商的趣事講了一遍，阿米聽了也忍不住放聲大笑起來。她愛不釋手地抓著宗助帶回來的那塊銘仙布，再三端詳布料的條紋和質地，嘴裡連連嚷著：「便宜！好便宜！」

「為什麼賣這麼便宜還能賺錢？」阿米最後提出這個疑問。

「可見介於布商與顧客之間的吳服店賺得太狠了。」宗助則根據這疋銘仙布，推斷出販售布疋這一行的內幕。

接著，夫妻倆又聊起坂井家，兩人都認為房東家的生活寬裕，手頭闊綽，才會讓商店街那家舊貨店老闆賺到意外之財，也因此，房東夫婦才需要經常從布商這兒廉價買進些沒用的東西，藉著占便宜來轉移自己心理的不平衡。聊到最後，兩人又說起房東家的氣氛總是那麼歡樂開朗。

35　真田紐：一種由經線與緯線彼此緊密交織而成的扁平細繩，因為沒有伸縮性，用來綁物不會鬆脫，非常牢固，廣泛用於捆綁刀柄或捆綁箱籠。相傳是由戰國末期的武將真田信繁的妻子竹姬所發明，故名「真田紐」。

說到這兒，宗助突然語氣一轉，想要開導阿米似地發表了想法：「倒也不只是因為有錢。理由之一還是在於他們家小孩多吧。一般家庭只要有了孩子，就算家裡窮些，氣氛也會顯得熱熱鬧鬧的。」

宗助這話聽在阿米的耳裡，好像有點怨嘆自己的家庭生活太過冷清，她不由自主地放下手裡的布料，抬頭注視丈夫的臉孔。宗助則以為自己從坂井家帶回來的東西合乎阿米的品味，總算難得地討了妻子的歡心，他正在暗自慶幸，就沒特別注意妻子的舉動。阿米也只看了宗助一眼，並沒多說什麼，因為她決定等到晚上睡覺時再慢慢跟丈夫算帳。

晚上十點多，夫妻倆跟平時一樣上床就寢，阿米估量丈夫還沒睡著，便轉臉向宗助說道：「你剛才說，家裡若是沒有小孩，日子就會很寂寞。」

宗助確實記得自己不經意地說了類似的話，但他並不是有意指自己家的狀況，更不想惹得阿米不高興，所以現在聽到阿米的責問，不免覺得無奈。

「我可不是說我們家喔。」

聽了這話，阿米沉默半晌才開口說：「但你肯定經常覺得家裡氣氛太冷清、太寂寞，才會說出那種話吧？」阿米重複著跟剛才相似的質疑。宗助心中原就有一種「必須說是」的衝動，但又擔心會惹阿米不悅，所以不敢說得那麼明白，因為他認為妻子的病體剛剛痊癒，為了讓她心情愉快，他應該找些有趣的話題來說。

「要說是否寂寞，當然不能說不寂寞。」宗助換了語氣，盡量想讓氣氛輕鬆一些。然而說到這兒，卻突然停下來，一時想不出新鮮字句和有趣的話題。

「哎呀！沒事啦。別想太多了。」無奈之中，他只能這樣對阿米說。阿米沒有接腔。宗助想換個題目，便聊起日常生活的瑣事。

「昨晚又有火災呢。」

「我真的覺得很對不起你。」不料宗助剛剛說完，阿米突然傷心地說出這話，但才說了一半，又閉上嘴，沒再說下去。這時，屋裡的油燈跟平時一樣，放在凹間的地上，阿米的臉孔背著光，看不清她臉上的表情，但從聲音裡可以聽出，她似乎正在流淚。宗助原本仰望著天花板，這時立刻把臉轉向妻子，凝視著阿米的面龐構成的黑影。阿米也正在黑暗裡注視著宗助。

「我從很久以前就想把話說開，向你道歉，但一直開不了口，所以拖到了現在。」阿米斷斷續續地說。宗助完全聽不懂阿米在說些什麼。他認為妻子可能有些歇斯底里才會這樣，卻又覺得不完全是因為這樣，只能呆呆地沉默著。半晌，阿米非常自責地說：「生孩子這種事，我已經沒指望了。」說完，便放聲大哭起來。

聽完阿米如此惹人憐憫的告白，宗助也不知道該如何安慰，只覺得阿米實在太可憐了。

「沒孩子也沒關係啊。妳看上面的坂井家，生了那麼多，我在旁邊看著都覺得可憐。簡直就像幼稚園嘛。」

「但若是一個也生不出來，你就不會說沒關係了吧。」

「還不能肯定一個也生不出來呀，不是嗎？說不定以後能生呢。」

阿米再度痛哭起來。宗助不知如何是好，只能溫柔等待她這陣情緒過去之後，再聽她說明。

宗助和他妻子在經營夫妻感情方面非常成功，但若說起生養孩子的話，他們卻比不上任何一戶普通家庭。如果是從頭就不能生育，倒也沒什麼好說的，問題是，他們是失去了原本該由他們養育的孩子，才更令人覺得不幸。

阿米懷上第一個孩子是在他們離開京都之後，當時兩人正在廣島過著苦日子。阿米確定懷孕的消息證實後，這種嶄新的體驗讓她感覺好像在夢裡看到自己可怕又可喜的未來。宗助則認為，這是兩人之間無形的愛情變成了有形的鐵證。他不但暗自雀躍，也熱切期待那融合了自己生命的肉塊，盡快舞動著手腳出現在自己面前。然而事與願違，阿米懷孕五個月時，胎兒突然流產了。剛流產的那段時期，夫妻倆連續好幾個月都過得很辛苦，宗助看著阿米流產後蒼白的臉頰，心裡非常肯定地認為，阿米是因為生活過得太苦才變成這樣。他覺得萬分惋惜，愛情的結晶終究敗在貧窮的手裡，變成一個永遠無法實現的夢想。阿米則整天從早到晚哭個不停。

後來，宗助夫婦搬到福岡後過沒多久，阿米又開始愛吃酸的食物。她曾聽說，有過一次流產的經驗，以後都很容易流產，所以她一直非常小心，隨時都很留意，也或許因為這樣，懷孕過程中一切都很順利。但不知為什麼，孩子還沒足月就生下來了。產婆也搞不清怎麼回事，建議他們找醫生檢查一下。醫生看了之後告訴他們，孩子還沒發育完全，以後家裡的室溫必須經常維持在一定水準，也就是說，必須使用人工取暖設備，讓室內晝夜都保持固定的溫度。但以宗助當時的條件來說，要在室內裝置火爐之類的設備，是很難辦到的事情。所以儘管夫婦倆用盡了所有時間和辦法，一心只想保住嬰兒的性命，最後卻仍然功虧一簣。一星期之後，那個混合了兩人心血的愛情結晶很不幸地變冷變硬了。「怎麼辦啊？」阿米抱著死掉的嬰兒不斷抽泣。宗助則表現得像個男子漢，接受了第二度打擊。直到嬰兒冰冷的屍體燒成灰燼，拌入黑土為止，他沒說過半句怨天尤人的話。日子一天一天過去，不知從什麼時候起，總是緊跟在兩人之間的那個影子似的東西，終於逐漸遠去，最後也失去了蹤影。

過沒多久，第三次記憶又找上門來。宗助調到東京的第一年，阿米又懷孕了。剛到東京那段日子，阿米的身體非常虛弱。她知道自己懷孕之後，當然是盡量小心，就連宗助也是處處謹慎，兩人心裡都明白，這次可不能再出事了，漸漸地，阿米的肚子順順當當地日漸隆起。誰知懷孕剛好進入第五個月，她又遇到一次意外之災。宗助家那時還沒有自來水，每天早晚都得由女傭到鄰里公用的井邊去打水、洗衣。有一天，阿米想起一件事要吩咐女傭，便到屋後的井邊去找人。到了井邊洗衣池，洗衣盆放在池子裡，阿米站在盆邊吩咐完畢後，正要跨過水池，不料腳底一滑，當場跌坐在長滿青苔的溼石板上。「這下可糟了！」阿米對自己的疏忽感到羞愧，也不敢把這件事告訴宗助。所幸後來事實證明，這次摔跤並沒對胎兒發育造成影響，阿米的身體也沒出現任何

異狀，她才慢慢鬆了口氣，把這件事告訴了宗助。宗助原本也沒打算責備妻子，只用溫和的語氣提醒她還是多加注意

「妳不小心一點，會有危險啊。」宗助說。

日子過得很快，過沒多久，阿米已懷胎足月，臨盆的日子快要到了，宗助每天雖然在官署上班，心裡卻總是惦記著阿米，下班的路上也總在擔心：「會不會今天我不在的時候生了？」走到自己家的木格門前，宗助便側耳傾聽，若沒有聽到暗自期待的嬰兒哭聲，他會立即聯想：「家裡是不是出了什麼亂子？」然後慌慌張張地奔進去。等到進門之後，他又會為自己的冒冒失失而羞愧不已。

所幸的是，阿米感到自己即將臨盆，是在宗助沒有出門辦公的半夜，他剛好能在妻子身邊照料，從這一點來看，他們的運氣實在不錯。而且產婆到達之後，也還有充裕的時間準備，譬如脫脂棉之類的必需品，也都購置得相當齊備，生產的過程也出乎意料地輕鬆。只是，最關鍵的嬰兒卻出了問題。孩子從子宮滑進廣闊的人世後，卻無法吸進一口人間的空氣。產婆拿出一根近似細玻璃管的東西，放進嬰兒的小嘴裡用力吹了半天，但是完全無效。阿米生出來的，只是一團肉塊而已。宗助夫妻倆只能隱約識別肉塊上的眼鼻與嘴巴，終究無法聽到嬰兒喉嚨裡發出的哭聲。

而事實上，阿米生產前一週，產婆才來做過產前檢查，也很仔細地聽過嬰兒的心跳。當時產婆還向他們保證，嬰兒絕對非常健康。所以說，那時產婆若是弄錯的話，阿米肚裡的胎兒應該早

已停止發育，而且也必須立刻將嬰兒取出母體，否則阿米是不可能健健康康地活到現在。宗助覺得很納悶，便自行著手進行調查，查到最後，他發現了一件前所未聞的事實，也令他感到非常驚恐。原來，胎兒直到降生前一秒為止，都還是很健康的。但誰也沒有料到，就在誕生的瞬間，臍帶纏頸的現象突然出現了。也就是俗語所說「胞衣繞頸」。一般產婦遇到這種意外，除了倚仗產婆的經驗與技術迅速解開臍帶之外，沒有別的辦法。而產婆若是經驗豐富，應該就能順利解決問題。宗助請來的這位產婆年紀很大了，原本是能處理這種情況的，但還有一種極罕見的狀況，卻是產婆無法掌控的，那就是，有時臍帶不只纏住一圈。譬如阿米生產時就是這樣，當時臍帶在那纖細的脖子上連續纏了兩圈。胎兒通過狹窄的產道時，臍帶不僅無法解開，還把胎兒的氣管一下子勒得緊緊的，終至造成窒息的結果。

生產時發生了這種事，產婆當然有過失致死的責任。但是大部分的過失，還是得歸罪於阿米。臍帶繞頸的異常狀態肯定是阿米自己造成的，因為她曾在井邊滑倒，並且跌坐在地。產後的阿米躺在被褥裡傾聽宗助報告調查結果時，她只是輕輕地點著頭，並沒多說什麼。聽完之後，那雙飽含疲累而有些凹陷的眼睛湧出了淚水，一對長睫毛不斷地微微顫動。宗助則在一旁好言相勸，用手帕幫她拭去頰上的淚水。

以上就是這對夫妻生孩子的經過。他們體驗了上面所說的這些痛苦經歷之後，夫妻倆從此很少談起幼兒的話題。但他們生活的背後，早已被記憶染上了孤獨的色彩，也很難揮去這種感覺。

有時，他們甚至能從彼此的笑聲，聽出對方心底的黯然。也因此，阿米現在並不想再向丈夫提起從前這一段，而宗助也覺得，事已至此，何必再聽妻子重複一遍？

阿米現在想在丈夫面前吐露的，跟他們夫妻間共有的經驗並無關係。當她第三次失去胎兒之後，丈夫向她報告了事情的經過，阿米這時只覺得自己實在是個殘忍的母親。儘管她並沒親自動手，但是換個角度來想，等於就是她為扼殺自己製造的生命，而守在生與死的交叉路口殺死了一名胎兒。只要一想到這兒，阿米就覺得自己是個犯了重罪的壞蛋。她不得不承擔這種不為人知的道德譴責，而且這個世界上，能跟她分擔這種譴責的人，半個也沒有。阿米心中這種痛苦，甚至連在她丈夫面前也不曾提過。

生產後，阿米跟普通產婦一樣在床上休養了三星期，對她的身體來說，這段時間確實是平靜無事的三星期，但是從精神方面來看，卻是強忍恐懼的三星期。宗助為他們早夭的嬰兒訂製了一具小棺材，並且避人耳目地暗中舉行了葬禮。不僅如此，他還為夭折的胎兒訂製了一塊小牌位，上面用黑漆寫著戒名。這牌位的主人已經有了戒名，但他的俗名卻連父母都不知道。宗助最初把這牌位放在起居室的衣櫃上，每天從官署下班回來，必定焚香默禱。躺在六疊房間休養的阿米經常聞到這線香的氣味。因為當時她的感官方面剛好變得十分敏銳。後來過了一段日子，宗助不知為何又把那塊小牌位收到衣櫃的抽屜底層。抽屜裡還有另外兩塊牌位，分別小心翼翼地裹在棉花裡，一塊是那個在福岡夭折的嬰兒牌位，另一塊是宗助在東京去世的父親牌位。當初離開東京時，宗助覺得把祖宗牌位全部帶著到處飄流，實在太不方便，所以只將父親的新牌位放進了皮箱，其他的牌位全都送進廟裡。

阿米雖然躺著，但是宗助的一切行動，她都聽得到，也看得見。在她仰面躺在被褥裡的這段時間，一條代表因果關係的隱形細線正在逐漸延伸，伸向那兩塊小小的牌位，把它們緊繫在一起，然後，那條隱形細線又繼續朝向遠不斷延伸，最後連接上那個連牌位都沒有的死嬰，那個從來不曾成形、身影模糊得像個影子的流產兒。她發現自己在廣島、福岡和東京三地分別留下的記憶深處，都有一種無法掌控的命運正在殘酷地支配著自己，更令人不可思議的是，活在那種受支配的歲月當中，自己也變成了再三遭遇不幸的母親。阿米認清這一點的同時，耳邊不斷聽到陣陣詛咒。她躺在棉被裡強迫自己的生理維持平靜，就像自己的身體貪圖著那三週的靜養。但在這段日子裡，詛咒之聲始終在她耳中響個不停。對阿米來說，臥床靜養的三個星期，簡直令她煎熬得無法忍耐。

在那愁苦的半個多月當中，阿米整天躺在枕上，只能瞪著空中發呆，到了後來，她雖然身子躺著，心裡早已感覺不耐。好不容易盼到看護離去後第二天，她立刻偷偷從床上爬起來，在家裡遊走一圈。然而，隱藏在心底的不安，卻難以立即揮去。儘管她拖著病弱的身體勉強活動了一番，腦袋卻完全無法思考，這令她很氣餒，只好又重新鑽回棉被，像要遠離塵世似的緊緊閉上雙眼。

不久，習俗規定的三週產後休養終於結束，阿米也覺得身體更加輕巧有勁了，她先把家裡的地板擦拭乾淨，然後對著鏡子欣賞自己氣象一新的眉眼。這時已是換季的時節，阿米難得地脫下了厚重的棉衣，全身肌膚都感受到一塵不染的清爽。在這春夏交替之際，日本的萬物都顯得生氣蓬勃，也給阿米孤寂的心情帶來了些許影響。但那影響只不過是水底攪起的沉積物，不斷在充滿陽光的水中上下漂浮而已。就在這時，阿米心底對自己黑暗的過去生出了一絲好奇。

那是一個風和日麗的上午，天氣非常好，阿米跟平常一樣看著宗助出門上班後，很快地，她也走出了家門。這個季節，女人到外面行走時，都應該撐著洋傘了。阿米在陽光下匆匆趕了一段路，額上冒出一些汗珠。她一面走一面想起剛才換和服的情景。她打開衣櫥時，立刻情不自禁地用手去摸那藏在第一個抽屜裡的新牌位。阿米一路思索著，最後終於走進算命先生的大門。

阿米從小就對大多數文明人都相信的迷信很感興趣，但她平時也跟多數文明人一樣，只把迷信看成一種遊戲。而她現在竟把迷信跟現實生活中殘酷的一面牽扯到一塊兒，這可真是十分罕見啊。這一刻，阿米面帶嚴肅、心懷虔誠地坐在算命先生面前。她想請先生確認自己的命運，也想知道上天是否能讓自己將來生養子女。而她面前這位算命先生，跟路上那些為了一兩分錢而幫路人算命的占卜者，幾乎毫無兩樣。只見他拿出算籌擺來擺去，又抓出一些竹籤摸摸弄弄，數來數去，折騰了半天之後，算命先生裝模作樣地捋著下巴的鬍子考慮半晌，才把目光轉向阿米的臉孔仔細打量起來。最後，算命先生慢吞吞地宣布道：「妳命中無子。」阿米默默地把算命先生這句話放在腦中咀嚼了好一會兒，半晌，她才抬起臉反問道：「為什麼呢？」

阿米以為算命先生回答之前，還會再算一下，誰知他把視線直掃阿米的眉眼，當場說道：「妳做過對不起別人的事。由於妳犯罪遭到報應，所以絕對沒有子女。」聽了這話，阿米感到心臟像是被人射了一槍，立刻懷著滿腔疑惑轉頭回家。那天晚上，阿米連丈夫的臉孔都沒敢抬頭直視。

對於算命先生說的這段話，阿米始終沒跟宗助提起，直到另一天晚上，夜深人靜，宗助看到凹間地上那盞油燈裡的細燈芯快要燒完時，才聽到阿米細訴算命的經過。宗助聽了自然很不高興。

「妳每次發起神經病，就會大老遠跑到那種奇怪的地方去。花錢聽那種鬼話，不覺得無聊嗎？以後還要去找那算命的嗎？」

「他說得太可怕了，以後我才不去呢。」

「不用再去了！簡直蠢得要命！」

宗助故意表現出滿不在乎的態度答完，又繼續回頭睡覺。

十四

宗助跟阿米是一對感情極佳的夫妻，這是毋庸置疑的。兩人一起生活到現在，已經六年了，這段漫長的歲月裡，他們甚至沒有鬧過半天以上的彆扭，更不曾因爭吵而紅過臉。他們會到吳服店買布來做衣服，會到米店買米做飯，但除了這些之外，他們跟社會接觸的機會非常少。也就是說，社會在他們看來，除了提供日常生活的必需品之外，幾乎沒有存在的價值。對他們倆來說，人生中絕對必要的東西，就是跟對方在一起，而事實上，他們在這方面也都獲得了極大的滿足。宗助跟阿米是懷著隱居山林的心境住在城市裡的。

也因此，他們的生活當然就過得十分單調。雖然避開了社會的繁雜瑣事，卻無異於主動拋棄了從社會活動當中直接獲取經驗的機會。從結果來看，他們等於是身處都會，卻拋棄了都會文明人的特權。夫妻倆也經常覺得自己的日常生活缺少變化，儘管他們對彼此相守這件事從未厭倦或自嘆美中不足，卻也依稀感到這種彼此認同的生活有點過於刻板，似乎隱含著某種無聊無味的東西。儘管如此，他們依然每天過著相同的刻板生活，毫不厭煩地度過了一段漫長的歲月，倒也不是因為他們打一開始就對社會失去熱情，而是社會對待他們的態度冷淡，讓他們只能相依為命，才造成了今日這種結果。他們的生活找不到向外發展的出口，只好轉而向內深耕，他們失去了生活廣度的同時，卻又獲得了生活的深度。這六年當中，他們不曾輕易與塵世交流，而把這段時間全都用來體察對方的心意。不知從何時起，兩人的命運早已盤根錯節，緊緊相連。在世俗的眼中看來，他們是兩個人，但他們自己看來，夫妻倆早已成為道義上不可切割的有機體。組成他們精神結構的神經系統早已緊密地合而為一，就連神經末梢的纖維也不例外。他們就像滴落在大盆水面的兩滴油。與其說水分被油滴推開，兩滴油才聚在一塊兒，不如說是油滴被水排擠而聚在一起，最後終至無法分離。

宗助和阿米這種緊密相連的關係裡，不僅含有一般夫妻之間難得看到的親暱與滿足，也有隨之而來的倦怠。儘管他們都受到這種倦怠氣氛的影響，卻始終不忘讚美自己的幸福。倦怠有時會給他們的意識撒下一層催眠的帳幕，讓他們的愛情像霧中花一般令人陶醉，永遠不必擔心遭人質疑。因為他們是一對距離塵世越遠感情就變得越好的夫妻。

一天又一天，他們一成不變地送走無數異常親密的日子，兩人在一起時，似乎並不在意這件事，但他們卻能經常地感受到自己期待親密關係的心情。每當他們察覺到這種情緒時，就不得不重新回味一遍兩人攜手走過的那段親密又漫長的時光，並把當年那段付出莫大犧牲、毅然結為夫婦的記憶再挖出來一次。那時，他們面對自然可能帶來的恐怖報應，心驚膽戰地臣服，也因為他們承受了報應的可能性，之後才得到了相守的幸福，但他們也不曾忘記在愛神面前燃上一炷香，向神明表達感謝。他們知道自己將會不斷遭受鞭撻，直到離開塵世的那一瞬間，但他們也明白鞭梢上黏著能治萬病的蜜糖。

宗助的老家在東京，家裡擁有不少財產，在學校念書時，他也跟其他東京子弟一樣，毫不退縮地追求各種時髦玩意兒。不論在服飾、舉止或思想方面，他都像個領先時代的青年，永遠抬頭挺胸，勇往直前。他的衣領潔白如雪，西褲下襬燙得筆直美觀，褲腳下面露出印著花紋的羊毛西襪……這一切，跟他腦子裡裝著的東西一樣，全都屬於奢華的時髦世界。

宗助天生聰穎，世故又懂事，所以對學習並不十分熱心。又因為他認為學問只是有助於自己踏入社會的利器，所以對那些必須暫時離開社會才能得到的學者地位，他也沒什麼興趣。在學校讀書的時候，他跟普通學生一樣，拚命地做筆記，但是下課回家之後，他卻懶得複習功課或整理筆記。就連缺課時沒有記上的部分，他也任其空著，不想補齊。宿舍的書桌上，宗助的筆記本永遠堆得整整齊齊，但他總是丟下井然有序的書房，跑到外面去閒晃。很多朋友都羨慕他的開朗豪邁，宗助自己也很得意。那時在他眼中看到的未來，像彩虹一般光彩絢麗。

宗助那時跟現在不同，擁有很多朋友，老實說，以他當時那種單純的眼光來看，幾乎世上任何人都是他的朋友。他的青年時代就在這種不知敵人為何物的樂天派氣氛中度過。

「喔，只要你不擺出一張苦臉，到哪兒都會受人歡迎。」宗助常常這樣對他的同學安井說。事實上，宗助臉上確實不曾露出引人不快的嚴肅表情。

「你的身體那麼好，當然不在乎啦。」安井總是大病小病不斷，所以很羨慕宗助。這位姓安井的同學老家在越前，不過他已在橫濱住了很長時間，言談、舉止已跟東京人毫無分別。他愛穿和服，也對和服很有研究，頭上留著長髮，喜歡把髮絲從頭頂中央分向左右，梳成中分頭。安井跟宗助之前就讀的高等學校[36]雖然不同，但在大學聽講時，他們卻經常坐在一起。最初兩人是因為講課內容沒聽清或聽不懂，而利用下課時間互相詢問，就這樣，漸漸地變成了好朋友。當時，因為新學年剛剛開始，宗助才搬到京都沒多久，自從交上安井這位朋友，他感覺自己的生活方便了許多。在安井的引領下，宗助像在享用美酒似地吸收了這片陌生土地的一切訊息。他跟安井幾乎每晚都到三條、四條之類的繁華區閒逛，有時甚至一路走到京極[37]，站在橫跨鴨川的大橋中央欣賞河景，眺望月亮從東山靜靜地升起，同聲慨嘆：「京都的月亮比東京的月亮大多了，也圓多了。」有時，他們看膩了鬧市和路人，便利用週末到遠郊遊玩。沿途隨處可見大片的竹林，宗助對那綠蔭森森的景色十分喜愛，還有整排松樹的枝幹被陽光映成赭紅色，也令他非常欣賞。有一

36 高等學校：指舊制高等學校，相當於現代的大學預科。根據一八九四年日本政府頒發的「第一次高等學校令」設置。後又根據一九四七年「第二次高等學校令」，大部分舊制高等學校都被新制的大學教養學部或文理學部吸收。

37 京極：指京都河原町通從三條到四條的這一段，這塊繁華區一直到戰國時代為止，都是京城的極限，因而得名。

次，兩人一起登上大悲閣[38]，站在即非[39]手書的匾額下抬頭觀賞，耳中傳來谷底順流而下的木船搖櫓聲。聽起來彷彿大雁的鳴聲，兩人都覺得有趣極了。另一次，他們還到「平八茶屋」[40]住了一晚。茶屋老闆娘用竹籤串起當地味道欠佳的河魚，烤熟之後給宗助他們當下酒菜。那時，老闆娘的髮髻上包著手巾，下半身套一條類似裁著褲[41]的深藍長褲。

宗助剛接觸到這類新鮮刺激時，嘗到了滿足的滋味，但是待他聞遍古都氣息之後卻發現，一切都顯得那麼平板。美麗清新的青山綠水不再像剛來時那樣，能在他腦中留下鮮明的影像，宗助開始感到有些美中不足。因為他懷著滿腔青春的熱血，卻再也遇不到能夠澆熄胸中火熱的深綠林蔭，而那種能把熱情燃燒殆盡的激烈活動，當然也沒有機會遇到。宗助覺得體內熱血僨張，令人酥麻的血液不斷在他全身流竄，但他只能環抱雙臂，坐看四面的山峰。

「這種老古董的地方，我已經看膩了。」他說。

聽了這話，安井笑著開導宗助一番。為了易於說明，他講了一個家鄉老友的故事。故事發生的地點就在淨琉璃[42]唱詞「中間土山雨紛紛」[43]裡那個有名的驛站。據說當地居民每天從早到晚，從起床到就寢，眼睛能看到的東西只有山峰，除了山峰之外，再也看不到別的東西，這些居民就像住在一個研磨缽的碗底。安井接著又說，那位朋友有個從小養成的習慣，每年到了連日降雨的梅雨季節，他那幼小的心靈便開始緊張，深恐自家房屋會被四周山上沖刷下來的雨水淹沒。宗助聽了不禁暗自思量，世上還有什麼人比那些一輩子住在碗底的更悲慘？

「怎麼有人能在那種地方生存啊？」宗助露出不可思議的神情對安井說。安井也笑了，接著又向宗助講了另一個小故事，也是安井從朋友那兒聽來的。據說出生在土山的人物當中，有個傢伙最厲害，他用掉包的方法偷了人家裝著千兩銀子的木箱，最後被判了臉上刺字的磔刑。聽到這故事的時候，宗助已逐漸對環境狹隘的京都覺得厭煩，他想，要想在這種單調生活裡找樂趣，那就得每隔百年上演一次這種故事吧。

宗助的視線總是聚集在新鮮事物之上，所以他認為，大自然展現過一年四季的色彩之後，根

---

38 大悲閣：京都千光寺觀音堂的別名。千光寺位於京都市右京區嵐山的半山腰。

39 即非：即非如一（一六一六—一六七一），江戶前期的禪僧。擅長書法。一六五七年跟隨日本黃檗宗開山始祖隱元一起從中國福建來日，先到長崎的崇福寺當住持，繼而前往小倉建立福聚寺。

40 平八茶屋：位於京都市左京區山腳的料理茶屋，同時也兼營旅館業。創業於一五七六年。

41 裁著褲：一種和服長褲，上半部像裙褲，十分寬鬆，膝蓋以下像綁腿。原本是武士的服裝，由於方便行走，普遍深受樵夫、獵人、工匠、舞者等各種職業人士的喜愛。

42 淨琉璃：日本的一種說唱表演，通常使用三味線伴奏，內容多為敘事，說唱者叫作「太夫」，現分八個流派。「上方」指京都、大阪地區，流行於京阪地區的淨琉璃叫作「上方淨琉璃」，與「江戶淨琉璃」有所區別。

43 中間土山雨紛紛：原本是鈴鹿地方的民謠歌詞，後因淨琉璃作家近松門左衛門（一六五三—一七二四）在他的作品《丹波與作待夜之小室節》當中，收錄了這首馬夫趕馬時吟唱的民歌而變得有名。「土山」是日本滋賀縣東南部鈴鹿山麓的一處驛站，也是守護東海道沿途的鈴鹿關的重要據點。江戶時代東海道的驛站制度完成之前，「土山」原不是可住宿的驛站，而只是兩大驛站之間提供臨時歇腳的中間站。

本不必再為喚起去年的記憶，而去欣賞春花秋葉。他只希望手裡握著證據，證明自己活得轟轟烈烈，直到他不再需要為止。對他來說，現在的生活，以及即將展開的未來，兩者雖然都是呈現在面前的問題，但現在跟未來都跟即將消失的過去一樣，不過是夢幻般的過眼雲煙，就像一場沒有價值的幻影罷了。那些斑駁凋落的神社，還有淒涼孤寂的古寺，他已經看得太多，早就沒有勇氣再把自己滿頭黑髮的腦袋轉向顏色褪盡的歷史。更何況，自己的心情也不至於低落到喜歡沉湎於昏睡的往日當中。

那年的學年結束時，宗助跟安井約定再見的日期後，兩人各自返回家鄉。安井告訴宗助，他先回到福井的老家，然後會去橫濱，出發時他會寫信通知宗助，希望兩人盡量安排，最好搭乘同一班火車返回京都。若是時間許可，他還想到興津附近住上幾天，悠閒地參觀一下清見寺、三保松原、久能山等地。宗助對安井的提議極表贊同，他甚至已在腦中想像自己接到安井寄來明信片的情景。

回到東京的家裡，宗助看到父親跟從前一樣健朗，小六仍然像個孩子。離家一年之後返家，宗助吸著久違的都會喧囂與煤煙，心中竟然升起了喜悅。他站在高處向下四望，熾熱的陽光下，無數屋瓦像是翻滾中的浪潮，一瀉千里。眼前的景象甚至讓他發出慨嘆：「這才是東京啊！」他想起從前這種景色曾讓他頭昏，但在今天的他看起來，腦中卻只浮現出「爽快」二字。

宗助的將來就像一朵緊閉的蓓蕾，在花苞綻放之前，不僅別人無法預料花朵的模樣，就連宗助自己也沒有把握。他只隱約感覺自己的前途裡閃現著「遠大」二字。儘管學校還在放暑假，他卻不敢把畢業後的出路拋到腦後。大學畢業後究竟要踏進官場？還是開創事業？宗助心裡雖然還沒有定論，但他明白自己必須盡早主動出擊才能捷足先登。所以他不僅要求父親直接引介熟人，同時也經由父親介紹，間接拜託其他朋友幫忙。除此之外，還有一些深具影響力的人物，宗助也親自上門拜訪過兩三回。但那些大人物不是藉口避暑，不在東京，就是根本避不見客，另外還有一人則說他工作太忙，叫宗助在指定時間到他的辦公室一談。到了約定那天，宗助在清晨七點左右走進一座紅磚建築物，跟隨接待人員搭電梯上了三樓。走進會客室一看，室內已有七、八個人，都跟自己一樣，正在等待同一個人接見，宗助不禁大吃一驚。不過換個角度來看，像這樣走進一個新場所，接觸一些新事物，不論是否達到目的，自己的腦中卻已裝進一些屬於未知世界的生動片段，宗助覺得這種經驗也很令人愉快。

每年在梅雨季期間遇到晴天，宗助都會遵照父親的囑咐，把家裡的書籍拿出來晾曬。事實上，按照往年的慣例，這段時期其實還有很多有趣的工作，晒書就是其中之一。涼風習習的庫房門口，他坐在泛潮的石頭上，好奇地望著那些祖先傳下來的《江戶名所圖會》[44]、《江戶砂子》[45]

44 江戶名所圖會：江戶城的地圖。齋藤幸雄編，長谷川雪旦繪，一八三六年出版，共有七卷二十冊。
45 江戶砂子：江戶時代的地理書，作者是菊岡沾涼。

等古籍。天氣熱得連榻榻米都有些發燙的日子，他在客廳中央盤腿而坐，把女傭買來的樟腦分放在小紙片上，然後摺成一個個小紙包，看起來就像醫生發給患者的藥粉包。打從宗助小時候起，只要聞到樟腦的強烈香氣，立刻就聯想到汗流浹背的土用[46]、炮烙灸[47]，還有悠然翱翔在藍天裡的鳶鳥[48]。

日子過得很快，眨眼工夫，立秋過去了，接著就到了二百十日[49]前夕，每天的天氣不是吹風就是下雨，天空的雲彩不停地飄來飄去，看起來就像一幅淡墨渲染畫。短短兩三天內，溫度計上的數字猛然驟降，宗助又得用麻繩捆綁行囊，重新做好返回京都的準備了。

回家後這段日子，宗助並沒忘記自己跟安井的約定。剛回到家時，他覺得反正約會是在兩個月之後，也就沒把這件事放在心上，後來隨著時間流逝，宗助開始對安井的下落感到焦急。因為兩人分手之後，安井連張明信片都沒寄來過。宗助曾寫信到安井的福井老家，也沒有回音，他想向橫濱那兒打聽安井的下落，但是當初忘了詢問詳細的門牌號碼，實在不知如何是好。

出發前一天晚上，父親把宗助叫到面前，除了原定的旅費外，又按照兒子的要求，另外給他一筆錢。這筆錢的金額足夠支付宗助在旅途上吃住兩三天，而且還能剩下一些零用錢，讓他帶去京都花上一陣子。

「你必須盡量節儉。」父親教訓道。

宗助聆聽父親的教誨，就像尋常家庭的兒子接受父親的訓誡。

「要等你明年回來才能再見了。多多保重吧。」父親說。但誰也沒想到，等到宗助下次應該返家的時候，他卻沒辦法回來。而等到他再度返回家門時，父親卻屍骨已寒，不在人世了。直到現在，每當宗助想起當時父親的音容，心底就忍不住浮起陣陣愧疚。

等到即將出發之際，宗助總算收到安井寄來的一封信。打開一看，裡面寫道：「我本想如約跟你一塊兒返回京都，但現在遇到一些狀況，不得不提前出發了。」信尾又寫道：「反正到京都見面後再說吧。」看完了信，宗助把信塞進西服的胸前內袋，登上了火車。列車駛到先前跟安井約定的興津車站時，宗助一個人走下月台，沿著一條又細又長的小路向清見寺走去。這時已是九月初，夏季結束了，大多數避暑的遊客早已離去，旅店裡顯得很冷清。宗助選了一間能夠觀海的房間，趴在地上給安井寫了一張繪圖明信片。其中包括這句話：「因為你沒來，我就自己一個人來了。」

第二天，宗助按照當初跟安井約好的計畫，獨自前往三保和龍華寺等地遊覽。他在沿途努力收集各種訊息，打算回京都後見到安井時，可當作他們聊天的題材。然而，不知是因為天氣的關

46 土用：原指立夏、立秋、立冬、立春等「四立」之前的十八天，一般是指立夏之前的「土用」。
47 炮烙灸：將扁平陶鍋覆蓋頭頂，然後隔著陶鍋進行艾灸。
48 鳶鳥：即老鷹。
49 二百十日：立春後的第兩百一十天，通常是九月一日。

係，還是最初期待的同伴不在身邊，不論是爬山或是觀海，宗助都覺得意興闌珊。但若不出去遊覽，一直待在旅店裡，又無趣得很。宗助再也待不下去了，他匆匆脫下旅店的浴衣，連同抓染的三尺腰帶一起掛在房裡的欄杆上，很快就離開了興津。

回到京都後，一方面因為搭乘夜車的疲累，另一方面又因為整理行囊十分費事，所以回來後的第一天，就在無意間溜走了。第二天，宗助才有時間返回校園打探情況。走進校門一看，教師並沒有全部返校，學生也比平日稀少，更令他不解的是，原該比自己提早三四天就回來的安井，竟然四處不見人影。宗助覺得非常納悶，從學校返家時，特地繞到安井的宿舍看了一眼。安井住在加茂神社旁邊，附近的樹木繁茂，河水充沛。暑假還沒開始之前，安井告訴宗助，他以後要閉門讀書，所以想搬到環境幽靜的郊區。才說完不久，安井就在這偏僻得像農村似的鄉下找到一間屋子，搬進來住下。這棟房屋修整得古色古香，門外兩邊圍著土牆。宗助還從安井那兒聽說，房屋的主人原本是加茂神社的祭司，妻子大約四十多歲，京都話說得非常好，安井的日常起居都由這女人負責照料。

「說是照料，其實只是每天三頓，做些味道很糟的料理端進房間來而已。」安井才剛搬進去，馬上就對房東太太感到不滿。宗助曾到這兒來找過安井兩三次，所以認識那個做菜難吃的女人，而那女人也記住了宗助的面孔，所以這天一看到宗助，她連忙捲著柔軟的舌頭殷勤問候，接著，又向宗助問了一個宗助本來要向她打聽的問題：安井到哪兒去了？據這女人表示，安井返鄉到現在，一個字也沒寄來過。宗助聽了很意外，懷著滿腹疑問回到自己的宿舍。

接下來的那個星期，宗助每天放學推開教室門的瞬間，心底總是隱約地升起某種期待：「今天能看到安井吧？」「明天會聽到安井的聲音吧？」結果卻是日日懷著隱約的失望踏上歸途。那一週到了最後三四天，宗助心中的感覺已不只是想要早點見到安井，而是覺得安井跟自己關係匪淺，所以開始對安井的安危非常擔心。想當初安井特地寫信通知宗助說：「我出了點狀況，抱歉，我要先行出發了。」然而宗助左等右等，一直等到現在，卻還沒看到他的身影。宗助也找過所有的同學，向他們打聽安井的下落，卻沒有人知道他的消息。只有一位同學告訴宗助：「昨晚在四條路上的人潮裡，看到一個穿浴衣的人長得很像安井。」宗助真是不敢相信。「那會是安井嗎？」他暗自疑惑。不料，就在他聽到這消息的第二天，也就是宗助返回京都大約過了一星期之後，安井突然出現在宗助的宿舍門口，而他身上竟然真的穿著傳言裡的那身衣服。

宗助望著這位身穿居家服的朋友，看了老半天。安井手裡拿著草帽，宗助覺得他臉上好像多了些什麼新的東西，是暑假之前沒有的。安井的滿頭黑髮上塗了髮油，髮絲從中分向兩邊，整齊得引人注目。「我剛去過理髮店。」安井像在辯解什麼似地說。

這天晚上，安井跟宗助閒聊了一個多鐘頭，他那含混不清的語氣，說起話來一副想說又說不出口的模樣，還有左一個「可是」右一個「可是」的口頭禪……一切都跟從前的他沒有兩樣，但對於自己為何趕在宗助出發前到橫濱去，安井卻沒有多加說明，也沒解釋究竟在哪兒耽誤了行程，結果弄得比宗助還晚到京都，安井只告訴宗助，他是在三四天前才到達京都的，接著又說，暑假前租下的那間住處，直到現在都還沒去過。

「那你現在住哪兒？」宗助問。安井把自己投宿的旅店名稱告訴了宗助。那是一間位於三條附近的三流客棧。宗助也聽過那家旅店的名字。

「為什麼住到那種地方去呢？要暫時一直住在那裡嗎？」宗助一連問了兩個問題。「因為出了點狀況。」安井只答了一句。接下來，又向宗助宣布一個令人意外的構想：「我已經不想再當寄人籬下的寄宿生了。我想去租一處獨門小院，地方小一點也無所謂。」宗助聽了大吃一驚。

接下來的一個多星期，安井真的按照自己的構想，在學校附近租下一座幽靜的院落。這種專供出租的房舍面積非常小，建築結構充滿了京都共通的陰森氣氛，梁柱和木格門都漆成紅褐色，故意弄成老舊的古屋形象。院落的門口有一棵不知屬於誰家的柳樹，修長的枝葉隨風搖曳，幾乎掃到屋簷。庭院倒是稍微整修過一番，跟東京的院子大不相同。院裡隨處點綴著石塊作為裝飾，正對客廳的位置，安置了一塊較大的石頭，石頭下面盡是充滿涼意的青苔。屋子後面有一間倉庫，門檻已經腐爛，屋裡空無一物。庫房後面是廁所，進出廁所時可以望見鄰家的竹叢。

宗助到安井的新家拜訪，是在十月裡快要開學之前。那時秋老虎依然猖狂，他記得那段日子上學和放學的路上，都還需要撐一把蝙蝠傘。那天，走到院落的木格門前，宗助收好了傘，探身朝院內張望，看到一個女人穿著條紋粗布浴衣的身影一閃而過。木格門裡有一條鋪著水泥的小徑，一直通往院內深處。走進院門後，若不立即登上右側的玄關台階，即使在光線很暗的時候，也能看清小徑深處的景象。宗助駐足暫停，一直等那浴衣的背影消失在後門附近，他才伸手拉開木格門。就在這時，安井從玄關走了出來。

安井帶他走進客廳，兩人閒聊了一會兒。剛才那女人再也不曾現身，既聽不到她的聲音，也沒聽到任何響動。房屋的面積並不太大，宗助猜想那女人應該就在隔壁的房間，可是那間屋子卻安靜得像一間空屋。而那個像影子一樣安靜的女人，就是阿米。

安井聊起家鄉、東京、學校的課程等，絮絮叨叨地說個不停，但對阿米的事，卻一字不提。宗助也沒有勇氣問起，那天就在這種狀況下告辭回家了。

第二天跟安井見面時，宗助仍在心裡惦記著那個女人，可是他沒有流露片語隻字。安井也裝出一副若無其事的表情。儘管他們以往無話不談，那些青年好友之間口無遮攔的話題，他們也都盡興暢談過無數次，但眼前的安井卻顯得有些慌張。而宗助的好奇心呢，倒也不至於強烈到非得讓安井解釋一清不可。所以兩人心裡雖然都有那個女人，卻都不肯說破，很快地，一個星期就這樣過去了。

到了星期天，宗助又拜訪安井。這次是為了來談某個團體的事情，宗助跟安井都跟這個團體有關，所以宗助這次拜訪的動機非常簡單，可說跟那女人完全無關。走進客廳之後，他在上次來時坐過的位置坐下，剛抬起頭，宗助就看到那棵種在牆根的小梅樹，這時，眼前又清晰地浮起上次坐在這兒的情景。那天，客廳外面也像現在這樣靜悄悄，一點聲音也沒有。他實在無法不在腦中想像那個寂然獨坐在同一片靜默中的年輕女人，宗助很肯定地認為，那女人今天也絕不會出現在自己的眼前。

就在他暗中得出這個結論時，安井卻出人意料地把阿米帶到他的面前。當時，阿米身上穿的並不是上次那身粗布浴衣。她從隔壁房間出來時，一身出門作客的裝扮，看起來好像馬上就要出門，或是剛從外面回來。宗助對她這身打扮很意外，但那和服的色彩和腰帶的光澤並沒嚇倒他。而且阿米對於剛剛相識的宗助，也沒有表現出過多的少女嬌羞，只是顯得比較沉默寡言。宗助看出阿米在生人面前也很沉著，就跟她躲在隔壁房間裡一樣，因此推測阿米那麼沉靜低調，倒也不完全因為羞於見人。

「這是我妹妹。」安井就用這句話介紹了阿米。

宗助跟他們相對而坐，三人閒聊了四、五分鐘，宗助發現阿米的發音裡完全聽不出一絲方言的腔調。

「一直住在老家嗎？」宗助問。

阿米還沒來得及回答，安井就搶先答道：「不，在橫濱住很久了。」

宗助從他們聊天當中聽出，兄妹倆這天原本打算上街購物，所以阿米才換下日常服，而且還不顧天氣炎熱，特地套上一雙新的白布襪。宗助這才意識到自己的來訪耽誤了他們辦事，感覺有點抱歉。

「別在意。因為我們才剛剛有了屬於自己的家嘛，每天都會發現有新的東西要買。所以每週都得上街一兩趟。」安井說著笑了起來。

「那我跟你們一起走到大路那邊。」說完，宗助立即站起身來。「順便參觀一下屋子吧。」安井建議道。宗助只好順著主人的意思四處瀏覽一番，只見隔壁房裡放著一個長方形桌式火盆，盆心的爐子是白鐵皮做的，還有一個色澤黃得非常廉價的黃銅水壺，以及放在舊水池旁邊的新水桶，新得有點刺眼。三人一起走出大門後，安井在門上掛了一把鎖，接著又說，他要把鑰匙放在後面那戶人家。說完，便向屋後奔去。宗助和阿米等待安井回來的這段時間，兩人隨意閒聊了一會兒。

當時在那三、四分鐘內說過的話，宗助直到今天還記得非常清楚。其實現在回想起來也沒什麼特別的，只是平凡男人向平凡女人表達人類善意而脫口說出的一些問答而已。若用另一種方式形容，那種問答的內容像流水般淡薄無味，就像他在路上跟任何陌生人打招呼時說過的一樣，那種談話早已不知重複過多少遍了。

每當宗助細細回想這段極為短暫的交談，就覺得每句話都那麼平淡，平淡得像是一幅未曾著色的圖畫。但令人感到奇妙的是，那透明得不可捉摸的聲音，竟能把他們的未來染成一片鮮紅。隨著歲月流逝，這片鮮紅現在已失去光彩，曾經烤炙過彼此的火焰，現在也自然地變成一團焦黑。就這樣，宗助和阿米的生活已陷入一片昏暗。當他再度回顧從前，反覆品味整件事情的來龍去脈，就發現當時那段平淡的交談，曾給他們的歷史抹上了多麼濃厚的色彩。一想到命運的力量竟能讓一次平凡的邂逅產生如此巨大的影響，他就覺得非常恐懼。

宗助記得他跟阿米站在門前，兩人的半個身影曲折地映在土牆上；還記得蝙蝠傘遮住了阿米的腦袋，映在牆上的身影頭部只有形狀不規則的傘影；他也記得那逐漸西斜的初秋陽光，熾熱地照在他們身上，阿米撐著傘，直接把身子退向並不涼快的柳蔭下。宗助更記得自己那時還退後一步，將那鑲白邊的紫傘與綠意未褪的柳葉相互交映的配色好好欣賞了一番。

現在回想起來，一切都很明瞭了，所以也就沒什麼值得大驚小怪。他跟阿米一起等待著，等到安井的影子再度出現在土牆上，三人便一起走向商店街。邁步前進時，兩個男人並肩走在前面，阿米踏著草履跟在後頭，行進時的閒談主要是由兩個男人負責，都是些簡短的句子。不一會兒，走到半路上，宗助向兄妹倆告辭後，獨自一人回家。

然而，那天發生的事情卻一直在宗助腦中留下很深的印象。那天他回到家中，洗過澡，在燈下坐定之後，安井和阿米的身影卻像塗了顏色的畫片一樣，不斷閃現在眼前。不僅如此，當他躺下準備就寢時，腦中還浮現一個疑問：安井介紹時說阿米是他妹妹，阿米真的是他妹妹嗎？雖說這個疑問不親口向安井求證，很難獲得解答，宗助卻又立即私下做出主觀的推測。他認為自己的推斷完全有可能是事實。宗助躺著想到這兒，不免覺得可笑，也認為自己死抓著這種臆測想來想去，實在太無聊。這時，他才噗地一下吹熄了剛才忘了熄滅的油燈。

宗助跟安井的交情並未因為這件事而疏遠，兩人也不至於必須等到彼此都忘掉最近發生的事，才能繼續見面。他們不但每天在學校相見，平時也跟暑假前一樣互相來往。不過，宗助每次去安井家，阿米不一定會出來打招呼，大約他拜訪三次，阿米才會出來一次，有時雖不出來相見，卻會跟當初剛認識的時候一樣，躲在隔壁房間偷聽。宗助倒也沒有特別留意這些，不過兩人之間的關係卻漸漸拉近了，過沒多久，他們已親近到能夠互相開玩笑的程度。

接著，秋天來了。宗助實在不想像去年一樣，又在京都重複相同的秋天，安井和阿米便邀他一起去採蘑菇。出發的那天，天氣十分晴朗，宗助聞到清新的空氣裡飄出一種新鮮的香氣。三個人還一起觀賞了紅葉，從嵯峨登山後走向通往高雄的路上，阿米捲起和服下襬，將纖細的傘柄當作拐杖，在她布襪的上方，可以看到被襦袢[50]遮住一半的小腿。他們登上山頂向下望去，只見陽光普照，一百多米下方的河水清澈無比，遠遠就能望穿河底。

阿米不禁讚道：「京都真是個好地方。」說著轉頭望向另外兩人。站在她身邊一起觀賞的宗助也覺得京都確實是個好地方。

50 襦袢：和服的內衣，形狀跟和服相仿，尺寸較為貼身。當時洋服已傳入日本，但一般人還是習慣穿和服，卻喜歡把洋服的高領白襯衣當成和服內衣穿在裡面。

他們三個人就像這樣，經常一起出遊，而在家裡相聚的機會，當然就更多了。有一次，宗助又像平日一樣拜訪安井，剛好安井不在，只有阿米獨自坐在屋中，彷彿遭遺棄在一片孤寂的秋意裡。「很寂寞吧？」宗助向阿米問道。說完，心有不忍，就走進了客廳。兩人隔著火盆相對而坐，一面閒聊一面烤手取暖。聊著聊著，兩人竟聊了很長一段時間，宗助才告辭回家。又有一次，宗助靠在宿舍的書桌前發呆，他正難得地發著愁，不知如何打發無聊時光。就在這時，阿米突然跑來找他。阿米告訴宗助，因為她剛好出門購物，所以順便繞過來探望一下。宗助便招待她喝茶吃點心，兩人悠閒地暢談一陣之後，阿米才告辭回家。

類似的狀況屢屢發生，不知不覺之中，樹上的葉子皆已吹落，一天早上起來，大家發現遠處高山的山巔全都白了。一陣風吹雨打之後，河邊的原野變成純白，橋上的人影踽踽前進。這一年，京都的冬季陰險難熬，寒氣不動聲色地侵人肌骨。就在這股兇惡的寒氣襲擊下，安井罹患了嚴重的流行性感冒，發燒時的體溫也比普通感冒高出許多。阿米最初也被安井的病狀嚇壞了，所幸高燒只是暫時性的症狀，安井的高熱很快就退了下來。阿米以為他的感冒已經痊癒了，不料那熱度卻反反覆覆，時高時低，簡直就像黏糕似地黏著安井不放，那每日熱度升降帶來的痛苦令他感到無法應付。

這時醫生向安井極力推薦說：「或許因為呼吸器官遭到了病魔的侵害，你最好到外地療養。」安井對醫生的意見雖然不以為然，也只好從壁櫥裡拿出柳條箱，準備出門療養。衣箱裝好之後，再用麻繩捆緊，阿米在她的手提箱上掛了一把鎖。宗助將兄妹倆送到七條後，又陪著他們一起走進車廂。一路上，他故意不斷說些引人開心的話題，直到火車即將出發，宗助才走下月台。兄妹倆都從車窗裡向他呼喚。

「有空來玩呀。」安井說。

「請你一定要來啊。」阿米說。

火車慢吞吞地駛過氣色極好的宗助面前，眨眼之間，就噴著蒸汽朝向神戶直奔而去。

患者在療養地迎來了新年。從他們到達目的地的那天起，安井幾乎每天都給宗助寄來圖畫明信片，而且每次必定再三重複：「歡迎有空來玩」。阿米也必定會順便寫上一兩行字。宗助特地把安井和阿米寄來的這些圖畫明信片堆在書桌上，每次從外面回家，一進門，桌上的明信片立刻躍入他的眼簾。宗助經常拿起來一張張反覆閱讀、欣賞。後來，安井寄來一封信上寫道：「我的病已經完全痊癒，即刻便可打道回府。但遺憾的是，難得來到這裡，卻沒能在這兒跟你相見。」宗助才收到這封信，又立刻收到安井寄來的明信片，上面寫道：「來玩吧！即使時間短促，也來一趟吧！」宗助正閒得發慌，這十幾個字完全具備了足以打動他的力量。於是他立刻登上火車，當天晚上，便趕到了安井投宿的旅店。

明亮的燈光下，三人久別重逢的瞬間，宗助立刻發現患者的臉色變好了，甚至可說比他出發前更好了。安井也深有同感，還特地捲起襯衫的衣袖，自得地撫摸著露出青筋的手臂。阿米眼中也充滿喜悅的光輝，在宗助看來，阿米那活潑生動的眼神顯得特別稀奇，因為到現在為止，阿米在宗助心中留下的印象，是個身處聲光刺激之中仍能處變不驚的女子。宗助這才明白，阿米的穩重形象絕大部分是由她那對沉穩的眼神造成的。

第二天，三人一起出門眺望遠處的深色海面，鼻中吸著夾雜松脂味的空氣。冬季的太陽赤裸裸地從低空劃過後，安靜穩重地落向西邊天際。夕陽即將消失之前，低空的雲層有紅有黃，全被染成爐火似的顏色。天黑後，風勢漸停，只聽到松濤聲不時傳入耳際。宗助住在那兒的三天，都是暖洋洋的好天氣。

宗助向安井提議再多玩幾天。阿米也說，那就再玩幾天吧。安井表示贊同說，大概是因為宗助來了，天氣才變得那麼好。但他們最後還是提著衣箱和皮箱回到了京都。不久，寒冬若無其事地挾著北風往北方退去。高山之上，那些看似斑紋的積雪正在逐漸消失，緊接著，大地像在發芽似的一下子冒出了青綠。

每當宗助憶起當日的情景，心中不免感慨，若是自然在那時停住腳步，讓自己和阿米頓時變成化石，說不定他們現在就不會這麼痛苦了。事情是在冬季的後半，春季即將降臨之前開始的，等到櫻花飄盡，櫻樹枝頭換上嫩葉顏色時，整件事情才告結束。從頭到尾就是一場你死我活的鬥爭，那種痛苦宛如青竹被火燒炙得正在滴油。他們毫無心理準備，卻被突然而至的狂風刮倒在地，等他們從地上爬起來，整個世界已被塵沙埋沒，他們發現自己滿身塵沙，卻不知自己何時被刮倒的。

世人將違背道德的罪名毫不留情地強加在他們身上。但從道德的角度進行良心譴責之前，他們卻感到茫然無措，懷疑自己的頭腦有問題，因為在兩人的眼中，尚未認清他們是一對可恥的背德男女之前，卻先看到一對不按牌理出牌的奇男怪女。這一切，他們完全無可辯解，也令他們痛苦難忍，悔恨不已，因為殘酷的命運隨手一揮，猛然擊中了無辜的兩人，並且惡作劇地把他們推下陷阱。

等到陽光毫無遮攔地從正面射向眉心時，他們才熬過了背德的痙攣之苦。兩人乖乖地挺起額頭，接受了火焰般的烙印。他們這才明白，兩人已被一條無形的鎖鏈拴在一起，不論走到哪兒，他們都必須攜手齊步，並肩前進。他們已經拋棄了父母，拋棄了親朋好友，說得廣泛一些，他們已經拋棄了整個社會，或者也可以換成另一種說法，他們是被親朋好友和社會拋棄了。至於學校，當然也拋棄了宗助，但是對外解釋時，卻說是他自己辦理休學，好讓他在外人面前留些顏面。

以上，就是宗助和阿米從前的故事。

十五

背負這段歷史的兩人後來搬到了廣島，內心仍然十分苦悶，接著，又搬到了福岡，心情依然痛苦不堪。即使後來回到了東京，心頭的重負猶在。他們跟佐伯家一直無法建立親密的關係。現在叔父已經去世，儘管嬸母和安之助還在，但兩家的關係始終非常疏遠，而且在他們有生之年，大概也難以跟嬸母變親近了吧。今年已經快到年關了，宗助和阿米卻還沒到嬸母家去送年禮，對方也沒來探訪，小六雖已被他們收留，但小六打從心底就沒把哥哥放在眼裡。他們倆剛到東京那段日子，小六還跟小孩一樣思想單純，對待阿米的態度總是直接表現出心中的厭惡。而阿米和宗助也對小六的想法心知肚明。但他們也只能白天強顏歡笑，夜間反覆思量，無聲無息地送走一天又一天。現在歲末腳步已近，一年又快要過完了。

進入臘月之後，商店街上家家戶戶門前都掛起了注連繩[51]，道路兩邊並排豎起幾十根高過屋頂的竹枝，在寒風的吹拂下，不斷發出唏哩嘩啦的聲響。宗助也買了一枝六十多公分的細松枝，用鐵釘固定在門柱上，還找了一個又紅又大的橘子，放在供神的鏡餅[52]頂端，然後把整盤鏡餅供在凹間地板上。凹間的牆上掛著一幅品味甚低的水墨梅花，明月高懸在梅枝之上，看起來有點像蛤蠣。宗助也不明白自己為何要把橘子和年糕放在這幅詭異的畫軸前面。

「這究竟象徵什麼意義呀？」他一面打量自己準備的新年裝飾一面向阿米問道。阿米也不懂他為何每年都要弄成這樣。

「我哪裡知道呀。這樣放著就行啦。」說完，阿米轉身走向廚房。

「這樣擺著，也就是為了吃進肚裡吧。」宗助露出疑惑的表情，又將年糕的位置重新調整了一下。

到了晚上，大家一起熬夜分切方形大年糕，先把砧板搬到起居室，再動手把年糕切成小塊。但因為菜刀不夠用，宗助從頭到尾沒動一根手指。年輕力壯的小六切得最多。但他切出大小不一的成品也最多，其中還包括很多形狀怪異的年糕。每當他把成品切得亂七八糟，阿清就忍不住哈哈大笑。小六手抓一塊溼抹布墊在刀背上，一面切著堅硬的邊緣一面說：「形狀無所謂啦，只要能吃就行。」說完，他使勁切下去，連耳朵都脹紅了。

除了切年糕之外，其他需要準備的，不過是煎熟小魚乾，用醬汁紅燒收乾，再裝進多層食盒裡。到了除夕晚上，宗助到坂井家辭歲，順便也把房租帶過去。他不想打擾主人全家，特地繞到

---

51 注連繩：一種用稻草編成的繩子，可大可小，尺寸相差甚多，是神道教用於潔淨的咒具，通常還點綴一些白紙做成的飾物，具有分隔神域與現世的結界功能。

52 鏡餅：新年時用來裝飾的圓形年糕叫作「鏡餅」，通常是上小下大，把兩片「鏡餅」堆疊起來，並在最頂端放一個象徵吉利的橘子。

後門，只見毛玻璃窗上映出屋裡的燈光，還聽得到裡面傳來嘰哩呱啦的喧鬧聲。進門處的門檻上，一名小學徒手捧帳簿坐在那兒，似乎是在等待收帳。看到宗助進來，他站起來行個禮。房東和妻子都在起居室，除了他們之外，角落裡還有個看似熟客的男子，低著頭，正在做新年裝飾的小稻草圈，旁邊堆著幾個做好的成品。男人身上穿著和服棉襖，上面印著店號家紋，周圍地面散落著交讓木[53]、裡白草[54]、棉紙和剪刀。一名年輕女傭跪在房東太太面前，把一堆像是做生意找錢時拿來的鈔票和銅幣，統統排列在榻榻米上。房東一看到宗助，就忙著向他打招呼。

「哎呀，請進。」說完，接著又說：「年關到了，您一定很忙吧。瞧我這裡也是一團忙亂。來！請跟我到這兒來。該怎麼說呢，過年這玩意兒早就過夠了。不管多麼有趣，連續過了四十多次，也真是令人生厭啊。」

房東嘴裡抱怨著迎新送舊太麻煩，態度上卻看不出一絲厭煩，而且話語輕鬆，容光煥發，看來晚餐剛喝了酒，酒精造成的影響還沒從臉上消失。宗助接過房東遞來的香菸抽著，又閒聊了二三十分鐘，這才告辭回家。

走進家門，阿米要帶阿清一起去洗澡，想讓丈夫守門，所以早就用手巾包好了肥皂盒，等待丈夫歸來。

「怎麼回事？去了那麼久。」阿米轉眼望了時鐘一眼。時間已經將近十點。宗助這才聽說，阿清從錢湯回來後，還打算到理髮店去梳頭。儘管他平日過得悠閒，除夕晚上卻有許多要務得由他來代勞呢。

「賒款都還清了？」宗助站著問阿米。

「還剩柴火店一家沒付。」阿米說。

「要是有人來收錢，你付一下吧。」說著，阿米從懷裡掏出一個髒兮兮的男人皮夾和一個裝硬幣的小皮包交給宗助。

「小六呢？」丈夫一面接過妻子交代的東西，一面問道。

「剛才說要瞧瞧除夕的夜景，出去了。真是夠辛苦的。這麼冷的天。」阿米剛說完，阿清立即爆出一陣笑聲。

「因為他還年輕嘛。」笑了半天，阿清才一面發表感想，一面走向後門，把阿米的木屐擺好。

「到哪去看夜景啊？」

「說是要從銀座走到日本橋大道。」

阿米說這話時，已跨過門檻走下泥地。緊接著，就聽到木板門被拉開的聲音。宗助聽這聲

---

53 交讓木：因為這種植物春季長出新葉之後，舊葉才會脫落，就像前輩讓位給後輩似的，象徵家族代代相傳。日本新年常用這種植物作為室內裝飾。

54 裡白草：一種蕨類植物，日本新年裝飾常用裡白草的葉子，跟稻繩一起懸掛或墊在橘子下面。因葉片的反面（裡）為白色，取其「一起白頭偕老」之意。

響，知道她已經出去了，便獨自坐在火盆前，望著爐中已燒成灰燼的火炭，腦中浮起明天到處都是太陽旗的景象，還有滿街亂跑的人力車，以及乘客頭上的絲綢禮帽發出的光澤。接著，宗助又聽到佩刀撞擊聲、馬兒嘶鳴聲，間雜著羽子板[55]敲擊聲。從現在起再過幾小時，他就得面對一場全年當中最令人振奮的人工盛典。

隨即腦中浮現出幾堆人群走過面前，有的看起來喜氣洋洋，有的看起來興高采烈，卻沒有一個人過來拉起宗助的手臂，邀他一起前進。宗助像個沒受到邀宴的局外人，既被排除在喝醉的行列之外，也被赦免了醉倒出醜。一年又一年，除了跟阿米一起度過平凡又起伏的每一天，宗助再也不抱任何偉大的希望。像今天這種繁忙喧鬧的除夕，他一個人留在家裡守著的這份清靜，剛好也就是宗助這輩子的現實寫照。

阿米到了十點多才回來。燈光下，她的面頰閃耀著平時沒有的光彩。或許因為洗澡水的熱氣仍未消散，她的襦袢領口微微敞開，修長的脖頸露在外面。

「洗澡的人多得不得了。簡直沒法慢慢洗，也等不到木桶可用。」阿米進門後才輕鬆地嘆了口氣。

阿清回來的時候已經十一點多了。「我回來了。抱歉，弄到這麼晚。」阿清把梳得漂漂亮亮的腦袋從紙門外伸進來，向主人打了一聲招呼，順便還解釋道：「剛才洗完澡之後，我又跟兩三個朋友輪流約會見面了。」

這時，全家只剩小六還不見人影。時鐘敲響十二下的時候，宗助提議道：「都去睡覺吧。」阿米覺得今天是除夕夜，不等小六回來就先上床，總是說不過去，所以盡量想出各種話題，跟宗助繼續聊著。所幸過沒多久，小六就回來了。據他解釋說，從日本橋走到銀座後，正想轉往水天宮，誰知電車上乘客太多了，一連等了好幾輛才搭上，才回來得遲了。

小六又說，他走進「白牡丹」[56]之後，原想碰碰運氣，看自己能否抽中獎品的金表，但又想不出要買什麼，最後只好買了一盒縫著鈴鐺的小沙包，然後在機器噴出的幾百個氣球當中抓了一個。「結果金表沒抽中，只抽到這玩意。」說著，小六從袖管裡掏出一袋「俱樂部潔面粉」[57]放在阿米面前說：「這個送給嫂嫂吧。」說完，又把縫著小鈴鐺的梅花形小沙包放在宗助面前。

「這個就送給坂井家的女兒好了。」小六說。

一個生活乏味的小家庭的大年夜就這樣結束了。

55 羽子板：以長方形木板做成的傳統花樣的木拍，最初的用法類似現在的羽毛球拍，後來人們認為羽子板可以除厄辟邪，逐漸形成正月送給女性辟邪的習俗。所以現代羽子板的用途分為兩類：板羽球比賽用和裝飾藝術用。東京淺草寺每年十二月十七日至十九日舉行羽子板市，總是吸引大批遊客。

56 白牡丹：江戶時代寬政二年（一七九二）創業的日用品店，專賣和服的附件用品。位於今天東京銀座五丁目附近。

57 俱樂部潔面粉：最先由「中山太陽堂」於一九〇六年研發推出的潔面粉，主要材料為麵粉、奶粉、馬鈴薯澱粉等，已有上百年歷史，至今仍然受到消費者喜愛。

十六

元旦第二天下了大雪，處處垂掛注連繩的都市街景已被染成一片銀白。蓋滿積雪的屋頂還沒變回原來的顏色，積雪從白鐵皮屋簷滑落的聲音已讓宗助夫婦震驚了好幾回。尤其到了半夜，咚隆咚隆的落雪聲，聽起來特別響亮。小巷的路面泥濘萬分，一兩天之內也很難變乾，跟下雨時完全不同。宗助每次從外面踩著髒兮兮的鞋子回來，總是一看到阿米就抱怨道：「這叫人怎麼受得了！」邊說邊走進玄關，看那表情，似乎阿米該為道路負責似的。

阿米聽完也只好答道：「哎唷，真是太抱歉了。害您受苦了。」說著，她忍不住笑了起來。宗助卻沒有說笑的心情。

「阿米，妳以為從我們這兒出門，不管到哪兒，都得穿木屐是吧？跟妳說啊，等妳到了下町就知道，完全不是那麼回事。不論妳走到哪兒，路上都乾乾的，空氣裡甚至還飄著灰塵呢。穿木屐到那種地方去，一點都不實用，還搞得妳寸步難行。所以說啊，我們住的地方，落後外面一個世紀呢。」

說這話時，宗助臉上倒沒有什麼不滿的表情。阿米也只是隨意聽著，一面望著香菸的白煙從丈夫鼻孔冒出來。

「那你到坂井家，跟房東說一說這件事嘛。」阿米輕鬆地答道。

「然後，順便請他把房租減一點。」宗助說。但他也只是說說而已，並沒真的前往坂井家。

宗助之後雖然造訪過坂井家，卻是在元旦大清早。他故意不跟主人見面，只留下一張名片，就匆匆離去。接著，他又到幾個必須拜年的地方轉了一圈，直到黃昏，才走進家門。回家後，宗助聽說自己不在時，坂井也照規矩過來拜過年，心中不免惶恐。第二天正月初二，因為外面下了雪，大家待在家裡什麼也沒做。到了初三那天黃昏，坂井派女傭過來傳話表示：「若是老爺和夫人，還有二老爺有空的話，請大家今晚一定要過來坐坐。」女傭說完，就離去了。

「找我們做什麼呢？」宗助疑惑地問。

「一定是玩歌留多[58]吧。他們家小孩多嘛。」阿米說：「你就去一趟吧。」

「難得人家過來邀請，還是妳去吧。我已經很久沒玩歌留多，都不會玩了。」

「我也很久沒玩，早就不行了。」

---

58 歌留多：一種日本的紙牌遊戲，把和歌寫在紙牌上，參加者使用的紙牌上面只寫了下句，聽讀牌者讀出上句時，比賽誰能先指出對應的紙牌。

夫妻倆都不肯輕易應邀赴宴，推來推去，最後決定由二老爺代表全家過去作客。

「二老爺，您請吧。」宗助對小六說。小六苦笑著站起來，宗助夫妻似乎覺得小六被稱作「二老爺」非常滑稽，又看到小六一聽兄嫂喊他「二老爺」，臉上露出苦笑，夫妻倆差點捧腹大笑起來。就在一片新春氣氛中，小六走出了家門，冒著戶外的嚴寒走了一百多公尺，才又重新坐在充滿新春氣氛的電燈下。

那天晚上，小六的袖管裡裝著除夕夜買來的梅花型小沙包來到坂井家。「這是我哥哥送的。」他特地說明後，把沙包送給房東家的女兒當作禮物。回家時，小六的袖管裡裝著一個裸體小玩偶，是他在坂井家抽獎時抽中的。玩偶的額上有點缺損，破損處用黑墨塗滿。「聽說這是袖萩[59]喔。」小六一本正經地說著，把玩偶放在兄嫂面前。宗助夫婦不懂為什麼這個玩偶就是袖萩。小六當然更不懂，據說坂井太太當時還特別向小六說明了一番，但小六仍然摸不著頭腦，所以房東特意把原文和謎底寫在一張信箋上交給小六，並交代他說：「你帶回家給令兄令嫂看吧。」小六說著，在袖管裡撈了半天，才撈出那張信箋。只見上面寫著：「此牆一層似黑鐵」[60]，緊接著，又在後面用括弧標出另一句：「（此娃額上黑窟窿）」[61]。宗助和阿米讀到這兒，忍不住發出了充滿新春喜氣的笑聲。

「真是極富意趣的遊戲啊！誰想出來的？」哥哥向弟弟問道。

「誰知道。」小六仍是滿臉無趣的表情，放下了玩偶，返回自己房間。

過了兩三天，大約是一月七日那天的黃昏，上次來過的坂井家女傭又來了。「如果老爺有空的話，請您過去一敘。」女傭很有禮貌地轉達主人的意思。當時，宗助跟阿米剛剛點亮油燈，正要開始吃晚飯。宗助手捧飯碗說道：「新春活動終於告一段落了。」

剛說完，阿清就過來傳達坂井的邀請。阿米望著丈夫露出微笑。

宗助放下飯碗說：「又要搞什麼活動啊？」說著，臉上露出有點厭煩的表情。後來把坂井家的女傭叫來詢問才明白，並不是因為家裡來了客人，也沒有特別活動，現在家裡只有房東獨自在家，房東太太帶著幾個孩子，被親戚請去作客了。

「那我就去一趟吧。」說完，宗助便走出了家門。他向來不喜歡一般社交活動，若不是萬不得已，是不肯出席各種聚會的。他不需要太多私交，也沒時間拜訪朋友，但只有這個坂井例外，有時甚至沒什麼特別事情，宗助也會到坂井家去坐一坐。有趣的是，坂井卻是這個世界上最擅長

---

59 袖萩：淨琉璃《奧州安達原》的人物之一，安倍貞任的妻子袖萩。安倍貞任是平安時期武將，與其父安倍賴時起兵反抗朝廷，後來被武將源賴義平定，戰死。

60 此牆一層似黑鐵：淨琉璃《奧州安達原》第三幕的著名唱段〈袖萩祭文〉當中的一句。袖萩跟父親的政敵安倍貞任私奔後，被父母趕出家門。之後，袖萩變成盲女，淪落街頭，靠賣唱乞討維生。她輾轉回到娘家門前，卻不敢進去，她的母親明明認出女兒，卻佯裝不知，袖萩只能以此祭文唱出心中悲痛。

61 此娃額上黑窟窿：與前句「此牆一層似黑鐵」的日文發音相近。

社交的人。就連阿米都覺得，喜歡交際的坂井和孤獨的宗助坐在一塊兒聊天的景象看起來很不協調。

坂井一見到宗助就說：「我們到那兒去坐吧。」於是兩人穿過起居室，沿著走廊走進小書房。凹間裡掛著一幅書法掛軸，上面只寫了五個硬筆大字，看來很像棕櫚葉做成的毛筆寫的。木架上擺著一盆漂亮的白牡丹插花。另外還有書桌和座墊，看起來都很漂亮。

坂井站在黑暗的房門口說：「來！請進！」一面說一面不知在哪兒按了什麼，只聽帕噠一聲，房裡的電燈就被點亮了。然後又聽坂井說道：「請等一下。」說完，他用火柴點燃了瓦斯暖爐。爐子不算大，放在這樣大小的房間剛好合適。這時，坂井才請宗助坐在棉墊上。

「這就是我的洞穴。碰到了煩人的事情，我就躲到這裡來。」坂井說。

宗助坐在厚厚的棉墊上，內心生出一種平靜的感覺。耳中聽到燃燒中的瓦斯爐發出微弱的聲響，不一會兒，漸漸感到背上傳來一股暖意。

「只要走進這裡，就跟外界切斷了聯繫，心情可以完全放鬆，你多坐一會兒吧。不瞞你說，新年這玩意兒，真是出乎意料的煩人哪。直到昨天為止，我天天都忙得暈頭轉向，簡直受不了。新年帶給我們的，其實只有苦悶而已。所以我決定從今天中午起，放手不管世俗之事了，剛好身體也不舒服，就倒下去昏睡一場。剛剛才睡醒呢。然後洗澡，吃飯，抽菸，才發現家裡沒人，內人帶著孩子到親戚家去了。我心想，怪不得家裡這麼安靜。緊接著，又突然覺得很無聊。人哪，就是這麼任性。不過，就算心裡覺得無聊，要是再繼續恭賀新禧下去，可也是受不了，再像過年那樣繼續大吃大喝，也是很嚇人。所以才想到您府上好像不過年。這麼說大概很失禮吧。應該說，我才想起您這位遠離塵世的人物。不，這麼說或許又對您不夠尊重吧。總之啊，我突然想找一位超然派聊聊天，所以特地派人把您請過來。」坂井說這話時，語氣跟平時一樣，爽快又流暢，在他這位樂天派的面前，宗助常常會忘掉自己的過去，有時甚至還幻想著，若是自己一路順順當當走來，說不定現在也已成為像他這樣的人物吧？

這時，女傭拉開不到一公尺的小門，走進房間，先向宗助正式行了一禮，才把一個像果碟般的木盤放在宗助面前，又在主人面前也放一個同樣的木盤，便安靜地退了下去。木盤上放著一個橡皮球大小的「田舍饅頭」[62]，旁邊還有一根極粗的牙籤，大約有普通牙籤的兩倍粗。

「來，趁熱吃吧。」房東說。宗助這才發現饅頭是新蒸出來的，不禁用新奇的目光打量黃色的饅頭皮。

「喔，這不是剛剛蒸的。」房東又說：「不瞞您說，昨晚我到一個地方去，當時半開玩笑稱讚他們的饅頭做得好吃，結果對方就叫我帶回來當禮物。那時饅頭好熱啊。現在是因為想吃，才叫

62　田舍饅頭：一種冬季的日式點心。亦即包著豆沙餡的饅頭，豆沙餡裡混合著整顆紅豆，因為皮薄，蒸熟之後，隱約可見麵粉皮下的紅豆，看起來有點像冬季的山巒雪景，也叫「薄皮饅頭」。

人重新蒸過。」

房東不用筷子也不用牙籤，而是直接用手把饅頭掰開，狼吞虎嚥地大嚼起來。宗助便也模仿房東，用手抓著饅頭吃了起來。

兩人一起吃饅頭的這段時間，房東說起昨晚在餐廳遇到一位與眾不同的藝妓。據說她對袖珍本《論語》情有獨鍾，不論搭乘火車或出去遊玩，總要帶一冊袖珍本《論語》藏在懷裡。

「而且還聽說啊，孔子的門人當中。她最欣賞子路。有人問她理由，她說，因為子路是個非常誠實的人，譬如他學到新知還沒來得及親身實踐之前，若又聽到另一種新知，他會非常苦惱。老實說，我對子路不太熟悉，也不知該說什麼才好，但我想到，譬如我們喜歡上某人，還沒跟她結為夫婦之前，又喜歡上另一人，我們因此會感到苦惱，這不是跟子路的煩惱一樣嗎？像這樣的疑問，我倒是很想向那位藝妓請教一下……」

諸如此類的話題，房東說起來一副輕鬆自在，毫不在意。從他的態度看來，平時應是經常出入這類場所，早已感受不到這種地方帶來的精神刺激了。又因為習慣已經養成，所以才經常重複相同的行為，每月都得數度進出這種場所。宗助耐心聆聽後才明白，就連房東這種經歷過大風大浪的人，有時也對盡情歡樂感到疲累，而需要躲進書房讓精神獲得舒緩。

說起這類玩樂之事，宗助倒也不是一無所知，現在聽了房東的敘述，他覺得自己沒必要裝出深感興趣的樣子。而房東對他這種平淡的反應，反而十分讚賞。房東似乎已從宗助平凡的談吐中，嗅出他曾經綻放過異彩的往日。不過房東也發現，宗助似乎不太願意提起往事，便很快地換了話題，而他之所以這麼做，主要還是因為心存謙讓，而不是出於交際手腕。故而宗助也並沒感到任何不快。

不一會兒，兩人談到小六，房東針對這名青年提出幾項自己觀察所得的看法，這些意見竟是身為同胞兄長的宗助從沒想到的。不論房東說的是否正確，宗助聽著卻覺得言之有理。譬如房東問宗助：「小六這孩子的想法複雜又不切實際，跟他年齡不太相稱，但另一方面，他又像個小孩，毫無遮掩地表現自己的幼稚與單純，對吧？」宗助立即點頭表示贊同說：「只受過學校教育，沒經歷過社會洗禮的人，不管到了幾歲，都有這種傾向吧。」

「沒錯！反過來看，只接受過社會洗禮、卻沒受過學校教育的人，雖能發揮複雜的性格，思想卻永遠都像幼兒。這種人，反而更叫人棘手呢。」

說到這兒，房東笑了一下，才接著說下去：「您看如何？讓他到我這兒來當書生，或許能讓他有機會接受些社會教育吧。」房東家原本有一名書生，但在房東的狗兒生病住院前一個月，書生通過了徵兵體檢，去當兵了。現在房東家裡連一名書生也沒有。

宗助心裡很高興，沒想到自己還未主動幫小六尋找安身的場所，如此大好機會竟與春季同時從天而降。另一方面，房東突然提出這種建議，也令宗助有點驚慌，因為到現在為止，他從來都沒有勇氣向社會積極尋求善意與關懷。但他心裡很明白，如果可能的話，還是盡早把弟弟交給坂井比較好，如此一來，自己的手頭也能寬鬆一些，再加上安之助的補助，小六就能如願接受高等教育了。於是，宗助毫不保留地說出自己的想法，坂井沒有多說什麼，只是聽著，並且連聲應道：「原來如此。」聽到最後，坂井很乾脆地說：「這樣挺好的。」說到這兒，這件事就算講定了。

宗助覺得自己似乎該回家了，便向主人告辭，不料房東卻挽留他說：「再多坐一會兒吧。」接著又說：「現在晝長夜短，其實現在才剛到黃昏呢。」說著，還拿出手表給宗助看。其實，主要還是因為他覺得宗助離去後，自己會很無聊吧。宗助也尋思著，反正回家之後，除了睡覺也沒別的事，便又重新坐下，燃起一根味道極強的香菸抽了起來。坐了一會兒，宗助才學著房東的模樣，悠閒地靠坐在柔軟的座墊上。

這時房東又從小六聯想到自己，只聽他說：「哎呀，家裡有個弟弟什麼的，實在也真煩人。像我以前就照顧過一個流氓似的傢伙呢。」房東這才向宗助訴苦說，他弟弟上大學的時候只會亂花錢，說完，又把他弟弟的大學生活跟自己學生時代的樸實兩相對比，說了不少想法。宗助對房東那位愛出鋒頭的弟弟很好奇，向房東提出許多問題，譬如他後來從事哪種行業，發展如何等等，主要是想證實一下詭異的命運究竟把房東的弟弟帶到哪兒去了。

「冒險家！」房東突然沒頭沒腦地吐出這個名詞。

原來，房東的弟弟畢業後，被他哥哥介紹到某家銀行去上班，但是弟弟整天開口閉口總愛說：「我必須賺大錢才行。」不久，日俄戰爭結束了，弟弟表示要出去開展鴻圖大業，也不聽哥哥勸阻，就跑到了滿洲。到那種地方去做什麼呢？據說是在遼河上經營大規模運輸事業，專門運送豆餅豆渣之類的貨物。但那事業沒搞多久，就砸鍋了。房東的弟弟原本並不是老闆，可是公司進行最後清算之後才發現，他也賠了很多錢。如此一來，事業當然是做不下去，連帶他也失去立足之地，在滿洲更是待不下去了。

「之後，我也不知他跑到哪裡去了。不過後來打聽了一下，總算得知他的下落，可真讓我大吃一驚啊。他居然跑到蒙古流浪了。也不知他究竟多愛冒險，可我聽了，還是感覺那種地方很危險呢。然而兩地相隔那麼遠，我也只好隨他去了。剛到那邊的時候，他偶爾還會來信，據說蒙古那邊很缺水，天熱的時候，只能用泥溝裡的髒水灑在路上，要是連溝裡都沒水了，就只能灑馬尿，所以那邊的路上臭得要命。嗯，寄來的信裡大概都寫著這類事情……當然，也跟我提過錢的事啦，不過東京跟蒙古相差十萬八千里，就算來信提起，不去理會他，也就沒事了。所以說，相距遙遠也是有好處的。只是啊，萬萬沒有料到的是，那傢伙居然在去年底突然跑回來了。」

說到這兒，房東猛地想起什麼似的，從凹間裝飾柱上摘下一個附有美麗絲繐的裝飾品。

那是一把裝在錦緞布袋裡的小刀，長約三十公分，刀鞘是用一種類似綠雲母的材質做的，鞘上有三處包著銀飾。小刀的長度不到二十公分，刀刃很薄，但刀鞘卻很厚實，看起來就像一根櫟木做的六角形木棒。仔細望去，只見刀柄底面並排插著兩根細棍，目的應該跟刀鞘上的銀飾一樣，是為了防止細棍遺失，所以把它們插在刀柄上。

「那傢伙帶了這玩意當禮物送給我。據說這是蒙古刀。」房東說著，當場把小刀從刀鞘裡抽出來給宗助看，還把插在刀柄裡的兩根象牙小棍也抽了出來。

「這是一雙筷子呢。聽說蒙古人一年到頭都把這東西掛在腰間，碰到有人請客時，就拔出這刀用來切肉，然後再用這筷子夾肉吃。」

說著，房東特地用兩手拿起刀和筷子，模仿切肉夾肉的動作，表演給宗助看。宗助全神貫注地欣賞著這件做工精巧的道具。

「他還給我帶了一塊蒙古人鋪在帳幕裡的毛氈，跟我們從前用過的毛毯差不多啦。」

房東接著又閒扯了許多關於蒙古的趣事，譬如蒙古人全都很會騎馬啦，蒙古狗的身體又瘦又長，長得很像西洋的獵犬啦，蒙古人已被中國人逼得無處立足啦等等，全都是最近從他剛剛返家的弟弟那兒聽來的。宗助聽得津津有味，因為他從沒聽過這類的訊息。聽著聽著，他心底開始生出好奇，很想知道房東這位弟弟在蒙古究竟是幹什麼的。於是，宗助向房東提出心中的疑問。

「冒險家！」房東又把剛才那個字眼大聲地重複一遍。「我也不知道他在那兒做什麼。他說自己經營畜牧業，而且幹得很成功。但我一點也不相信。因為那傢伙從前就愛吹牛，總是唬弄我。而且這次到東京來的目的也很詭異，說是為了要替一個叫什麼的蒙古王籌措兩萬圓。還說，萬一弄不到這筆錢，自己就會信用掃地，所以他現在正在到處奔走呢。而我就是他努力說服的第一個目標。可是我才不管他什麼蒙古王呢。不管他有多大的土地當抵押，我又不能從東京跑到蒙古討債，所以我拒絕了。結果他又偷偷找我老婆，還很神氣地教訓她說，哥哥這樣是成不了大事的。真是拿他沒辦法。」

說到這兒，房東露出一絲笑容，看著神色有點緊張的宗助說：「您看如何，要不要跟他見個面？那傢伙整天穿一件寬鬆的外套，衣服上還特地裝飾著毛皮，看起來很有趣唷。若您不嫌棄的話，把他介紹給您吧。剛好我已跟他約好，後天晚上叫他來吃飯……喔，您可別被他騙了啊。我們只要閉嘴聽他說就行了。只是洗耳恭聽的話，完全不會有危險的，只會讓你覺得有趣。」

聽到房東再三慫恿，宗助也有點心動了：「只有令弟一個人來嗎？」

「不是的，還有一個跟他一起從蒙古回來的朋友，應該也會來。那人好像叫作安井，我還沒見過呢。不瞞您說，因為我弟弟說了好幾次，想介紹那位朋友給我，所以才請他們一塊來。」

這天晚上，宗助走出坂井家大門時，臉色顯得特別蒼白。

十七

宗助與阿米之間那種使他們整個人生都蒙上陰暗色彩的關係，不僅將兩人的形影遮掩得模模糊糊，也讓他們永遠抱著某種幽靈似的想法，總也無法擺脫。他們都隱約體會到，自己心中的某處，藏著一種見不得人、像結核般恐怖的東西，但這些年來，他們卻故意佯裝不知，彼此相守到了現在。

事情剛發生時，最令他們在人前抬不起頭的，就是兩人所犯的錯誤給安井的前途帶來打擊。等他們腦中那股像沸騰泡沫般的東西逐漸歸於平靜時，安井休學的消息又傳進他們耳中。顯然就是他們毀了安井的前途，所以他才無法繼續求學吧。接著，又聽說安井返回老家去了，然後還聽說，安井回家後生了病，臥病在床。每當他們聽到這類消息，心底總是十分沉痛。到了最後，安井前往滿洲的消息傳來，宗助暗自推測：「如此說來，他的病已經好了吧。」但他同時又覺得安井去滿洲的消息，大概是謠言，因為不論以體力或性格等方面來看，安井都不像那種會去滿洲或台灣的傢伙。宗助想盡辦法四處打聽，想要弄清事實真相。後來終於輾轉聽說，安井確實是在奉天，同時還得知，他不但身體健康，社交活躍，而且工作忙碌。宗助夫婦聽到這消息時，彼此看著對方，心中總算鬆了口氣。

「這樣很不錯嘛。」宗助說。

「總比生病好吧。」阿米說。

此後，他們都盡量避免提到安井的名字，甚至連想都不敢再去想他。因為安井是被他們逼得休學、返鄉、生病並且遠走滿洲。然而，不論內心多麼悔恨、痛苦，他們對自己造成的罪孽，都已無法彌補。

「阿米，妳有沒有想信奉什麼宗教？」有一次，宗助向阿米提出這個問題。

「有啊。」阿米只答了一句，立刻反問宗助：「你呢？」

宗助微笑了一下，沒有回答，也沒再對阿米的信仰提出更深入的問題。或許對阿米來說，這樣反而是幸福的。因為她對宗教可說一點概念也沒有。宗助跟阿米不但不曾在教堂的木椅上並肩坐過，也不曾踏進寺廟的大門一步。兩人的心情能夠獲得最終的平靜，只是憑藉自然賜予的一種潤滑劑，這劑藥品的名字就叫作「歲月」。周遭對他們的指控偶爾還會從遙遠的昔日忽然跳到眼前來，但那指控的聲音已變得十分微弱、模糊，不至於對他們的肉體與欲望構成任何刺激，也不能再用痛苦、畏懼之類殘酷的字眼來形容了。反正，因為他們既沒有獲得神明的庇護，也沒有得到佛祖的保佑，所以兩人的信仰目標就是他們彼此。於是，他們緊密相依，畫出一個大圓。日子過得很寂寞，卻也很平穩。而這種寂寞的平穩當中，又自有一番甜蜜的悲哀。宗助和阿米很少接觸文學或哲學，因此也沒發現自己正在一面品嘗悲哀的滋味，一面還在自鳴得意。相較之下，他們比那些相同境遇的文人騷客要單純多了……以上就是一月七日晚上，宗助在坂井家聽到安井的下落之前，他們夫妻倆的生活狀況。

那天晚上，宗助回到家，一看到阿米，就對妻子說：「我有點不舒服，想馬上睡覺。」阿米原本一直坐在火盆邊等待丈夫歸來。聽了宗助的話，不免吃了一驚。

「你怎麼了？」阿米抬眼看著宗助，宗助卻只是呆站在原處。

在阿米的記憶裡，宗助從外面回來，從沒出現過這種情況。她心底突然湧起一種難以形容的恐懼，立即站起來，機械性地按照丈夫吩咐，從櫥裡拿出被褥開始鋪床。她忙著準備被褥的這段時間，宗助還是兩手縮在袖管裡，佇立在一旁等候。待被褥鋪好後，他馬上脫掉衣物，鑽進被子裡。阿米仍然留在枕畔不肯離去。

「你怎麼啦？」

「就是感覺不太舒服。這樣靜靜躺一會兒，應該會轉好吧。」

宗助的回答大半是從棉被裡發出來的。阿米聽到他那模糊的聲音，臉上露出歉疚的表情，一動也不動地跪在宗助的枕畔。

「妳可以到那個房間去呀，有事我再叫妳。」

聽了宗助的話，阿米才起身走向起居室。

宗助拉上棉被，強迫自己閉上雙眼。黑暗中，他再三咀嚼坂井那兒聽來的訊息。他從沒想到，自己竟會從房東坂井的嘴裡聽到安井在滿洲的消息。而且再過不久，自己即將跟安井一起受邀到房東家作客。今晚吃完晚飯之前，宗助做夢都沒想過，命運竟會讓他再跟安井並肩或對面坐在一塊兒。他躺在那兒，腦中思索著剛才那兩三小時之內發生的事，那種近似高潮的劇情出乎意料地出現在眼前，實在令他難以置信，同時也令他感到悲哀。宗助不認為自己是某種強者，那種人必須藉著這種偶發事件，才會讓人從背後一舉推倒。因為他向來以為，要打倒自己這種弱者，其實還有更多更妥當的辦法。

宗助在腦中追溯著談話的軌跡，從小六談到坂井的弟弟，又談到滿洲、蒙古、返京、安井……越想越覺得這種偶然實在驚人。原來，命運從千百人當中挑中了我，竟是為了讓我遭遇普通人千載難逢的偶然，並讓我重新喚醒以往的恨意？想到這兒，宗助感到非常痛苦，同時也十分氣憤。他躲在昏暗的棉被裡，不斷呼出溫熱的鼻息。

經過這兩三年的歲月才逐漸癒合的傷口，現在又突然疼痛起來。而且伴隨著這種痛楚，宗助感到全身發起熱來。傷口似乎即將迸裂，夾帶毒素的狂風好像就要從傷口無情地侵入體內。他真想乾脆告訴阿米一切，跟阿米一起承擔這種痛苦。

「阿米，阿米！」宗助連呼了兩聲。

阿米立即應聲走到宗助枕畔，從上方俯視著宗助。他的整張臉已從棉被裡露出來，隔壁房間的燈光照亮了阿米的半邊臉頰。

「給我一杯熱水吧。」

宗助終究還是沒有勇氣告白，只能找個藉口隨意敷衍過去。

第二天，宗助跟往常一樣起床，又跟往常一樣吃完早飯。阿米在一旁服侍丈夫吃飯，臉上露出些許安心的表情，宗助懷著一種悲喜參半的心情望著阿米。

「昨天晚上好可怕啊。我還在納悶，不知你到底怎麼了。」

宗助只顧著低頭喝茶，因為他不知該如何回答，腦中一時想不出適當的字句。

天空從一早開始就吹起了大風，風兒不時捲起塵埃，險些把行人頭上的帽子都一塊兒刮走。「要是你發起燒來可就糟了。」阿米很擔心宗助的身體，建議他請一天假，但宗助完全不聽勸告，仍跟平時一樣搭上電車。在那風聲和車聲的包圍中，宗助縮著腦袋，兩眼直愣愣地盯著某個點。下電車的時候，一陣咻咻咻的聲音傳入耳中，他這才發現是從頭頂上方的鐵絲發出的聲響。宗助抬頭仰望天空，兇猛的大自然正在失去控制，一輪比平時更燦爛耀眼的太陽，已經悄悄升起。狂風吹過宗助的西褲，令他感到下半身冰冷無比。寒風捲起塵土吹向城河，而宗助的身影也正在朝向城河前進，在他看來，自己的影子完全就跟隨風斜飄的細雨一樣。

到了官署之後，宗助卻無心工作，手裡雖然抓著筆，卻只用手撐住面頰，不知在想些什麼，偶爾又用手抓起墨來亂磨一番，也不管需不需要。他一根接一根地抽著香菸，不時地像是想起了什麼似地，把視線投向玻璃窗外張望。每次轉眼望向室外，看到的都是狂風飛舞的景象。宗助一心只想快點下班回家。

好不容易熬到下班時刻，回到家裡，阿米露出不安的神色看著宗助問道：「沒怎麼樣吧？」宗助不得不回答：「沒什麼，只是有點兒累了。」說完，立刻鑽進暖桌的棉被裡，一直躺到晚飯之前，也不肯動一下。不久，風聲暫歇，太陽也下山了，周圍突然變得異常安靜，簡直跟白天狂風嘈雜的氣氛完全不同。

「真不錯，不吹風了。要是還像白天那樣刮大風，坐在家中都覺得心裡發慌呢。」聽阿米的語氣，顯然她對大風非常害怕，簡直就像畏懼妖魔鬼怪一般。

「今晚好像比較暖和了，稱得上是一團和氣的新春佳節啊。」宗助語氣平靜地答道。吃完晚飯，宗助抽了一根菸，突然難得地向妻子提議道：「阿米，要不要到說書場看表演？」阿米當然沒有理由拒絕，小六則在一旁表示，與其去聽義太夫[63]，還不如留在家裡吃烤年糕來得自在。所以宗助拜託小六看家，自己與阿米一起出門去了。

夫妻倆到達說書場的時間比較晚，場內早已坐滿觀眾，他們只好在後排鋪不進座墊的地方，

63　義太夫：十七世紀江戶時代前期，由大阪的竹本義太夫創始的一種「淨琉璃」。現已被日本政府指定為國家重要無形文化財。「淨琉璃」是一種日本說唱表演的曲調，通常使用三味線伴奏。

勉強找了一塊位置，半跪半坐地擠進去。

「好多人唷。」

「畢竟因為是新春佳節，才會有那麼多人吧。」

兩人低聲交談著轉頭環顧室內，只見寬敞的大廳裡到處都是人頭，簡直擠得滿坑滿谷。前方靠近舞台附近的位置，觀眾的腦袋看起來有些模糊，好像被香菸的煙霧包圍起來似的。對宗助來說，眼前那一層又一層的黑腦袋，全都是有閒之人，所以才有閒情逸致跑到這種娛樂場所來消磨大半個晚上，觀眾裡的任何一人，都令他萬分羨慕。

宗助的視線筆直地瞪著台上，專心傾聽淨琉璃說唱的情節，但不論他多麼努力，卻無法聽出其中的樂趣。他不時轉眼偷看阿米一眼，每次都看到阿米的視線投向應該凝視的地方，而且露出滿臉認真的表情，正在聆聽說唱，好像把身邊的丈夫都忘了似的。宗助看她這樣，不得不把阿米也歸類於那群令人羨慕的觀眾當中。

到了中場休息時間，宗助向阿米招呼道：「怎麼樣？回去了吧？」

阿米猛然聽到這話，不免大吃一驚。

「不想看了？」阿米問。宗助沒有回答，阿米說：「我是看不看都無所謂的。」

這話聽著彷彿是因為她不敢違逆丈夫才說的。宗助想到阿米是被自己拖來的，這時又對阿米生出了憐憫，只好勉強自己繼續坐到表演結束。

等到他們走進家門時，只見小六盤著兩腿坐在火盆前面，手裡抓著一本書，也不管書皮已被弄得捲了起來，小六正把書對著上方射下的燈光在那兒閱讀。爐上的鐵壺已被取下，放在小六身邊，壺裡的開水幾乎已經變冷。木盤裡還剩三四塊烤熟的年糕，用來墊年糕的鐵絲網下，隱約可見少許醬油殘漬，跟小碟裡剩下的醬油一樣顏色。

小六看到宗助夫妻倆，便站起身來。

「表演有趣嗎？」小六問。夫妻倆一起鑽進暖桌下烤火取暖，大約過了十分鐘，便上床就寢了。

第二天，那件攪得宗助坐立難安的事情跟前日一樣，依然令他心神不寧。下班後，他一如往常搭上了電車，但立刻轉念一想，今晚自己就要跟安井一前一後到達坂井家作客。宗助覺得自己這樣急急忙忙趕回家，只是為了跟安井見面，這種行為實在太莫名其妙了。而另一方面，他又很想躲在一旁，偷看一下別後的安井變成了什麼模樣。

前天晚上，坂井評論自己的弟弟時，只用了一句「冒險家」。他說出這字眼的聲調，至今仍在宗助耳中高聲回響。就憑這個字眼，宗助能夠聯想到其中的眾多含義：自暴自棄、怨忿、憎惡、亂倫、悖德、草率決斷，匆促執行等。坂井的弟弟一定跟這些含義有關，而安井肯定是跟坂井的弟弟利害與共，才會跟他一起從滿洲回到東京。他們現在究竟變成什麼模樣了？宗助忍不住在腦中描繪著他們的身影。不用說，他畫出的形象全都帶有「冒險家」的色彩，而且是這個辭彙的字面意義許可範圍之內，色彩最強烈的形象。

宗助就這樣，在腦中畫出了一幅過分強調「墮落」的冒險家形象。他覺得造成這種結果的一切責任，都該由他獨自承擔。宗助很想看看在坂井家作客的安井，希望藉由安井的外貌，暗中揣測安井目前的為人，也希望看到安井並不像自己所想的那麼墮落，那樣他就能得到少許慰藉。

宗助兀自思索著，不知坂井家附近能否找到一個便於偷窺的位置，最好能讓他站在那兒，卻不會被別人看到。但是很不巧，他想不出一個能讓自己藏身的所在。若是等到天黑之後再到這兒來，雖然有利於隱藏，卻也有不便之處，因為就無法看清路上行人的臉孔了。

不久，電車到達神田，宗助跟平日一樣在這兒換車回家，卻從未像今天這麼痛苦過。他的神經不能容忍自己正在朝向安井接近，即使只靠近一步，都令他受不了。那種想從旁邊偷看安井一眼的好奇，原本就不是那麼強烈，到了他即將換車的那一刻，好奇的感覺早已被他拋出腦外。寒冷的大街上，宗助跟眾多的路人一樣正在邁步向前，卻又不像眾多的路人那樣擁有明確的目的地。不一會兒，商店都點亮了燈光，電車的車廂裡也是燈火通明。他走到一間牛肉店門前，便拐了進去，在店裡獨自喝起酒來。第一瓶，他喝得很猛，第二瓶，他是強迫自己喝下去的，等到喝完了第三瓶，他還是沒能喝醉。宗助把自己的背脊靠在牆上，用一雙沒人理會的醉眼茫然凝視著前方。

但不巧的是，這時正好趕上晚餐時刻，進店來吃晚飯的顧客絡繹不絕，大部分的顧客都像應付交差似的，吃完了，立刻結帳離去。宗助默默地坐在一片嘈雜當中，感覺自己坐了別人的兩三倍時間，不久，他再也坐不下去了，只好站起身來。

走出店門，左右兩側商店射來的燈光把店外景色照得非常清晰，就連路上行人的衣帽穿戴都能看得一清二楚。但若想要照亮冰冷的寒夜，門外這點燈光還是顯得太微弱了。夜晚的世界仍然那麼遼闊，家家戶戶的瓦斯和電燈在黑夜的面前顯得那麼無力。宗助身上裹著一件灰黑色的大衣邁步向前。大衣的顏色跟這整個世界顯得十分調和。他邊走邊感到正在呼吸的空氣好像也變成灰色，並且觸碰著自己的肺血管。

這天晚上，雖然他看到路上電車響著鈴聲往來奔忙，卻一反平日作風，不想去搭車。他也忘了急步猛進，去跟那些各懷目的的路人爭先趕路。不僅如此，他甚至開始反省，自己生性懶散，整天只想漂泊鬼混，而這種狀態要是長久下去，究竟會有怎樣的結局？想到這兒，他不禁對自己的未來暗自煩惱起來。以往的經歷讓他明白一件事：歲月能夠癒合任何傷口。這是他從親身體驗當中學到的處世格言，早已深深銘刻在心。但這句格言的價值卻在前天晚上徹底崩潰了。

黑夜裡，宗助一面邁步前進，一面專心思索，如何才能從現在這種心境中脫逃出來。他覺得自己正處於一種既膽怯又不安，既焦慮又浮躁，胸襟過窄又愛鑽牛角尖的狀態。在心底承受重壓之下，宗助腦中唯一能夠思考的，就是解救自己的具體手段，他決定除去那些造成重壓的原因，也就是說，把自己的罪惡與過失跟眼前這種心境之間的關聯切斷。當他思索時，腦中已經沒有餘裕去顧慮其他的人與事，完全是以本位主義的想法在思考。到目前為止，宗助始終是以忍耐處世，但是從現在起，他必須積極重建新的人生觀。這種人生觀不能只是掛在嘴上或是藏在腦中，而必須是一種能讓心地變得堅實的人生觀才行。

宗助在嘴裡反覆嘀咕著「宗教」兩字，但是話音從嘴裡發出之後，立刻消失得無影無蹤。「宗教」這種虛無的字眼，就像一股自以為抓在手裡的煙霧，一鬆手，煙霧早已不知去向，

想到了宗教，宗助腦中又喚起往日「參禪」的記憶。從前住在京都時，有個同學曾到相國寺去參禪，當時宗助還譏笑人家吃飽飯沒事幹。「這年頭，居然搞這玩意兒……」他在心底暗笑，後來看到那位同學的行為舉止跟自己並沒有什麼分別，心中就更加蔑視他了。

宗助現在才明白，那位同學肯定是出於某種動機，才不惜花費時間到相國寺去參禪吧。那種動機跟自己對他的蔑視比起來，不知有多寶貴呢。想到這兒，宗助對自己當時的輕率深感羞恥。「如果參禪真的像自古相傳的那樣，能令人步入安身立命的境界，那我倒是可以向官署請十天或二十天的假，也去嘗試一下參禪。」宗助想。但是對參禪這項活動，宗助卻是個十足的門外漢，所以心中雖然冒出這種念頭，卻想不出更具體的計畫。

宗助最後還是走進了家門。當他看到一如既往的阿米和小六，又看到一如既往的起居室、客廳、油燈和櫥櫃，宗助不禁深深慨嘆：原來剛才到現在，在這四、五個小時裡，只有自己不是一如既往。火盆上放著一個小鍋，熱氣不斷從鍋蓋的縫隙裡冒出來。火盆的一側，宗助平日坐慣的位置上放著一塊他平日用慣的座墊，座墊的前方，則端端正正地擺著他的碗筷。

宗助打量著自己那個被人故意倒扣著的飯碗，還有這兩三年以來，每天早晚都已用慣的筷子。

「我不用再吃了。」宗助說。

阿米顯得有點意外。「哎唷，是嗎？因為你回來得太晚，我就猜你大概在哪兒吃過了，但又怕你還沒吃……」說著，阿米用抹布抓著鍋柄，把鍋移到壺墊上，然後叫阿清把碗筷餐盤收回廚房。

宗助以往像今天這樣，下班後又到別處辦事，弄到很晚才回家的話，總是一進門，就把這天的大致遭遇告訴阿米。而阿米也會等著宗助向自己報告。但是宗助今晚卻一反常態，不僅沒把自己在神田下車的事告訴妻子，就連他走進牛肉店強迫自己喝酒的事，也完全沒對妻子提起。阿米對這一切都毫不知情，仍像平日一樣向宗助問東問西，提出各種疑問。

「也不知為什麼，反正我就是想吃牛肉，所以走進了那家店。」

「你是為了幫助消化，才故意從那兒走回來的？」

「嗯，是啊。」

阿米覺得忍俊不已似地笑了起來，宗助看她這樣，心裡反而更加難過。半晌，宗助問阿米：

「我不在的時候，坂井先生到我們家來找過我嗎？」

「沒有。為什麼問這個？」

「因為前天晚上去他家的時候，他說要請我吃飯。」

「又要請你？」

阿米愣了一下。宗助沒再繼續往下說，逕自上床去睡了。腦中似有什麼亂七八糟的東西掠過，他不時地睜開眼，看到油燈跟平日一樣已經捻暗燈光，放在凹間地板上。阿米似乎睡得很熟。最近宗助一直睡得很好，反倒是阿米曾有好幾個晚上，為了睡不著而煩惱。宗助緊閉雙眼，耳中清晰地聽到隔壁傳來的時鐘聲響。一想到自己正在無奈地被迫傾聽那聲音，宗助心裡就更覺得煩悶。時鐘最初是連續敲了數響，接著，又聽到隔壁的時鐘傳來僅有的一聲「噹」。那低沉的鐘聲就像彗星的尾巴，毫無目的地在宗助耳中反覆回響。不久，時鐘又敲了兩響，鐘聲聽起來十分寂寥。就在宗助傾聽鐘聲的這段時間，他在心底得出一個結論，無論如何，他都得讓自己活得抬頭挺胸。等到時鐘敲響三點的時候，宗助已經陷入昏迷狀態，耳中好像聽到了鐘聲，又好像什麼也沒聽到。到了四點、五點、六點的時候，宗助早已沉睡不醒。但他做了一個夢，看到整個世界都在膨脹，天空像海浪似的縮脹自如，地球像一個吊在絲線上的圓球，劃著極大的弧形在空中搖晃。夢境裡的一切都受制於恐怖的惡魔。到了七點多，宗助突然從夢中驚醒。阿米跟平日一樣，面帶微笑地跪在他的枕畔。黑暗的世界已被光明耀眼的陽光趕得不見蹤影。

十八

宗助懷裡揣著一封介紹信跨進了山門。這封信是一位同事的朋友幫他寫的。那位同事在每天上下班的電車裡，總是從西裝胸前內袋掏出《菜根譚》[64]翻閱。宗助原本對這方面知識並沒什麼興趣，也不知《菜根譚》是什麼。有一天在電車裡，同事剛好坐在宗助身邊，他便問同事：「那是什麼？」同事把那本黃皮小書遞到宗助面前說：「是一本極有趣的書。」宗助又問：「書裡寫了些什麼呢？」同事似乎一時找不到適當字眼來說明，只是含糊其詞地答道：「嗯，算是禪學讀物吧。」宗助後來一直把這句話牢牢記在心裡。

拿到這封介紹信的四、五天之前，宗助突然走到那位同事身邊問道：「你在研究禪學嗎？」同事看到宗助滿臉緊張的表情，似乎嚇了一跳，只答了一句：「不，也不是研究，我只是為了打發時間才讀這類書籍。」說完，同事便找藉口跑走了。宗助覺得有些失望，倒掛著嘴角走回自己

64《菜根譚》：明代洪應明收集編著的語錄集，是一部論述人生、修養處世、出世的著作。洪應明是明代思想家、學者，字自誠，號還初道人。出生年代與生平均不詳，大約存活於神宗萬曆前後。

的座位。

當天下班的路上，兩人又搭上同一輛電車，同事想起剛才在辦公室看到宗助的表情，心裡有點過意不去，同時也感覺宗助的問題背後深藏著比閒聊更深的含義，於是又向宗助更詳盡地介紹了禪學方面的知識，但也主動承認，他並沒有參禪的經驗。接著，同事又告訴宗助：「好在我有位朋友常去鎌倉，你若想進一步了解詳情，我可以把這位朋友介紹給你。」宗助立刻拿出記事本，在電車裡把那人的姓名和地址記了下來。第二天，宗助特地帶著同事的書信，專程去拜訪同事的朋友。而那封收在宗助懷裡的介紹信，則是那位朋友當場幫他寫的。

宗助事先已向官署請了大約十天的病假，他在阿米的面前也是用生病作為藉口。

「我覺得最近頭腦的狀況不好，已向官署請了一星期的假，打算出去隨意逛逛。」宗助對阿米說。阿米已發現丈夫最近的舉止有些不對勁，正在暗自擔憂，現在聽到平時總是優柔寡斷的宗助，竟做出如此果斷的決定，心裡當然非常高興，只是事情來得突然，不免非常吃驚。

「出去逛逛，到哪兒去啊？」阿米的眼睛瞪得圓圓的。

「還是去鎌倉附近吧。」宗助回答得十分沉著。樸實又不起眼的宗助跟高雅時髦的鎌倉，兩者之間原本毫無關聯，現在突然被串在一起，聽起來著實有些滑稽，阿米忍不住露出微笑。

「哎唷！您真是大財主啊！那帶我一塊去吧。」阿米說。

宗助卻無心品味愛妻的玩笑，他露出嚴肅的表情辯駁道：「我可不是到那種豪華場所享受唷。我打算找間禪寺，在那兒住個十天八天，讓腦子好好靜一靜。不過這樣對頭腦是不是真的有幫助，我也不太清楚。但是大家都說，只要到了空氣新鮮的地方，頭腦會變得很不一樣。」

「這話說得很對。我也覺得你該去一趟。剛才是跟你開玩笑的啦。」阿米調侃了脾氣溫和的丈夫，看起來有點愧疚。第二天，宗助便揣著介紹信，從新橋搭上火車出發了。

那封介紹信的信封正面寫著「釋宜道法師」等字。

「聽說他不久前還在那裡當侍者[65]，最近在塔頭[66]附近得到一間庵室，就搬過去住了。這樣好了，你到了之後再打聽一下吧。庵室的名字好像是叫『一窗庵』。」同事的朋友寫介紹信的時候，特別向宗助說明了一番，宗助道謝後接過那封信。回家之前，他又向同事那位朋友請教侍者、塔頭等名詞的意義，因為這些都是他從未聽過的字眼。

踏進山門後，道路左右兩側的巨大杉樹遮住了高昂的天空，山路一下子變得非常幽暗。接觸

---

65 侍者：禪宗寺院中設立的職務之一。禪寺中的眾僧無論上下，都根據職務分配，進行分工，使每名僧侶都參與勞動，以求自給自足。根據《禪林類據卷九》記載，禪寺內的執事名目有：首座、殿主、藏主、庄主、典座、維那、監院、侍者等。

66 塔頭：禪宗的祖師或高僧去世後，弟子在師父的墓塔附近建立守墓的小院、庵室，並將師父的墓塔稱為「塔頭」。之後，高僧隱退後居住的小院也稱為「塔頭」。亦稱為塔中、塔院、寺中、院家。

到這種陰森氣息的瞬間，宗助心中立即體會到塵世與佛境的區別。他站在寺院進口處，全身不斷湧起寒意，就像每次感到自己快要感冒時的那樣。

宗助朝著正前方邁步走去。左右兩側和道路前方，不時出現一些貌似廟宇或院落的建築物，卻看不到任何人影，四周一片死寂，好像整個世界已被鐵鏽封住。他站在沒有行人的道路中央四下張望，腦中思索著，還是到哪去打聽一下宜道師父的住處吧？

這座寺廟大概是先把山底鑿開後，才在一兩百公尺高的山腰上興建起來的。廟宇後方綠蔭濃密，山勢全被高大的樹木遮住。山路左右兩側的地形也不平坦，沿途盡是連綿的山坡或丘陵，途中經過兩三處地形較高的院落，門前的石階從山下蜿蜒而上，院門建得十分宏偉，貌似廟堂的大門。宗助在路邊平坦處看到幾處院落，四周圍著土牆，便走上前去仔細打量，每座院門的門簷下都掛著匾額，上面寫著院名或庵名。

宗助一逕向前，看到路邊有一兩塊油漆剝落的老舊匾額，腦中突然冒出一個念頭：不如先找到「一窗庵」，如果介紹信上寫的那位和尚不在那兒，再往山裡的院落去打聽，這樣會比較省事吧？於是他轉身返回來時的山路，一座一座塔頭去找，這才發現「一窗庵」就在剛進山門不遠靠右側的石階上。那座院落的地勢處於丘陵邊緣，玄關外的空地極廣，而且陽光充足，就連寺院後方的山麓都被晒得很暖，一副不畏嚴冬的氣象。宗助走進玄關後，經由廚房走向脫鞋處。「有人嗎？有人在裡面嗎？」他站在廚房的紙門邊連喊兩三聲，卻沒看到半個人出來應門。他只好站在原處稍候片刻，並轉眼偷窺室內的景象。但屋裡依然沒有一絲聲響，宗助不禁暗自納悶，又重新走出廚房，往大門方向走去。不一會兒，只見一位腦袋剃得發青的和尚從石階下拾級而上。和尚看來頗為年輕，皮膚白皙，年紀大概只有二十四、五歲。宗助就站在寺門前面等待和尚過來。

「請問這裡有一位叫作宜道的師父嗎？」宗助問。

「我就是宜道。」年輕和尚回答。宗助聽了有點訝異，卻也非常高興，立即從懷裡取出介紹信呈上去。宜道站著拆開信封，匆匆瀏覽一遍，又把信紙捲起來，塞進信封。

「歡迎！」說完，宜道很有禮貌地向宗助點頭致意，並且走到宗助前方為他帶路。兩人在廚房裡脫掉木屐後，拉開紙門走了進去，房間的地上有個很大的地爐。宜道脫下披在鼠色粗布中衣外面那件粗陋的薄袈裟，掛在釘子上。

「您覺得很冷吧？」說著，宜道便動手把埋在地爐灰中的煤炭挖出來。

這位和尚的言談舉止十分穩重，完全不像年輕人。宗助跟他說話時，宜道總是低聲應和，然後微微一笑，宗助看他這種反應，覺得他簡直像個女人。「這位青年究竟是在怎樣的機緣下，毅然削髮出家的？」宗助暗自臆測著，同時也覺得宜道那種溫文儒雅的表現引人憐憫。

「這裡真是清靜啊。今天大家都出去了嗎？」

「不，不是只有今天這樣，這裡整天都只有我一個人。出門辦事的時候，我也沒什麼可顧慮的，總是敞開大門就走了。剛才也是因為有點兒事，到山下去了一趟，因此錯過專程恭候的機會，真是太失禮了。」

宜道向宗助正式表達了有失遠迎的歉意。宗助想，這麼大一座寺院，只有他一個人張羅，這已經夠他忙的，現在要是收了自己，豈不給他增添麻煩？想到這兒，不免露出幾分抱歉的表情。宜道看到宗助的臉孔，又很體貼地說道：

「喔，您千萬別客氣。這也算是一種修行。」接著又說，現在除了宗助之外，還有另一位居士在此修行，那個人上山到現在，已經滿兩年了。過了兩三天之後，宗助才見到那位居士。他長著一張羅漢臉孔，表情滑稽，看來是個天性閒散的傢伙。宗助見到他時，只見他手裡提著三四根細長的蘿蔔向宜道說：「今天買來好吃的東西啦。」說完，便把蘿蔔交給宜道拿去烹調。煮好之後，宜道和宗助也陪著一起吃了一頓蘿蔔。後來宜道笑著告訴宗助，那居士大生一副和尚的相貌，常常混在眾僧當中，到附近村民的法會上吃齋飯。

除了那位居士的趣事外，宗助又聽到各種凡夫俗子進山修行的故事。譬如有個筆墨商，總是背著一堆貨在附近叫賣，經過二、三十天之後，等他的貨都賣完了，又重新回到山上來參禪。再過一段日子，眼看食物快要吃光了，又背起筆墨出門叫賣。他這種同時並進的雙重生活就像循環小數一樣周而復始，反反覆覆，卻從不見他感到厭煩。

宗助把這些人看似隨和的生活，跟自己眼下的內心世界互相對照一番後，才訝異地發現，自己跟這些人的差異實在太大了。他不禁暗中疑惑：這些人是因為生性隨和，才能一直參禪？還是參禪讓他們變得胸懷開闊，什麼都不在乎？

「修行的人可不能性格隨和，深諳修行之樂的人，四處漂泊二、三十年也不會覺得辛苦。」宜道說。

接著，宜道又向宗助進行說明，譬如參禪時應該注意哪些事情，又譬如師父從公案[67]裡挑出題目讓弟子思考，但是弟子不可從早到晚死抓著題目鑽牛角尖等等，剛好都是宗助不太了解且又令他不安的一些細節。

解說完畢之後，宜道站起來說道：「我帶您到房間去吧。」

於是兩人一起走出那間有地爐的房間，穿過大殿，來到坐落在角落裡的一間六疊榻榻米客室，宜道從迴廊外拉開紙門，示意宗助進屋。這時，宗助才親身感覺自己是個遠道而來的獨行客。也不知是否因為周圍的氣氛過於幽靜，他只覺得自己腦中比在城裡時更為混亂。

大約過了一小時，宗助再度聽到宜道的腳步聲從大殿那邊傳來。

67 公案：原指官府用以判斷是非的案牘，禪宗的公案則是禪宗的主要文獻，也是禪宗獨特的教學手段和方法，廣義上的公案指古代考試題目，後來專指佛教高僧考驗僧眾的題目。據統計，禪宗的公案大約有一千七百多條，內容大都與實際的禪修生活有關。禪師在示法時，或用問答，或用動作，或兩者兼用，以達到啟迪眾徒，使之頓悟的目的，這些內容被記錄下來，即是禪宗的公案。著名的禪宗公案典籍為《碧巖集》、《五燈會元》等。

「師父即將召見您了，如果已經準備好了，我們就過去吧。」說著，宜道很恭敬地跪在門框上。

宗助緊隨宜道出了門，整座院落又被他們丟在身後。兩人順著山門內的那條路，向山裡大約走了一百多公尺，左側路旁出現一座荷花池。但由於季節寒冷，池裡只有一點渾濁的汙水，絲毫沒有幽靜清雅的意趣。不過，池水對岸的高崖邊上，卻有一處欄杆圍繞的客室，看起來頗有文人畫裡那種風雅的氣氛。

「那裡就是師父的住所。」宜道指著那棟較新的建築對宗助說。

兩人越過荷花池前方，登上五、六級石階後，抬頭可以望見正面的僧殿屋頂，再向左轉，繼續前進，快要走到玄關時，宜道說：「請您稍等一下。」說完，轉身走向後門。過了一會兒，宜道又從後門走回來。

「來，請跟我來。」說著，帶領宗助一起見師父。

這位師父看起來大約五十多歲，臉色黑中帶紅，閃閃發光，臉上的皮膚和肌肉都顯得緊密又堅實，絲毫不見鬆弛之處，給宗助帶來一種近似銅像的印象。但是師父的嘴唇非常厚，看起來有點鬆弛。而師父的眼中則閃耀著一種奇妙的光輝，是一般人的眼中絕對看不到的。宗助第一次接觸到師父的眼神時，霎時感覺自己好像看到一把利刃。

「嗯，不論你來自何處，都沒有差別。」師父對宗助說：「父母未生之前，你的真面目是什麼？你就先去思考一下這個問題吧。」

宗助不太明白「父母未生之前」的意思，但推測師父大概是叫他思考一下自己究竟是何物，並找出自己原本的真面目。他覺得不便多問，因為自己對禪學的知識實在過於貧乏，於是沉默著又跟宜道一起回到了「一窗庵」。

吃晚飯時，宜道告訴宗助，弟子每天單獨入室向師父問道的時間排在早晚各一次，師父召集眾徒提唱[68]的時間排在上午。說完，又很親切地對宗助說：「師父今晚或許不會對你提示見解[69]，明天早上或晚上，我再來邀你一起去見師父。」接著，宜道提醒宗助說，剛開始，連續盤腿參禪會很難熬，最好燃起線香計算時間，隔一段時間，休息一下比較好。

宗助手握線香，從大殿前經過，回到屬於自己的六疊榻榻米客室後，茫然坐下。他實在無法不覺得，那些所謂公案的玩意兒，和眼前的自己根本扯不上一點關係。譬如自己現在因為肚痛跑到這兒來求救，誰知他們的對症療法竟是給我出一道艱難的數學題，還很稀鬆平常地說什麼，喔，你先想想這道題目吧。叫我思考數學題，也未嘗不可啊，但是不先給我治一下肚痛，可就有點過分了吧。

---

68 提唱：禪師召集弟子說法提示。

69 見解：原本是佛教用語，這裡是指師父對公案提出解答。

但另一方面，宗助又覺得，自己是特地請假跑到這兒來的，看在那位幫他拿到介紹信的同事分上，還有對自己照顧周到的宜道分上，自己行事可千萬不能過於草率。宗助決定先鼓起全部勇氣，專心思考那道公案。他完全無法想像思考能將自己帶往何處，也不知道思考會給自己的心境帶來什麼影響。因為他受到「悟道」美名的誘惑，正在企圖從事一場跟他完全不相稱的冒險。同時，他心底也懷著一絲期待：若是這場冒險成功了，現在內心充滿焦慮、怨忿又懦弱的自己，不是就能獲得解救了嗎？

宗助用那冰冷的火盆中的灰燼，燃起一根纖細的線香，然後按照宜道提醒他的方法，在座墊上擺好了半跏坐[70]的姿勢。這間客室在白天倒是不冷，但是太陽下山之後，眨眼之間，就變得異常寒冷。宗助一面打坐一面感覺冷空氣正在朝向自己的背脊撲來，冷得令人受不了。

他思考了一會兒，但是思索的方向和題目的內容卻十分空泛，虛無得連他自己也難以掌握。他思索著自問：我是否在做一件毫無意義的事情？宗助覺得自己現在好像正要到一位慘遭火災的朋友家慰問，事前已經仔細地查過地圖和詳細的門牌號碼，結果卻跑到跟火場完全無關的地點來了。

各種各樣的念頭掠過宗助的腦海，有些想法是他的眼睛能夠看清的，也有些想法一片模糊，像浮雲似地從他眼前飄過。他不清楚這些浮雲來自何方，也不知它們將飛往何處，只看到前方的浮雲消失後，後方又立即湧現出來，一片接一片，不斷飄浮到他眼前來。這些從他腦中通過的念頭，範圍無限大，數目數不清，而且無窮無盡，絕不會按照宗助的命令而停止或消失。他越想讓這些念頭飛出腦海，這些念頭反而源源不斷地繼續湧現。

宗助不禁害怕起來，趕緊喚醒平時的自己，轉動兩眼打量室內。只見一盞微弱的燈光，朦朧地照亮室內。插在爐灰裡的線香才燒了一半。這時才發現，現令人害怕的時間竟然過得如此緩慢。

半晌，他又重新進行思考。很快地，形形色色的東西從他腦中通過，這些東西好像一群群螞蟻，不斷向前蠕動，一群之後又是一群，無數螞蟻般的東西前仆後繼地跑出來，只有宗助的身體始終維持不動。那些東西動來動去，令他悲哀、痛苦、難以忍耐。

不一會兒，靜止不動的身體也從膝頭開始疼痛起來，原本保持直立的背脊，漸漸彎向前方。他像用雙手捧著左腳的腳背似的，把腳從右腿上移下，然後漫無目的地佇立在室內。他很想拉開紙門走出去，在自己的門口連跑數圈。這個時間，夜色已深，四周一片寂靜。不論睡著的或是清醒的，外面應該是半個人影也沒有吧。想到這兒，宗助失去了出去的勇氣。但像這樣活生生地靜坐不動，不斷承受冥想的痛苦，卻令他覺得比出去更恐怖。

70　半跏坐：半跏趺坐的簡稱，分兩種坐法，以右足壓在左股之上，叫作吉祥半跏坐，以左足壓在右股之上，叫作降魔半跏坐，佛教一般以全跏坐為如來坐，半跏坐為菩薩坐。所以菩薩的坐像大都是半跏坐像。

宗助決定乾脆重新燃起一支新的線香，再重複一遍剛才的思考過程。但是思考到了最後，他突然醒悟一件事：忙了半天，如果目的只是思考，那不論坐著或躺著，效果應該都一樣啊。於是，他攤開屋角那疊髒兮兮的被褥，鋪好之後，鑽進被窩。然而，剛才那陣折騰已讓他十分疲累，躺下後還來不及思考，就立刻陷入沉睡。

睜開眼睛時，宗助看到枕畔的紙門不知何時已映出亮光，不久，陽光也在白色門紙上閃動光輝。山中的寺院不僅白天無人守門，夜間也聽不到關門閉戶的聲響。宗助睜開眼，意識到自己並不是躺在坂井家山崖下那個昏暗的房間裡，他立刻跳了起來。走到迴廊邊，只見廊簷外有一株高大的仙人掌。宗助再次從大殿的佛壇前方穿過，來到昨天那個地面挖了地爐的起居室。房間裡的擺設跟昨天一樣，宜道的袈裟仍然掛在鉤上，人則蹲在廚房的爐灶前生火。

「早啊。」宜道看到宗助，很熱情地向他打招呼，又說：「剛才本想邀您一起去見師父，但是看您睡得正熟，很抱歉，我就自己一個人出門了。」

宗助這才得知，這位年輕和尚在今晨天剛亮的時候，就已去參禪完畢，回來之後，便在這兒生火煮飯。

和尚的左手不斷忙著添柴，右手握著一本黑色封皮的書，似乎正在利用煮飯的空檔閱讀。宗助詢問書名後才知這是一本名字頗為艱澀的書，名叫《碧巖集》[71]。宗助暗自思量，像昨夜那樣毫無目的地胡思亂想，弄得自己腦袋累得要命，何不借些書籍來讀，或許是一條領略要點的捷徑吧？想到這兒，他把自己的想法告訴宜道，不料宜道當場否決了他的想法。

「閱讀書籍是最不好的辦法。不瞞您說，再沒有比讀書更妨礙修行的東西了。譬如像我們，雖然也會讀些《碧巖》之類的讀物，但是讀到超過自己理解範圍的內容時，根本無從理解。若是因此而養成任意揣度的壞習慣，以後反而會變成參禪的障礙，或者期待超越本身水準的境界，或者坐等頓悟，而原該深入探究的部分，卻停滯不前，總之，讀書對參禪害處極大，千萬不要輕易嘗試。如果您非要閱讀些什麼書籍的話，依我看，譬如《禪關策進》[72]之類能夠鼓舞勇氣、激勵人心的讀物比較好。但即使閱讀這類書籍，也只是為了接受它的刺激，這跟禪學本身是沒有關聯的。」

宗助對宜道這番話的含義不太明白。他覺得自己在這位頭皮發青的年輕和尚面前，簡直就像個低能兒。自從離開京都之後，宗助的傲氣早已銷磨殆盡，這些年，他始終扮演凡夫俗子的角色活到今日。譬如像功成名就、揚眉吐氣之類的事情，在他心底早已遙不可及。宗助現在是以一個完全真實的自己，毫不掩飾地站在宜道面前。不僅如此，他還得進一步承認，現在的自己完全就

71 碧巖集：正式名稱為《碧巖錄》，作者是宋朝著名禪師佛果圜悟，共十卷。向有「禪門第一書」之稱。為日本臨濟宗的重要經典。夏目漱石的藏書當中共有兩冊。

72 禪關策進：禪學入門書，作者為明朝雲棲寺的袾宏。

像個嬰兒，遠比平時的自己更無力、更無能。而這種體認對他來說，也可說是毀滅自尊的新發現。

飯煮好之後，宜道熄滅了灶火，讓鍋中的米飯蒸煮片刻。宗助趁著這段時間從廚房走下庭院，在院裡的井台邊洗臉。不遠的前方有一座長滿雜木的小山，山腳下比較平坦的地方已開墾成為菜園。宗助故意將自己溼淋淋的腦袋迎著冷空氣，特地從山上走向下方的菜園。到了菜園附近，宗助看到山崖旁邊有個人工挖掘的大洞。他在那個洞穴前方佇立片刻，眼睛打量著陰暗的洞底。過了一會兒，才重新回到起居室，房間裡的地爐已生起溫暖的爐火，鐵壺裡面傳出滾水沸騰的聲音。

「一個人忙不過來，早飯準備得晚了，實在抱歉。馬上就給您準備膳桌。不過我們這種地方，也拿不出什麼東西招待，著實叫人為難啊。但我明後天會為您準備熱水，就用熱水澡代替豐盛的菜餚吧。」宜道對宗助說。宗助懷著感激的心情在地爐前面坐下來。

不久，宗助吃完飯，回到自己的房間，重新把那道「父母未生之前」的希罕題目放在眼前，凝神注視，低頭沉思。但這題目原本就出得莫名其妙，令人不知該從何處下手，也因此，不論宗助如何思考，根本就想不出答案。想了一會兒，宗助馬上又感到厭煩起來。他突然想起阿米，覺得應該給阿米報個信，告訴她自己已經到了。他很高興自己心中生出了俗念，立刻從皮包裡拿出信紙信封，動手給阿米寫信。信中先向她報告自己現在住在一個非常幽靜的地方，或許因為這裡距離海邊很近，天氣也比東京暖和，空氣非常新鮮，經人引介而認識的那位和尚對自己也很親切，但是每日三餐並不好吃，被褥也不乾淨等等，不知不覺寫了一大堆，轉眼之間，信紙已經寫了約有一公尺之長，宗助這才放下紙筆。但對於自己苦思公案不得其解，打坐弄得膝蓋關節疼痛不已，還有，苦思似乎令他的神經衰弱變得更嚴重之類的事情，宗助在信裡卻隻字不提。寫完了信，他藉口要買郵票，還要把書信投進郵筒，便匆匆趕往山下。寄完了信，宗助腦中憂心忡忡地思考著「父母未生之前」、阿米，還有安井等等，又到附近村中閒晃一圈才返回山上。

午飯時，宗助見到了宜道提過的那位居士。他把飯碗遞給宜道盛飯時，一句客氣話都不說，只以雙手合十，表達謝意。據說這種雅靜的動作，就是所謂的禪意。因為禪宗精神主張弟子不開口，不發聲，以免妨礙深思。宗助看到那位居士如此嚴肅認真，又想到昨晚的自己，心裡不禁十分羞愧。

吃完午飯後，三個人坐在地爐邊閒聊了一會兒。居士表示，有一次參禪的時候，不知怎麼糊里糊塗地睡著了，即將驚醒的瞬間，竟驚喜地發現自己有所頓悟。然而，等他張開兩眼一看，自己仍是尚未頓悟的自己，那時心裡真是失望極了。宗助聽到這兒笑了起來，同時也暗自訝異，竟有如此悠閒樂觀的人到這種地方來參禪。想到這兒，心情也稍微輕鬆了一些。然而，三人正要分別回房的時候，宜道卻很嚴肅地告訴宗助：「今晚我會過來邀您同行，從現在到黃昏之前，請您專心打坐。」

聽了這話，宗助的心頭又被壓上一份重擔，就像胃裡積存了難以消化的硬糰子似的。他懷著不安的心情回到自己房間，重新燃起線香，開始打坐，但卻無法持續坐到黃昏。他告訴自己，不論想法對不對，總得想出一個答案才行。然而想來想去，終究又失去了耐性。想到了最後，宗助一心只盼著宜道快點穿過大殿，過來通知自己去吃晚飯。

夕陽逐漸西斜，最後隱身到懊惱與疲憊的背後。紙門上的日影也在逐漸隱退，寺裡的空氣已從腳下開始降溫。這天倒是無風無息，樹枝從早上起就不曾被風拂動。宗助走到迴廊上，抬頭仰望高挑的屋簷，只見黑瓦的斷面排列得十分整齊，看起來就像一條長線。溫和的天空裡，藍色的光輝正在朝向天際緩緩下沉，天空裡的亮光也越來越暗。

十九

「請您留意腳下。」宜道說著，領先走下昏暗的石階，宗助緊跟在他身後。這地方跟城裡不太一樣，晚上天黑之後，腳邊的路面根本看不清楚。宜道雖然提著一盞燈籠，卻也只能照見腳邊一小塊地方。他們下了石階，只見道路兩邊種著高大的樹木，枝枒從左右兩邊伸展過來，遮住了兩人頭頂的天空。天色雖然昏暗，綠蔭的色彩卻像滲進他們的衣縫似的，令人感到寒氣逼近。就連燈籠裡的那點火光，也像是染上了幾分綠葉的顏色。燈籠看起來極其微小，或許因為宗助的全副心思都在想像樹木多麼宏偉吧。光影投射在地面的範圍，只有數尺。被照亮的部分好似一塊發亮的灰色板塊，飽含暖意地落向黑暗當中，並隨著兩人的身影持續向前移動。

兩人經過荷花池之後，向左轉，並朝山坡上方走去。宗助從沒走過夜路，這段山路令他不斷滑倒。木屐板也被泥土裡的石塊絆倒了一兩回。據說除了這條路之外，還有一條橫穿山中的小路可以直通荷花池，但是宜道覺得那條路的表面凹凸不平，對於不慣走小路的宗助來說，就算抄了近路，也會覺得寸步難行，所以宜道特地選了這條比較寬敞的大路。

進入玄關後，只見昏暗的泥地上並排放著許多木屐。宗助唯恐踩到別人的木屐，特地彎著身子，小心翼翼走進屋中。室內的面積大約有八個榻榻米，這時已有六七個男人並肩靠牆靜候。其中包括一位身披黑色袈裟、腦袋發亮的和尚。除了和尚之外，其他人都穿著和服長褲。進門處通往裡屋的走廊寬約一公尺，六七個男人沿著走廊轉角，依序占好位置，並在走廊盡頭留出了一塊空位。眾人不發一語，十分肅靜，宗助看到他們的瞬間，立刻被那嚴峻的氣氛嚇到了。幾個男人全都緊閉雙唇，像是遇到什麼問題似的深鎖眉頭，對自己身邊的人物根本不屑一顧，就連門外走進來的是誰，也絲毫不放在心上。他們就像活雕像似的一個個凝神自顧，不管他人，嚴肅又安靜地坐在沒有爐火取暖的房間裡。看到眼前這些人，宗助感受到一種遠比山寺的寒意更令人震撼的莊嚴肅穆。

不一會兒，只聽一陣腳步聲傳來。最初只聽到微弱的聲響，慢慢地，腳步踩踏地板的力道越來越強，逐漸朝向宗助跪坐的位置靠近。不久，走廊盡頭突然出現一名和尚，他從宗助身邊走過之後，默默地走進戶外的黑暗裡。半晌，遠處的山中傳來一陣搖鈴聲。

這時，那些跟宗助一起嚴肅靜坐的男人當中，有個穿著小倉條紋硬布長褲的男人，一語不發地走到屋角正對走廊盡頭的位置，跪坐下來。角落裡擺著一個高約六十公分、寬約三十公分的木架，架上掛著一個很像銅鑼卻又比銅鑼更厚更重的東西。昏暗的燈光下，那東西的顏色黑中帶藍。穿長褲的男人拿起架上的鐘槌，在那銅鑼似的鐵鐘中央連敲兩下。敲完之後，男人起身向裡屋走去，這次跟剛才相反，男人的身影逐漸遠去，腳步聲也越來越弱，最後終於在某處突然停了下來。宗助的身子雖然坐著，心中卻猛地一驚，暗自納悶起來，不知那穿長褲的男人究竟發生了什麼事？然而，屋後卻是一片死寂，一點聲音都沒有。跟宗助並排而坐的其他人，也沒有任何反應，就連臉上肌肉都不曾顫動一下。唯有宗助獨自期待著內院傳來什麼訊息。就在這時，忽聽一陣鈴聲傳入耳中，同時又聽到長廊上傳來由遠而近的腳步聲。接著，穿長褲的男人重新出現在走廊盡頭。他依舊沉默不語，走出玄關後，便消失在黑夜的風霜裡。屋裡那些靜坐的男人當中，立刻又有一人站起來，上前敲響剛才那面鐵鐘，然後又在走廊上踏出一陣腳步聲，走向院落後方。宗助的雙手放在膝上，一面默默觀察儀式的程序一面等待輪番上場。

不久，與宗助之間相隔一人的男人站起來，起身走向內院。過了沒多久，後面傳來一聲大喊。不過因為距離很遠，喊聲還不至於強烈到讓宗助的耳膜感到震撼。但那喊聲確實是使出全身力氣發出來的，而且聲音裡充滿了那個男人的咽喉所發出的特殊音色。等到宗助身邊的男人起身時，宗助覺得越來越坐不住了。「終於快要輪到自己了。」這個念頭已完全掌控了宗助。

上次師父交給宗助思考的公案題，他已準備好一份屬於自己的答案。但那答案實在膚淺得拿不出手。但是宗助認為，既然已經到了室中[73]，總不能不提出一些見地吧。所以就把自己原本條理不通的看法，故意弄成一副理論周全的模樣，打算先把眼前的難關應付過去再說。但他做夢也

73 室中：寺院的住持日常工作的場所叫作「室中」。

不曾奢望，光憑這種淺薄的答案就能僥倖過關。當然，他更沒有絲毫欺瞞師父的想法。宗助這時的心情變得有點嚴肅。一想到自己不得不拿這種隨便亂想出來猶如畫餅的假貨去朦騙師父，他就對自己的虛有其表感到可恥。

宗助跟其他人一樣敲了鐘。但他敲響鐘聲的同時，心裡卻很明白，自己並沒有拿起木槌的資格，也對自己耍猴戲一般地模仿別人感到厭惡。

宗助懷著低人一等的畏懼走出房間，踏上寒冷的走廊。長廊向前延伸，右側的房間全都黑漆漆的，轉了兩個彎之後，走廊盡頭有一扇紙門，紙上映著燈影。宗助走到門檻前停下腳步。若是依照慣例，弟子進入室內之前得向師父行三拜之禮。跪拜方式就跟平時見面行禮一樣，先把腦袋貼向榻榻米，同時兩個手掌向上打開，並把手掌移到腦袋的左右兩邊，有點像捧著什麼東西移到耳邊似的。宗助在門檻前跪下，按照規定開始行禮。

不料，房裡卻傳來一聲招呼：「拜一次就夠了。」宗助聽了，便省去後面兩拜，走進屋子。

室內閃耀著黯淡的燈光。這種光線之下，不論書籍的字體多大都無法看清。宗助回顧著自己過往的經驗，實在想不出有誰能在這種微弱的燈光下夜讀。當然啦，要是跟月光比起來，這種燈光還是比較亮的，而且燈色也不像月光那麼蒼白，是一種會讓人陷入朦朧的燈光。

就在這片靜謐又模糊的燈光下，宗助看到宜道嘴裡所謂的師父，就坐在距自己一兩公尺之外的位置。師父的臉孔仍像雕塑一般靜止不動，臉色像紅銅似的黑中帶紅，全身裹在一件既像柿黃色又像茶褐色的袈裟下，全身只有脖子以上的部分露在外面，兩手兩腳都看不見。師父的脖頸之上飄逸著一種永恆不變的嚴肅氣氛，令人由衷願意與他親近。而師父的腦袋上面，則是一根頭髮也看不到。

宗助全身無力地跪在師父面前，只用一句話就把自己的解答交代完畢。

「答案應該要更能抓住精髓才行。」師父當即做出結論：「像你這種回答，只要稍微讀過幾天書的人，誰都能說得出來。」

宗助像一隻喪家之犬似的退出房間。這時，一陣震耳的鈴聲從他背後傳來。

二十

「野中先生！野中先生！」聽到紙門外傳來兩聲呼叫時，宗助正處於半昏睡狀態，他想回答一聲：「是！」但嘴巴還沒張開，就已失去知覺，重新陷入了昏睡。

等他再度張開眼睛，心中不覺一驚，立刻跳起來，走到迴廊邊。只見宜道身穿鼠色粗布和服，肩上掛根布條撩起兩袖，正在精神抖擻地擦地板。

「早啊。」宜道今晨也已參禪完畢，現在回庵裡來做各種雜務。宗助想到他剛才特地來喚醒自己，結果自己卻懶得起床，不免覺得十分羞愧。

「今早我又不小心睡過頭了，真是失禮啊。」

說著，宗助悄悄從廚房走向井台邊，從井裡打些冷水上來，盡快地洗完了臉。臉頰旁邊的鬍子已經很長，摸起來很扎手，但他現在沒有工夫去在意這些，腦中只是不住地把自己跟宜道放在一起對比。

當初在東京拿到介紹信的時候，宗助得到的訊息指出，這位宜道和尚是個天賦異稟的人物，而且在禪學方面，已經修得不同凡響的成果。但是親眼見到和尚之後，宗助發現他的態度竟然那麼謙恭卑微，簡直就像個目不識丁的小跑腿。譬如和尚現在用布條撩起袖管辛勤做工的模樣，怎麼看也不像是獨當一面的一庵之主，反而像是廟裡專幹雜務的小和尚。

宗助也聽說，這位身材矮小的年輕和尚還沒出家之前，曾以俗人的身分來這兒修行，那時他盤腿打坐，連續坐了整整七天，絲毫不曾移動身體，坐到最後，兩腿疼得站不起來，去廁所的時候都得扶著牆壁才能勉強行走。那時他還是一位雕刻家，等到他開悟見性[74]那天，宜道高興得奔上後山，高喊：「草木國土，悉皆成佛。」之後，便剃度出家了。

宜道負責管理「一窗庵」至今已滿兩年，這段日子當中，他從沒鋪過床，也沒伸直兩腿躺下去好好睡一覺。據他表示，即使在冬天，他也只是穿著僧衣靠在牆上打盹兒。以前當侍者的那段日子，就連師父的丁字褲腰布都得由他負責清洗。不僅如此，若是偷閒坐下來休息一下，馬上就會有人故意刁難或責罵。那時他也常常感到悔恨，不知自己前世作了什麼孽，才會遁入空門來受這些苦。

「好不容易熬到現在，日子比較好過了。但是未來還長著呢。老實說，修行是件苦差事。若

74 見性：禪宗並不重視其本身宗義的系統性建立與闡述，而強調個人修為與神祕經驗，以開悟見性為修行重點，其核心思想為：「不立文字，教外別傳；直指人心，見性成佛」，亦即透過自身修證，從日常生活中參究真理，直到最後悟道，也就是真正認識自己的本來面目。

是輕輕鬆鬆就能獲得成果，像我們這些資質愚鈍的，也不需要連續吃苦十年、二十年了。」

聽了宜道這番話，宗助覺得很茫然，他對自己缺乏毅力與精力感到心焦，更覺得非常矛盾，若是花費那麼多歲月還不能獲得成果，那自己又何必跑到山上來呢？

「千萬不要覺得白跑了一趟。打坐十分鐘，就有十分鐘的功德，打坐二十分鐘，就有二十分鐘的功德，這是毋庸置疑的。況且，只要你開頭就能悟出其中訣竅，以後就算不能經常如此，也沒問題了。」

回想到這兒，宗助覺得就算勉為其難，也該回到自己房裡再去打坐。

誰知就在這時，宜道卻來邀他一起去聽講。

「野中先生，提唱的時間到了。」聽到宜道呼叫自己時，宗助打從心底感到欣喜。師父給的那道無從解決的難題令他煩惱，就像在禿子頭上抓不到頭髮的感覺。像現在這樣一面凝神打坐，一面為那道難題煩悶，實在太痛苦了。宗助這時只想站起來活動一下身體，不論是多麼耗費體力的任務都無所謂。

師父提唱的場所距「一窗庵」大約一百多公尺，兩人越過荷花池之後不向左轉，直接向前走到道路盡頭，從那兒抬頭望去，可以看到松樹的枝椏之間有一座氣勢雄偉的高大屋頂，上面覆蓋著瓦片。宜道懷裡揣著那本黑皮書，宗助當然是兩手空空。他到了這裡之後才明白，所謂的「提唱」，就是學校裡所謂的「講課」之意。

這棟建築的天花板很高，房間面積非常寬敞，跟屋頂的高度成正比。屋裡非常寒冷，榻榻米已經褪色，跟陳舊的泱柱互相輝映，充滿了陳年舊事的寂寥。跪坐在室內的那些人看起來既低調又樸實。大家都是隨意入座，卻聽不到任何人高聲交談或說笑。和尚全都披著藏青麻布袈裟，房間的正面擺著一張曲彔椅[75]，眾人分別在椅子的左右兩邊排成兩行，相對而坐。曲彔椅上塗著紅漆。

不一會兒，師父來了。宗助的兩眼一直注視著榻榻米，根本不知道師父從哪兒進來的。他只看到師父在曲彔椅上從容坐下的威嚴身影。一名年輕和尚佇立一旁，先解開紫色包袱，從裡面取出經卷，恭恭敬敬地放在桌上，並向經卷拜了一拜，才退下來。

這時，眾位和尚一齊雙手合十，誦唱夢窗國師[76]的遺誡，坐在宗助前後的眾位居士，也隨著和尚的音調一起誦唱。宗助凝神傾聽，從唱詞中聽出那是某種富有節奏的文字，聽起來既像經文又有點像是口語。「吾之弟子有三等，上等者，毅然割捨眾緣，專心潛修自身，中等者，修行不專，喜好雜學……」唱詞全文並不太長。宗助最初並不知道夢窗國師是誰，後來聽宜道解說，才

75 曲彔椅：法會之類的儀式中，高僧所坐的椅子，通常都是塗成紅色。

76 夢窗國師：夢窗疏石（一二七五—一三五一），是日本鎌倉時代末期至室町時代初期臨濟宗高僧，伊勢人，俗姓源，字夢窗，為宇多天皇九世孫，一生不求名利，不進權門，精研佛法，闡揚禪風，號稱「七朝帝師」。

知這位夢窗國師跟大燈國師[77]都被稱為禪門中興之祖。宜道還告訴宗助，大燈國師天生腿瘸，無法完成正確打坐姿勢，心裡始終感到遺憾。後來到他臨終之前，大師表示，今天總算能夠一了心願了。說著，便用力折斷那條瘸腿，擺成正確坐姿，從他腿上流下的鮮血把袈裟都染成了紅色。

不久，師父開始提唱。宜道掏出懷裡那本黑皮書，翻開後，把書頁的半邊推到宗助面前。書名叫作《宗門無盡燈論》[78]。師父開始講課時，宜道告訴宗助：「這實在是一本好書！」據說，這本書是由白隱和尚[79]的弟子東嶺和尚[80]編纂而成，主要內容是教導禪門弟子如何由淺入深地修行，同時還很有條理地記錄了伴隨修行出現的心境變化。

宗助因為是半途加入的，很多內容聽不懂，但師父的口才非常好，宗助專心聆聽了一會兒，覺得內容十分有趣。不僅如此，或許師父也想鼓舞士氣吧，還經常穿插一些古人參禪時遇到的艱苦經歷，故意描述得非常精采。這天師父也跟平時一樣說了許多趣事，不過說到一半，師父突然換了另一種語氣說：

「最近有人到了這兒以後，總是抱怨自己腦中妄念不斷，無法修行。」聽到師父突然告誡弟子修行不可不虔，宗助不覺大吃一驚，因為到和尚那裡去訴苦的人，正好就是他自己啊。

大約一小時之後，宜道和宗助又一起回到「一窗庵」。回來的路上，宜道說：「師父提唱的時候，經常會那樣糾正弟子的錯誤。」宗助聽了，一句話也答不上來。

二十一

宗助在山裡的日子一天一天過去。阿米寄來過兩封長信，當然信裡並沒寫什麼令他擔憂的消息。宗助以往總因為思念妻子而立即回信，但他這次拖著沒寫。他覺得自己出山之前，若不把上次師父交代的公案題解決掉，這趟入山等於白跑了，同時也覺得愧對宜道。每當午夜夢回，宗助心中總因為這件事而不斷承受難以名狀的重壓。也因此，每天從日落到天亮，他在寺中數著太陽升降的次數，越數越覺得日子正從身後緊緊追來，令他十分心焦。然而，那道公案題除了最初想

77 大燈國師：宗峰妙超（一二八二—一三三七），鎌倉時代末期臨濟宗高僧，道號宗峰，兵庫人，曾被花園天皇尊為「興禪大燈國師」、「高照正燈國師」等封號，命他在京都紫野創建大德寺。一般稱之為大燈國師。

78 宗門無盡燈論：日本臨濟宗高僧東嶺圓慈的著作，共兩卷。夏目漱石的藏書中包括這部著作。

79 白隱和尚：白隱慧鶴（一六八五—一七六八），駿河人，江戶中期的禪僧，也是臨濟宗的中興祖師。十五歲出家，早年用心參禪，以教化民眾為己任，遊歷各地傳經布道，因其語言淺顯易懂，深受民眾歡迎。後來成為京都妙心寺第一禪師。擅長書法與水墨禪畫，著有《槐安國語》。

80 東嶺和尚：東嶺圓慈（一七二一—一七九二），江戶中期臨濟宗僧人，著有《宗門無盡燈論》。

到的答案外，他再也想不出解決的辦法。而且宗助也堅信，無論他反覆思索多少回，自己最初提出的答案就是最適切的解答。只不過，那是由邏輯推論得出的結果，所以令他覺得不夠出色。他很想捨棄那個答案，重新再想一個更適切的解答，但是腦中一片空白，什麼也想不出來。

宗助經常獨自躲在房裡苦思。若是想得太累了，就從廚房走到屋後的菜園，躲進山崖下那個凹進山腹的洞穴，靜靜地待在裡面。宜道曾告訴他：「心不在焉是不行的。」還告訴過他：「一定要循序漸進地集中精神，全神貫注，最後要專注得像一根鐵棒才行。」對於這類意見，宗助越聽越覺得難以實行。

「因為您胸中已有先入為主的想法，才沒法繼續下去。」宜道也曾這樣告誡過他。宗助聽了，更加無所適從。他突然想起了安井。如果安井現在仍然經常出入坂井家，暫時不會返回滿洲的話，我可得趁早離開那裡，趕緊搬到別處去才是上策，宗助想，所以說，與其在這兒浪費時間，不如早點返回東京，把事情安排妥當，或許這樣才比較切合實際呢。像我現在這樣悠閒度日，萬一阿米發現了那件事，又得增加一個煩惱。

「像我這種人，根本就不可能開悟。」宗助一副想不開的表情跑去找宜道訴苦。這時距他下山返家還有兩三天。

「不！只要有信心，任何人都能悟道。」宜道毫不考慮地答道：「您可以試試看，就像法華宗的忠實信徒熱中於擊鼓念經[81]那樣。等到您感覺公案題能讓您從頭到腳都感到滿足，一個嶄新的天地自然就會豁然出現在您眼前。」

但宗助卻感到很悲傷，因為以他的處境與性格來說，這種盲目又激進的活動實在不太適合自己。更何況，他能留在山上的日子也不多了。宗助覺得自己簡直像個蠢貨，原本是想一刀砍斷所有跟生活有關的糾葛，結果一不小心，竟在這深山野林裡迷了路。

但他心裡雖然這麼想，卻沒有勇氣在宜道面前說出來。因為這位年輕和尚的勇氣、熱心、認真和親切都令他感到敬佩。

「有句話說，捨近求遠，這種情形確實是存在的。有時，那東西明明近在眼前，我們卻視而不見，無論如何也沒法察覺。」說著，宜道露出非常惋惜的表情。聽了這話，宗助又躲進自己的房間，燃起一支線香。

說來也是不幸，直到宗助不得不離開山寺那天為止，他都沒有碰到開展新局面的契機，情況也一直不曾改變。到了啟程返家這天早晨，宗助咬咬牙，很乾脆地拋棄了內心的留戀。

「這段日子承蒙您關照。但遺憾的是，我實在是達不到師父的要求。從今往後，應該不會再有機會跟您見面了。請多多保重。」宗助向宜道辭別。

81 法華宗的忠實信徒熱中於擊鼓念經：法華宗信徒修行時，必須手持扇鼓，一邊敲打一邊誦唱「南無妙法蓮華經」。這句話是從日文成語「法華的太鼓」而來。意指「只要像法華宗信徒那樣敲鼓念經，任何事情都能越做越好」。

宜道則露出萬分抱歉的表情說：「哪裡談得上什麼關照，諸事照應不周，讓您受苦了。不過，您雖只修行了這段時間，效果還是很明顯的。遠道而來，是有價值的。」但宗助心裡卻很明白，這次是白來了。宜道現在這樣好言安慰，反而證明自己真是窩囊透頂，他不免暗自羞愧。

「開悟早晚完全是根據個人資質，不可依此而判斷優劣。有人入門迅速，後來卻停滯不前，也有人最初多費時日，後來遇到關鍵時刻，卻表現得令人激賞。望您切勿失望，唯有熱忱才是最重要的。譬如已故的洪川和尚[82]原本尊崇儒教，到了中年之後才開始參禪，出家之後，整整三年一無所悟。他自認造業深重，無法悟道，每天清晨都面向廁所禮拜，但後來卻成了那麼有學問的高僧。這就是最好的例子啊。」

宜道似乎在間接暗示宗助，即使回到東京，也不要放棄禪學。宗助雖然恭敬地聽著，心裡卻有大勢已去的感覺。自己這次上山來，是想找人幫他打開一扇門，誰知那守門人卻躲在門背後，不論自己怎麼敲，都不肯露面。敲了半天，卻只聽到門內有人說道：「敲也沒用，你得自己開門進來。」

怎樣才能拉開門閂呢？宗助思索著。他雖已在腦中想好了開門的手段和辦法，但是開門所需要的力氣，他卻完全不知如何蓄積。換句話說，自己現在所處的狀況，跟從前還沒想出辦法之前，其實是完全一樣的。自己依舊無能為力地被擋在鎖住的門扉之外。宗助一向是憑藉察言觀色的能力生活到現在，但他現在卻感到悔恨不已，因為這種能力反而害了自己。宗助今天才開始對那些不知利害、不講是非的頑固蠢貨感到羨慕。還有那些信仰虔誠的善男信女，他們篤信宗教到了放棄思考，忘卻推敲的程度，也令宗助感到敬佩。但他覺得自己似乎註定只能永遠佇立門外。這不是誰對誰錯的問題，而是一種矛盾。他明知自己無法通過這扇門，卻不辭辛勞地趕到門前來。他站在門前回顧身後，卻又沒有勇氣轉身走上通往門前的那條路。他再度向前瞻望，面前那道堅固的門扉始終擋在前面，遮住了他的視線。他不是那個有能力通過門扉的人，也不是過不去就打退堂鼓的人。總之，他是個不幸的人，只能呆呆地站在門前等待黑夜降臨。

出發之前，宜道領著宗助去向師父辭行。師父招呼他們進入荷花池上那間四面欄杆的客室。進門之後，宜道逕自到隔壁去沏茶。

「東京現在還很冷吧。」師父說：「你若能稍微領會一些再走，回去後自己修行也能輕鬆些啊。可惜了。」

聽完師父的臨別感言，宗助必恭必敬地向師父行禮致謝，然後從十天前才跨進的山門走了出去。飽含冬意的杉林聳立在他身後，黑漆漆一片壓在屋脊上。

82　洪川和尚：今北洪川（一八一六—一八九二），幕府末期至明治時代的臨濟宗僧人。著有《禪海一瀾》。

二十二

踏進家中門檻時，宗助的模樣簡直連他自己看了都覺得非常淒慘。過去這十天裡，他每天早上只用冷水沾溼頭髮，從沒用梳子梳過一下，至於臉上的鬍子，就更沒空去刮了。每天三餐雖然都是宜道好心招待，還準備了白米飯請他享用，但副食卻只有水煮青菜，要不然就是水煮蘿蔔。宗助的臉色原就蒼白，現在又比他出門前益發消瘦。而在「一窗庵」養成了整日沉思的習慣卻還沒有改掉，宗助覺得自己現在就像一隻正在孵蛋的母雞，腦袋再也不能像往日那樣海闊天空地自由馳騁了。而另一方面，坂井的事也讓他牽掛不已。不，應該說，是坂井嘴裡那個「冒險家」弟弟，還有弟弟的朋友，也就是那個曾經讓他坐立不安的安井，他們倆的消息才是宗助現在最放心不下的。直到現在，「冒險家」三個字還在他耳中不斷回響呢。但儘管心裡放不下，宗助卻沒有勇氣到房東家去打聽，更不敢旁敲側擊去問阿米。他在山上那段日子，幾乎沒有一天不在擔心這件事，生怕阿米有所耳聞。

「火車這玩意兒，也不知是否因為我的心理作用，才坐了這麼一小段短程，也覺得好累啊。我不在家這段日子，沒發生什麼事吧？」宗助回到長年住慣的家中，在客廳坐下後，向他妻子問道。說這話時，宗助臉上同時露出了一副實在無福消受的表情。

阿米雖然在丈夫面前永遠不忘露出笑容，今天卻笑不出來了，但她立即意識到，丈夫好不容易才從療養的地方回來，總不好在他一進門就說：「你看起來好像比去之前更不健康了。」所以阿米只能佯裝輕鬆地說道：「就算是休養了一陣，回到家來，還是會疲累。不過啊，你現在看起來太蒼老了吧。原本出發之前還是個年輕後生呢。先去休息一下，再出去洗個澡，剪個頭，然後把鬍子刮一下吧。」阿米說著，從桌子抽屜裡拿出一面小鏡子交給丈夫，讓他瞧瞧自己的面容。

聽了阿米這話，宗助這才感覺「一窗庵」的氣氛終於被一陣風吹走了，雖說是上山修行一趟，回到自己家來，他還是從前的宗助啊。

「坂井先生那兒，沒來說過什麼？」

「沒有啊，什麼都沒說。」

「也沒提起過小六的事？」

「沒有。」

小六這時到圖書館去了，不在家。於是，宗助抓著手巾和肥皂走出家門。

第二天到了辦公室，同事都來探問宗助的病情。有人說：「你好像變瘦了一點。」宗助聽在耳裡，覺得同事有意無意地正在譏諷自己。那位閱讀《菜根譚》的同事只了問一聲：「怎麼樣？修行有成果嗎？」但是這種問法也令宗助難以承受。

這天晚上，阿米和小六你一言我一語，輪流追問宗助在鎌倉的生活情形。

「你真是好命啊。家裡什麼都不留，頭也不回地出門去了。」阿米說。

「每天得交多少錢，才能在那兒住下呢？」小六問，接著又說：「要是帶把獵槍，到那兒去打獵，該多有趣啊。」

「但是那裡很無聊吧？那麼冷清的地方，又不能從早到晚都睡覺，對吧？」阿米又說。

「還是得到吃得營養的地方去，否則身體真受不了。」小六又說。

這天晚上，宗助上床後在腦中盤算著：明天一定得到坂井家走一趟，我先不動聲色打聽一下安井的下落，如果他還在東京，而且依然跟坂井有來往的話，我就離開這兒，搬得遠遠的。

第二天，陽光如常地照耀在宗助頭頂，又安然無恙地消失在西方。到了晚上，宗助拋下一句：「我到坂井家去一下。」說完便走出家門。他爬上沒有月光的山坡之後，踩著瓦斯燈下的砂石路，腳下發出沙拉沙拉的聲響。走到坂井家門口，宗助用手推開院門。他有種成竹在胸的感覺，自己今晚絕不可能在這兒碰到安井，但是為了預防萬一，他也沒忘記先繞到廚房門外探聽一下家裡有沒有其他客人。

「歡迎歡迎！天氣一點都沒變，還是那麼冷。」房東也跟平時一樣，看起來很有精神。宗助看到一大群孩子圍繞在房東面前，他正在跟其中一個孩子划拳，一面划一面還發出吆喝聲。那個跟房東划拳的，是個年紀大約六歲的女孩，頭上用寬幅紅絲帶繫成一個蝴蝶結，緊緊地綁住頭髮。女孩的小手緊握拳頭，用力向前划出，一副絕不認輸的模樣。看她臉上堅決的表情，還有那小拳頭跟房東的超大拳頭形成的強烈對比，眾人都被惹得大笑起來。房東太太坐在火盆旁觀戰，也高興得露出一口漂亮的牙齒說：「哎唷！雪子這回要贏了。」孩子的膝蓋旁邊堆滿了紅白藍三色玻璃珠。

「結果還是輸給雪子啦。」房東說著離開了座位，轉臉對宗助說：「怎麼樣？還是躲到我那洞裡去吧？」說完，便站起身來。

書房的裝飾柱上仍像從前一樣，掛著那把裝在錦袋裡的蒙古刀。花盆裡面居然插著一些黃色油菜花，也不知是從哪兒弄來的。宗助望著那個將裝飾柱遮去一半的豔麗錦袋說：「還跟以前一樣掛在這兒啊！」說完，又暗中窺視房東臉上的表情。

「是啊。這蒙古刀是個希罕的東西嘛。」房東答道：「但我那寶貝弟弟送我這玩具，原來是打算用來籠絡我這個哥哥的，真是拿他沒辦法。」

「令弟後來怎麼樣了？」宗助裝作不經意地問道。

「嗯，總算在四、五天之前回去了。那傢伙還是比較適合住在蒙古。我告訴他，你這種夷狄跟東京不太協調，還是早點回去吧。他聽了也說，正有此意，說完，就走了。反正那傢伙是該活在萬里長城外面的人物，要是能到戈壁沙漠去挖鑽石就好了。」

「他那位朋友呢？」

「安井嗎？自然也一起回去了。像他那麼浮躁的人，大概沒法在一個地方安穩地待下去。聽說他以前還上過京都大學呢。真不知他怎麼會變成那樣。」

宗助感到汗水正從腋下冒出來。安井究竟變成什麼樣？究竟有多浮躁？宗助完全不想知道。他只覺得，自己跟安井上過同一間大學這件事，還沒跟房東提起過，真是一件值得慶幸的喜事。不過，房東原是打算招待弟弟和安井吃飯的時候，把自己介紹給他們兩人的，自己後來推辭了邀請，躲過了當場出醜的窘狀，但是那天晚上，或許房東一時說漏了嘴，向那兩人提起過自己的名字也不一定呢。他又想到那些做過虧心事的人，為了在社會生存下去而改換姓名，這時他才深切體會換個名字的便利。宗助很想問問房東：「莫非你已在安井面前提起我的名字？」但這句話要從他嘴裡說出來，實在是太困難了。

女傭端來一個扁平的大型果盤，盤裡放一塊很別致的點心，是一塊豆腐大小的金玉糖[83]，中心部分有兩條糖做的金魚嵌在中間。整塊金玉糖用菜刀直接鏟起，毫髮無損地移放在盤子裡。宗助一眼看出這塊點心與眾不同，只是他的腦袋早已被其他事情占據了。

「如何？來一塊吧？」房東跟平日一樣，說著，就自己先動手拿起一塊。

「這是我昨天參加某人的銀婚紀念典禮帶回來的，是一塊充滿喜慶祝福的點心唷。您也吃一點，沾些喜氣吧。」

說完，房東藉著希望分沾喜慶的名義，一連抓起好幾塊甜滋滋的金玉糖塞進嘴裡。吃完了糖，他還能繼續飲酒、喝茶、用膳、吃點心，這房東實在是個難得一見的健康男子。

「老實說，一對夫妻共同生活了二、三十年，兩人都變成了滿臉皺紋的老人，實在也沒什麼值得慶賀的，主要還是這點心比較討喜啦。記得有一次，我從清水谷公園前面經過，看到一幅驚人的景象。」房東說了一半，突然把話題扯到完全無關的方向去了。這也是善於交際的房東慣有的做法。為了不讓客人覺得無聊，他總是像這樣東拉西扯地主動改換話題。

據房東說，從清水谷流向弁慶橋那條泥溝似的小河裡，每年早春時節都有無數青蛙在那兒誕生，一群群青蛙擠在一塊兒，呱呱呱地彼此爭鳴，不久，牠們就在那片泥淖中配對，分別組成數百或數千對情侶。這些青蛙夫婦相親相愛地沉浸在愛河裡，把清水谷到弁慶橋這段小河塞得滿滿的，然而，許多小孩和閒人經過這裡時，總愛抓起石塊朝蛙群投擲，殘忍地砸死那些青蛙夫婦，死傷數目多到無法計算。

「真是傷亡累累啊！而且全都是一對一對的青蛙夫婦，實在太慘了。而這件事也告訴我們，只要我們在路上走上兩三百公尺，隨時都有可能碰到各種悲劇。如果從這個角度來看，我們都算是非常幸福的。也不會因為結了婚，被人用石頭砸破腦袋啊！類似這種恐懼，對我們來說是不存在的。而且你我兩家夫妻都已相安無事地過了二、三十年，這當然是值得慶賀的事情。所以說，

83 金玉糖：用洋菜做成類似果凍的透明點心，表面撒上粗砂糖。

您也必須吃一塊，大家同喜嘛。」說著，房東特地用筷子夾起一塊金玉糖送到宗助面前，宗助苦笑著用手接過來。

每次聊起這種半開玩笑的話題，房東都能沒完沒了地聊下去，宗助也只好隨聲附和，陪他聊上一會兒，但心裡卻沒有房東這種侃侃而談的興致。宗助告辭後，走出房東家，重新抬頭仰望沒有月亮的夜空。黑漆漆的夜色裡，似有一種難以形容的悲哀和寂寥。

宗助之所以到坂井家去，只因他心中期待避免出醜。為了達到這個目的，他才強忍羞恥與不快，順水推舟地跟好心率直的房東勉強周旋一番。結果他想打聽的事情，卻一個字也沒問出來。而對自己羞於示人的部分，宗助覺得不必也缺乏勇氣告白。

現在看來，那塊險些擦過頭頂的烏雲，總算驚險地避開了，但他心中似有某種預感，從現在起，類似的不安還會以不同的規模反覆出現。老天爺將會再三製造這種不安，而宗助的任務則是四處逃竄。

二十三

月份更迭，寒意遞減。緊隨官員加薪問題之後，各式各樣的謠言自然也就應運而生，各科局官員的裁員計畫則在月底之前完成。最近這段日子，那些被裁撤的朋友或陌生人的名字，總是不時傳入宗助耳中。他經常在下班回家後告訴阿米：「說不定下次就輪到我了。」

阿米覺得宗助這話既像是開玩笑，又像真情吐露，有時她甚至自我解釋為：宗助故意把醜話說在前面，是為了讓那不確定的未來早日現形。至於親口說出這種醜話的宗助，他的心境其實也跟阿米是一樣的。

好不容易熬過一個月，辦公室裡的風風雨雨暫時告一段落，宗助回顧最近這段日子，他覺得自己沒被裁員，既像是命運中的必然結果又像是偶發事件。

「哎呀，總算活下來了。」宗助站在家中低頭俯視阿米，語氣顯得有點陰晴不定。阿米看他那哭笑不得的表情，心裡莫名其妙地覺得好笑。

又過了兩三天，宗助的月薪漲了五圓。

「沒有按規定給我加薪四分之一，不過也沒辦法啦。好多人都丟了工作，還有好多人一毛都沒加呢。」說著，宗助臉上露出滿意的神色，好像這個五圓代表的意義超過了它本身的價值。阿米當然也沒有表現出任何不滿。

第二天晚上，宗助看到自己膳桌上那條連頭帶尾的大魚，魚尾長長地拖在盤子外面。接著又聞到豆沙色的小豆飯傳來陣陣香氣。阿米特地叫阿清去把小六請回來。小六這時已搬到坂井家去了。「哇！打牙祭啊！」小六說著從後門走進來。

梅花盛開的季節已經來臨，四處都能看到正在綻放的梅花，早開的花兒已開始褪色凋落。不久，輕煙似的春雨來了。等到雨絲暫歇，陽光發出蒸騰的熱力時，一陣陣喚醒春季記憶的溼氣便從地面、屋頂繚繞上升。日子有時也過得十分悠閒，後門外，一把雨傘靠在門邊晾晒，有隻小狗衝著那雨傘跳來跳去，弄得傘上的蛇目[84]圖案轉來轉去，閃閃耀眼，好似火焰一般。

「冬天終於過去了。我說啊，這星期六你還是到佐伯家嬸母那兒去一趟，把小六的事情辦完算了。要是老丟在一邊不管，阿安又會忘了。」阿米提醒丈夫說。

「嗯，乾脆還是去一趟吧。」宗助答道。小六已在坂井照應下，搬到他家當書生了。當初宗助曾主動對弟弟說過，如果小六的收入不夠付學費，他願意跟安之助合力資助。小六聽了，等不及哥哥開口，就直接找安之助談過這事。兩人商談得出的結論是，只要宗助口頭上向安之助說兩句好話，安之助就會立即應允。

就這樣，這對安分守己的夫妻終於迎來了小康生活。一個星期天中午，宗助難得走進附近小巷的澡堂，打算把那積在身上四天的汗垢全都沖洗一淨。洗澡時，身旁有個五十多歲的光頭男人，正在跟另一個三十多歲商人模樣的男子寒暄，兩人異口同聲說道，總算像個春天的樣子了。接著，比較年輕的男人說：「我今天早上聽到樹鶯的第一聲啼叫呢。」光頭男人答道：「我在兩三天之前就聽過了。」

「才剛剛開始叫，還叫得不好。」

「對呀。鳥兒的舌頭還不太輪轉。」

回家之後，宗助把這段有關樹鶯的交談轉述給阿米。阿米轉眼望著映在拉門玻璃上的絢麗陽光說：「真是感謝老天爺！春天終於來了。」說著，她臉上露出喜孜孜的表情。

宗助走到迴廊邊，一面剪著長得很長的指甲一面說：「是啊！不過，冬天馬上又會來的。」說完，他依然垂著眼皮修剪指甲。

84　蛇目：江戶時代流行的一種雨傘圖案，中心為白色，周圍塗成紅、黑或藏青色，打開雨傘時，有色的部分呈環狀，看起來像蛇眼。

譯者的話

百年後的相遇
——漱石文學為何至今仍受歡迎？

章蓓蕾

今年（二〇一六年）是日本「國民作家」夏目漱石逝世一百週年，日本重新掀起漱石熱，出版界先後發行各種有關漱石文學的論文與書籍，各地紛紛舉辦多項紀念活動，曾經刊載漱石小說的《朝日新聞》，也再次連載他的作品。

夏目漱石的小說問世至今逾一世紀，儘管他的寫作生涯僅有短暫的十年，但幾乎每部作品發表後，都立即獲得熱烈迴響。從作品的發行量來看，這些膾炙人口的小說在作家去世後，反而比他生前更廣泛受歡迎。譬如「後期三部曲」之一的《心》，戰前曾被日本舊制高中（即今天的大學預科）指定為學生必讀經典，一九六〇年代，還被收入高中國文課本。再如這次出版的「前期三部曲」：《三四郎》、《後來的事》與《門》，今天仍是日本一般高中推薦的學生讀物。

根據調查，迄今為止，與夏目漱石有關的文獻、論文、評論的數量已多達數萬，上市的單行本則超過一千以上。不僅如此，同類的書籍與印刷物現在仍在繼續增長。可以說，閱讀漱石文學在日本已是讀書人必備的學識修養，同時也是一種身分的象徵。

為什麼經過一個世紀之後，漱石小說仍然廣受熱愛？簡單地說，因為這位指標作家筆下所描繪的，是任何時代都不褪色的人性問題。只要我們身處錯綜複雜的人際關係當中，就得面對各種抉擇，即使是跟愛情無關的決定，也不可避免地引起衝突與對立。就像《三四郎》裡的三四郎、美禰子、野野宮和金邊眼鏡的男子構成四角關係，《後來的事》裡的代助、三千代和平岡之間上演的三角戀情，或者像《門》裡的宗助與阿米，一段不可告人的「過去」，使他們遭到親友和社會的唾棄。

不論時代如何變遷，任何人都可能面臨類似的感情抉擇，或經歷相同的自我矛盾，時而猶豫是否該為友情而放棄愛情，時而憂慮或因背德而被社會放逐。讀者在閱讀漱石小說的過程中，總是能夠不斷獲得深思的機會。我們看到三四郎對火車上的中年男人心生輕蔑，腦中便很自然地浮起自己也曾靦腆的青春歲月；我們讀到美禰子在炎夏指著深秋才能豐收的椎樹質疑樹上沒有果實[1]，心底便不自覺地憶起忸怩作態的花樣年華；就連高等遊民代助不肯上班的托辭：「為什麼不工作？這也不能怪我。應該說是時代的錯誤吧。」也令現代讀者發出會心一笑，並訝異漱石在一百年前就已預見二十一世紀的啃老族。

漱石小說能夠廣為傳播的另一個理由，是因為作家的筆尖時時顧及到「教育性」。漱石的作品裡找不到花街柳巷的描寫，也沒有男歡女愛的場景，更看不到谷崎潤一郎或江戶川亂步等人常寫的特殊性癖。漱石開始為《東京朝日》撰寫連載小說之前，甚至被歸類為「無戀愛主義」[2]。即使其後發表的《後來的事》與《門》是所謂的不倫小說，但內容著重的是當事人的心理糾葛，而非肉體關係的刻畫。即使在人妻三千代刻意挑逗丈夫的好友代助時，漱石也只以「詩意」兩字一筆帶過。[3]

然而歸根究柢，漱石文學能夠長久流傳後世的主因，還是應該歸功於作家的自我期許。研究「漱石學」的專家曾指出，夏目漱石的假想讀者涵括了三種類型的人物：一是像「木曜會」成員那樣的高級知識分子；二是當時的《東京朝日》訂戶；三是「素未謀面，看不見臉孔」的另一群人。換句話說，從下筆的那一瞬起，夏目漱石已把屬於未來世界的你我列入了閱讀對象，他是傾注整個生命在為後代子孫進行書寫。

1 參閱《漱石と三人読者》（漱石與三位讀者），石原千秋著，講談社出版，二〇〇四年，頁一七三。
2 參閱《漱石はどう読まれてきたか》（漱石曾被如何解讀），石原千秋著，新潮社出版，二〇一〇年，頁四十三。
3 參閱《漱石とその時代　第四部》（漱石與其時代　第四部），江藤淳著，新潮社出版，一九七〇年，頁二六六，或參閱《後來的事》譯注45。

漱石逝世百年之後的今天，筆者有幸翻譯「前期三部曲」：《三四郎》、《後來的事》與《門》，內心既惶恐又慶幸。惶恐的是，故事的時代背景距今十分遙遠，作家的文風過於含蓄內斂，筆者深怕翻譯時疏漏了作家的真意；慶幸的是，日本研究漱石文學的人口眾多，相關著作汗牛充棟，翻譯過程裡遇到的「疑點」，早已有人提出解答。也因此，翻譯這三部作品的每一天，幾乎時時刻刻都有驚喜的發現。

期待各位讀者能接收到譯者企圖傳遞的驚喜，也祝願各位能從漱石的文字當中獲得啟發與共鳴。

章蓓蕾　於東京

二〇一六年九月一日

夏目漱石年表

一八六七年　出生　二月九日出生於江戶牛込馬場下橫町（現新宿區喜久井町），本名夏目金之助，是家中的么子。父為夏目小兵衛直克，母為千枝。

一八六八年　一歲　成為四谷名主鹽原昌之助的養子。

一八七三年　六歲　養父調任為淺草里長，遷居淺草諏訪町。

一八七四年　七歲　由於養父母感情不和，暫時回到親生父母家，之後與養父同住。十二月，就讀淺草壽町戶田小學。

一八七六年　九歲　養父母離婚，與養母一起回到親生父母家，轉往市谷柳町市谷小學就讀。

一八七八年　十一歲　二月，於友人在《回覽》雜誌上發表〈正成論〉。十月，就讀東京府第一中學。

一八八一年　十四歲　一月，生母千枝去世。為了學習漢學，轉至私立二松學舍就讀。

一八八三年　十六歲　九月，為了準備大學預備門考試，進入成立學舍學習英文。

一八八四年　十七歲　與友人橋本左五郎同住於小石川極樂河邊的新福寺。九月，考上大學預備門。同學為中村是公、太田達人、橋本左五郎等。

一八八五年　十八歲　與中村是公等十人一同在神田猿樂町的末富屋租屋同住。

一八八六年　十九歲　四月，大學預備門改稱第一高等中學。七月，因罹患腹膜炎，無法參加升學考試而留級。後於江東義塾兼任教課，遷居至該校宿舍。

一八八八年　二十一歲　一月，復籍到夏目家。七月，自第一高等中學預備科畢業，就讀同校本科，主修英文。

一八八九年　二十二歲　一月，初識正岡子規，受其影響而開始創作。五月，在評論子規《七草集》時首次使用「漱石」作為筆名。九月，創作漢詩文集《木屑錄》。

一八九〇年　二十三歲　七月，自第一高等中學本科畢業，就讀東京帝國大學文科大學英文科。十二月，受J．M．狄克森教授之託英譯《方丈記》。

一八九二年　二十五歲　五月，擔任東京專門學校講師。七月至八月，與子規一起在京都、堺、岡山、松山等地旅遊，結識高濱虛子。

一八九三年　二十六歲　七月，自東京帝國大學英文系畢業，繼續就讀研究所。十月，於東京高等師範學校擔任英語教師。

一八九四年　二十七歲　十二月，於鎌倉圓覺寺參禪。罹患神經衰弱症。

一八九五年　二十八歲　四月，至愛媛縣擔任松山中學的英文教師。十二月，回到東京，與貴族院書記官長中根重一的長女鏡子相親，訂婚。

一八九六年　二十九歲　四月，至熊本第五高等學校擔任講師。六月，與中根鏡子結婚。七月，升任教授。

一八九七年　三十歲　生父直克去世。

一八九八年　三十一歲　十一月，於《杜鵑》發表〈不言之言〉。

一八九九年　三十二歲　五月，長女筆子出生。六月，升為英文科主任。

一九〇〇年　三十三歲　六月，奉教育部命令，帶職留學英國倫敦兩年。接受克雷格教授指導。

一九〇一年　三十四歲　一月，次女恆子出生。受池田菊苗影響，開始計畫寫作《文學論》。

一九〇二年　三十五歲　神經衰弱症加重。九月，子規去世。十月，至蘇格蘭旅行。

一九〇三年　三十六歲　一月，返國。四月，擔任第一高等學校講師，同時兼任東京帝國大學英文科講師。七月，於《杜鵑》發表散文〈單車日記〉。十月，三女榮子出生。

一九〇四年　三十七歲　十二月，受高濱虛子之邀，於寫作會「山會」中由虛子朗誦發表〈我是貓〉第一章。

一九〇五年　三十八歲　一月，開始於《杜鵑》發表〈我是貓〉，大獲好評，將其延伸為長篇連載。二月，於《帝國文學》發表〈倫敦塔〉。四月，於《杜鵑》發表〈幻影之盾〉。五月，於《七人》發表〈琴之空音〉。十一月，出版《我是貓》上冊。十二月，四女愛子出生。

一九〇六年　三十九歲　四月，於《杜鵑》發表〈少爺〉。九月，於《新小説》發表〈草枕〉，岳父中根重一過世。十月，於《中央公論》發表〈二百十日〉。十月中旬起，開始將訪客會面時間定於每週四下午，此即「木曜會」的由來。十一月，出版《我是貓》中冊。

一九〇七年　四十歲　一月，於《杜鵑》發表〈野分〉。出版中篇集《鶉籠》。三月，辭去教職，進入朝日新聞社工作。五月，於《朝日新聞》發表〈入社之辭〉，出版《文學論》、《我是貓》下冊。六月，長男純一出生。六月至十月，於《朝日新聞》連載〈虞美人草〉。九月，罹患胃病。

一九〇八年　四十一歲　一月，出版《虞美人草》。一月至四月，於《朝日新聞》連載〈礦工〉。四月，於《杜鵑》發表〈創作家的態度〉。六月，於《大阪朝日》連載〈文鳥〉。七月至八月，於《朝日新聞》連載〈夢十夜〉。九月至十二月，於《朝日新聞》連載〈三四郎〉。十二月，次男伸六出生。

一九〇九年　四十二歲　一月至三月，於《大阪朝日》連載〈永晝小品〉。五月，出版《三四郎》。六月至十月，於《朝日新聞》連載〈後來的事〉。八月，胃病復發。九月，接受當時為滿洲鐵路總裁的中村是公邀請，前往滿洲、朝鮮旅行。十月至十二月，於《朝日新聞》連載〈滿韓點滴〉。十一月，創設《朝日新聞》文藝版。

一九一〇年　四十三歲　一月，出版《後來的事》。三月至六月，於《朝日新聞》連載〈門〉。六至七月，因胃潰瘍住院療養。八月，至修善寺溫泉菊屋旅館療養，病情加重，大量吐血。十月，回到東京，再度住院療養。十月至隔年二月，於《朝日新聞》連載〈回憶錄〉。

一九一一年　四十四歲　一月，出版《門》。二月，政府頒與文學博士學位，但夏目漱石拒絕接受。七月，於《朝日新聞》發表〈凱貝爾先生〉。八月，至關西演講旅行，胃潰瘍復發，在大阪入院。十月，因《朝日新聞》的文藝版被廢止而請辭，為報社挽留。

一九一二年　四十五歲　一月至四月，於《朝日新聞》連載〈彼岸過迄〉。九月出版《彼岸過迄》。十二月，開始於《朝日新聞》連載〈行人〉，因胃病影響而中斷，至隔年十一月才完成連載。

一九一三年　四十六歲　一月，神經衰弱病情加重。二月，出版《社會與個人》演講集。三月，因胃潰瘍而臥病在床。

一九一四年　四十七歲　一月，出版《行人》。四月至八月，於《朝日新聞》連載〈心〉。九月，胃潰瘍復發，出版《心》。十一月，於學習院發表演講〈我的個人主義〉。

一九一五年　四十八歲　一月至二月，於《朝日新聞》連載〈玻璃門內〉。三月，胃潰瘍再次復發。六月至九月，於《朝日新聞》連載〈道草〉。十月，出版《道草》。十二月，芥川龍之介、久米正雄等人加入木曜會。

一九一六年　四十九歲　一月，於《朝日新聞》連載〈點頭錄〉。前往湯河原溫泉治療關節疼痛。四月，經診斷發現關節疼痛主因為罹患糖尿病。五月，於《朝日新聞》連載〈明暗〉，未完成。十一月，又因胃潰瘍臥病。十二月上旬，胃潰瘍惡化，於十二月九日病逝。

GREAT! 38 門

Mon by Natsume Soseki

作　者	夏目漱石
譯　者	章蓓蕾
封面設計	廖　韡
責任編輯	丁　寧
校　對	呂佳真
國際版權	吳玲緯、郭哲維
行　銷	艾青荷、蘇莞婷、黃俊傑
業　務	李再星、陳紫晴、陳美燕、馮逸華
副總編輯	巫維珍
編輯總監	劉麗真
總經理	陳逸瑛
發行人	凃玉雲
出　版	麥田出版 地址：10483台北市中山區民生東路二段141號5樓 電話：(02)2500-7696 傳真：(02)2500-1966
發　行	英屬蓋曼群島商家庭傳媒股份有限公司城邦分公司 地址：10483台北市中山區民生東路二段141號11樓 書虫客戶服務專線：(02)2500-7718｜2500-7719 24小時傳真專線：(02)-2500-1990｜2500-1991 服務時間：週一至週五09:30-12:00｜13:30-17:00 劃撥帳號：19863813　戶名：書虫股份有限公司 讀者服務信箱：service@readingclub.com.tw
香港發行所	城邦（香港）出版集團有限公司 地址：香港灣仔駱克道193號東超商業中心1樓 電話：+852-2508-6231 傳真：+852-2578-9337
馬新發行所	城邦（馬新）出版集團【Cite(M) Sdn. Bhd.】 地址：41-3, Jalan Radin Anum, Bandar Baru Sri Petaling, 57000 Kuala Lumpur, Malaysia. 電話：+603-9056-3833 傳真：+603-9057-6622 電郵：services@cite.my
印　刷	前進彩藝有限公司
初　版	2016年10月
初版二刷	2019年6月
售　價	300元
ISBN	978-986-344-388-9

國家圖書館出版品預行編目(CIP)資料

門：人生三部曲．三／夏目漱石著；章蓓蕾譯. -- 初版. -- 臺北市：麥田, 城邦文化出版：家庭傳媒城邦分公司發行, 民105.10
　面；　公分
譯自：門
ISBN 978-986-344-388-9（平裝）
861.57　　105017759

城邦讀書花
www.cite.com.tw

Printed in Taiwan.